Le chant des âmes stellaires

Mélanie Page

Ce livre est une fiction. Toutes références à des événements connus, des personnages ou des lieux réels sont utilisées de façon **fictive**. Tout ce qui est raconté vient de l'imagination de l'autrice.

Design de couverture : Logiciels Procreate et Canva / création Mélanie Page

ISBN : 9782958337568

Dépôt légal : Mars 2026
Bibliothèque nationale de France
Quai François Mauriac — 75706 Paris Cedex 13

Triggers Warnings : Tentative de suicide (plusieurs chapitres), Violence conjugale (1 chapitre)

De la même Autrice :

La Terre en Héritage – Partie 1 : Découverte et Résilience
La Terre en Héritage – Partie 2 : Transmutation

Cahier d'exercice Art thérapie Anxiété
Cahier d'exercice Art thérapie Estime de soi
Cahier d'exercice Art thérapie Deuil et perte

« Nous sommes des âmes,
peut-être issues des étoiles,
mais ici, sur Terre,
nous sommes humanité.
Peu importe ce que vous vivez,
votre cœur connaît le chemin de votre âme,
et certaines retrouvailles sont inévitables,
qu'elles soient lumineuses ou douloureuses. »

Chapitre 1

Tu n'as pas le droit de mourir

« Tu n'as pas le droit de mourir »

C'est ce que j'entends, alors que je suis projetée contre le sol froid et humide. Le choc résonne dans mes os. Le train passe à toute vitesse, hurlant dans un vacarme métallique. Le souffle m'arrache la peau, les phares m'aveuglent, fendant la nuit de novembre comme une gifle dans le noir.

Mon désespoir se transforme en rage. « Putain ! » Encore eux.

Ils sont revenus, une fois de plus, pour me sauver d'une vie que je veux quitter. Car, de vous à moi, voici mon premier secret : depuis aussi loin que je me souvienne, je veux mourir.

C'est ma seule envie. Et malgré mes nombreux essais, malgré mes plans minutieux, à chaque fois ils me sauvent.

Je hurle des insultes contre le vent, mais déjà je suis de nouveau seule. Ils ne restent jamais. Juste quelques secondes, le temps d'anéantir mes espoirs et de disparaître. Ils me volent ma fin tant espérée, puis s'éloignent comme des voleurs de paix. Pour moi, ce ne sont que des ombres. Mais des ombres trop présentes, trop obsédantes. Je n'en suis pas à mon premier essai. Mais cette fois... j'y croyais vraiment.

Je l'avais préparée en silence, comme un secret religieux. Même le lieu, je l'avais choisi avec soin, découvert par hasard lors d'une sortie en famille. Rien n'était laissé au hasard. Je suis dépitée. Ce n'est jamais le courage qui me manque. Je passe toujours à l'acte avec une étrange jubilation, une légèreté, presque une euphorie. Et à chaque fois... ils m'arrêtent. Je les hais pour ça.

Et voilà que maintenant, la pluie reprend, lourde et glaciale. Elle ruisselle sur mes joues, me fait grelotter, fait trembler ce corps qui n'aurait jamais dû être encore en vie.

Je ne sais même pas qui ils sont. Esprits ? Fantômes ? Courants d'air ? Des choses sans nom, sans visage, sans corps, qui me ramènent encore et encore, me rattachent à une existence dont je ne veux pas. Bordel ! J'ai cru au bonheur un temps, oui. J'ai cru que je pouvais y goûter. Mais la vérité est tombée : je n'ai rien, plus rien, à quoi me raccrocher.

La seule chose que j'ai perçue d'eux, c'est qu'ils sont plusieurs, et que chacun porte une signature différente. Une énergie, une odeur, une vibration particulières. Je les sens, je les ressens, même si c'est toujours à la dernière seconde. Et alors, ils ne me laissent pas le choix : respirer encore. L'un sent le feu, une colère brûlante. Un autre dégage une compassion déchirante. Parfois, c'est une odeur iodée, une brise marine, un souffle de tempête.
Oui, définitivement, ils sont plusieurs. Une fois, j'ai cru voir leurs silhouettes. Des formes floues, fantomatiques, presque irréelles.

Évidemment, je n'en ai jamais parlé. Qui croirait ça ? Et puis il aurait fallu avouer que chaque fois que je les aperçois, c'est parce que j'ai choisi de dire adieu. De tirer un trait sur cette vie qui n'aurait jamais dû voir le jour.

Je n'ai jamais eu peur d'eux. En même temps, à part jouer les superhéros les plus agaçants du monde, ils ne m'ont jamais rien fait. Si je suis honnête, j'aimerais même les rencontrer. Pas seulement pour leur hurler ma colère. Mais aussi parce qu'au fond, ils sont comme une famille invisible. La seule, à dire vrai, que j'aie jamais eue. Et la seule qui n'ait pas cherché à me briser.

Mais ils disparaissent toujours. Ils s'évanouissent comme s'ils n'avaient jamais existé. Ce soir, j'ai senti des mains. Des doigts longs, graciles, fermes. Des mains humaines ? Comment serait-ce possible ? Comment un humain pourrait-il être invisible ? Et pourtant, je suis sûre d'avoir déjà volé, un soir, dans les bras de l'un d'eux.

Ce soir encore, ils sont arrivés in extremis. Peut-être que je me rapproche enfin de la bonne méthode : agir sans plan, juste saisir l'instant. Ne plus réfléchir. Parce que si j'ai raté mon entrée dans ce monde, je refuse de rater ma sortie.

Je trouverai le moyen. Je finirai par y arriver. Et alors, enfin, je serai en paix.

Je frissonne de plus en plus. Mon pantalon de jogging est trempé, le tee-shirt sous mon pull commence à l'être lui aussi. J'ai froid. Je reste là, allongée sur les pierres et la terre, détrempée par la pluie. La lune perce parfois les nuages, baignant l'endroit d'une lumière spectrale, irréelle, mais qui me rappelle que je fais toujours partie du décor. Des larmes coulent le long de mes joues. Je n'ai pas la force de bouger, je suis épuisée, vidée, frustrée.

Je me remémore mes autres tentatives. Les médocs ? J'avais décollé, mais pas dans le sens que vous croyez. Décollé, dans le sens où ils m'avaient emmenée quelque part, alors qu'une douce torpeur commençait à me paralyser. Je me souviens des lumières, de beaucoup de lumière, et d'une odeur forte, métallique.

La pendaison ? Un souffle, un vent soudain, et la corde qui cède. Enfin... qui se rompt, comme tranchée par une épée invisible. La noyade ? J'avais choisi la journée parfaite : une tempête du diable. La bonne baïne. Un océan glacé, c'était en janvier. J'ai eu à peine le temps de boire la tasse, puis le trou noir. Je me suis réveillée au chaud, dans ma voiture, garée loin de l'endroit où je l'avais laissée. Sur un parking, à l'abri des regards. En sécurité.

Je souffle fort et je pleure de plus belle. Je suis en colère, triste, désespérée. J'ai mal de vivre. Je souffle encore, ou plutôt j'essaie de reprendre mon souffle entre mes larmes et mes gémissements. Je finis par m'asseoir. Je tremble. Rien de tout cela ne mène nulle part.

Je rallume mon téléphone. Zéro message. Comme d'habitude. En même temps, ce n'est pas comme si j'étais très entourée... Et puis, ce n'est pas lui qui va s'inquiéter. Mon mari, enfin, seulement sur le papier. Notre histoire s'est terminée peut-être avant même d'avoir commencé, mais à l'époque j'étais naïve. De toute façon, nous n'avons jamais vraiment dormi ensemble. Alors, de là à ce qu'il remarque mon absence au milieu de la nuit... impossible.

Je consulte les horaires de train. Panne réseau. Plus aucun train cette nuit. Je lève le poing vers le ciel.

— Pourquoi ? Foutez-moi la paix ! Laissez-moi faire !

Les larmes coulent encore. Mon corps est collé au sol, froid, humide, boueux. Le silence m'entoure. Aucun bruit. Aucune réponse. Mais je sais qu'ils m'observent, quelque part. Et je suis persuadée que cette panne vient d'eux.

Je suis en pleine campagne. Il n'y a rien à deux kilomètres à la ronde. J'avais choisi le lieu parfait. Même le conducteur de ce satané train qu'ils m'ont fait rater ne m'aurait sans doute pas vue. Et puis, ce n'est pas mon corps qui aurait fait dérailler un TGV. J'aurais été oubliée en quelques secondes. Peut-être terminée par un sanglier, ou par quelques rapaces gourmands. Les restes auraient fini par retourner à la terre.

Je me demande combien de temps il leur aurait fallu pour s'en apercevoir. Mon mari ? Ma belle-mère ? Auraient-ils seulement réagi ? Une belle-sœur, peut-être ?

Arf. Si seulement ce froid pouvait me rendre malade. Une pneumonie foudroyante, par exemple? Mais non. Que personne ne s'inquiète : cette bonne vieille Anaïs ne tombe jamais malade. Une chose est sûre : je ne suis pas près de creuser le trou de la sécurité sociale. D'ailleurs, je ne me souviens même plus de la dernière fois où j'ai consulté un professionnel de santé. C'est bien simple : je ne tombe jamais malade. Je ne me suis jamais rien cassé. Même enfant, une chute qui aurait dû me briser m'a laissée indemne. Bon, ok... ils étaient déjà là.

Ma mère adoptive m'appelait son petit miracle. Même si je ne m'en souviens plus vraiment. Et pourtant, elle a été la seule, je crois, avec mon premier père adoptif, à m'apporter une once de cocon sécuritaire. Mais cette partie de ma vie est floue, presque oubliée. Il s'est passé tellement de choses avant et après.

Je me résigne à retourner à cette vie insipide. Les médicaments, la noyade, la pendaison, le train : check. Le gaz d'échappement, la falaise (ce jour-là, j'ai volé aussi), le serpent, les amanites, l'héroïne... rien n'a marché. Pff.

Je me résous à prendre le chemin du retour. Les ronces griffent mes jambes, mes bras. Peu importe. Mes plaies ne s'infecteront pas. Comme souvent dans ces moments, je pense à moi, à ma vie, à tout. À cette grande équation qu'est l'existence, et au fait que, très sérieusement, je suis sûre de n'avoir jamais eu envie de venir.

La première fois que j'ai voulu mourir, j'étais enfant. Je n'ai jamais compris ce que je faisais ici. Mes parents biologiques non plus d'ailleurs, puisqu'ils m'ont abandonnée dans une poubelle. Oui, une poubelle. C'est dans ce merveilleux endroit que j'ai été trouvée, et que j'ai commencé ma vie. Vivante. Braillant.

J'ai été adoptée très jeune. Mes souvenirs dessinent des années dorées avec des parents aimants, jusqu'à mes cinq ans. Ensuite, une biche a traversé la route. La voiture s'est empalée contre un arbre et je suis la seule à en être sortie indemne. Une enfant miracle, m'ont-ils appelée.

Puis j'ai été trimballée, d'abord chez ma grand-mère maternelle, mais elle a refusé ma garde. C'est elle qui m'a donné le premier surnom que j'ai retenu : « le déchet ». Ensuite, chez mon oncle paternel. Puis d'autres encore. Et enfin, les foyers. Cinq ans, c'est déjà trop pour attendrir. Et moi, avec mes questions, mon silence, mes grands yeux bruns qui voient l'âme des gens plus, mon histoire sordide, j'ai vite été cataloguée comme maudite.

Les mauvaises familles disparaissaient comme par magie. Les bonnes restaient un peu plus, mais jamais très longtemps non plus. J'observais trop, et trop finement. J'ai appris à ne plus le faire, mais avant j'observais, j'entendais, je devinais et je décortiquais. Et personne n'aime quand on perce ses petits secrets. Surtout ceux qui sont interdits, ceux qui mènent droit derrière les barreaux.

C'est ainsi que, ballottée, rejetée, regardée avec peur, petit à petit, l'idée même de ma présence sur Terre est devenue une absurdité. À quoi bon ?

À l'école, je comprenais trop vite. Je me faisais frapper par les autres, punir par les profs. J'osais les corriger, montrer leurs erreurs. Toujours à l'affût, pensaient-ils, alors que je le faisais naturellement. Insolente, intolérable : j'ai entendu ces mots bien trop souvent. Je n'ai jamais réussi à me fondre dans la masse. Excepté, aujourd'hui, je me déteste de porter un masque qui me dégoûte : celui d'une Bree Vamp de Camp, une parfaite reproduction de la parfaite ménagère catholique.

Je marche toujours quand il me revient en mémoire ma toute première fois, mon premier trip vers une fin que je croyais immuable. J'avais quatorze ans et j'avais volé une voiture. Bien sûr, je ne savais pas conduire, mais vu la finalité, cela ne m'a pas semblé pertinent d'apprendre. J'ai bidouillé, testé. J'ai réussi à la faire démarrer. J'ai foncé sur l'autoroute. J'ai fermé les yeux. Lâché le volant.

Mais la voiture s'est arrêtée toute seule, sur le bas-côté. Et puis, des sirènes ont hurlé. J'ai eu juste le temps de fuir. Ce soir-là, c'est aussi la première fois que je les ai sentis si près de moi. Bizarrement, un temps, je me suis accrochée à ces présences, comme à une bouée de sauvetage. En vain.

Ma vie défile devant mes yeux, alors que je suis toujours dans l'humidité et le noir. À seize ans, j'ai rencontré un garçon, Théodore. Je me suis laissée emporter, j'ai récolté un casier. Une bêtise qui m'a envoyée en foyer jusqu'à mes dix-huit ans. Finies les familles. J'ai appris à survivre parmi les cassés. J'ai eu des amis, tous morts aujourd'hui, la plupart d'une overdose. Bizarrement, ou plutôt toujours eux, ils ne m'ont jamais laissée aller jusque-là. À part un joint de temps en temps, jamais une piqûre n'a fini dans mon bras. Dieu sait pourtant que j'ai essayé.

Je m'ennuie. Je suis trop intelligente. Enfin... je l'étais. Aujourd'hui, je me trouve juste stupide et sans saveur. Je n'ai jamais eu beaucoup d'estime pour moi, mais maintenant, c'est encore pire. Sans parler du manque de confiance.

Petite, je savais des choses. Je sentais les mauvaises intentions, les mauvaises énergies. Maintenant, plus rien. En même temps, cela fait tellement longtemps que je ne me suis pas interrogée sur cette partie de moi. J'aurais peut-être dû. Mais c'est aussi peut-être mieux ainsi. À quoi bon savoir ? Rien de bon n'en est jamais sorti, d'après mon expérience.

Je suis triste ce soir. Triste de cette vie tout entière. Je n'ai plus de motivation. Pas de rêve. Enfin si, un. Mais je l'ai encore raté ce soir.

Trente-cinq ans d'expérience de cette vie. Et peut-être autant d'envies d'en sortir. Je n'ai pas d'amis. Seulement un mari, sur le papier. Une belle-famille qui me tolère, enfin c'est discutable...

Je monte dans ma voiture. Je rentre dans ce qui est considéré comme mon chez-moi. Mais ce n'est pas chez moi. Je ne m'y suis jamais sentie à l'aise. Surtout pas depuis la nuit de noces. De toute façon, je m'en fous. Enfin, c'est ce que j'essaie de me faire croire.

Bientôt, je m'en fais la promesse, je ne serai plus là.

cela fait relativement longtemps que je ne me suis pas [illegible] sur certaine [illegible] aurait peut-être déjà [illegible] c'est aussi [illegible] quand on y songe. Rien de bon n'en est jamais sorti, d'après mon expérience.

Je suis [illegible]. [illegible] je n'ai plus de motivation [illegible]. Enfin, [illegible] je n'ai encore rien ressenti.

Trente-cinq ans déjà passés dans cette vie, et peut-être autant [illegible]. Je n'ai perdu [illegible] sur le papier. Une belle-famille qui me tolère, enfin c'était [illegible].

Je ne me plains pas vraiment. Je rentre dans ce qui est considéré comme [illegible]. Mais ce n'est pas cher tout. Je ne [illegible] à [illegible] beaucoup par [illegible] de noces. [illegible] Je [illegible] que je [illegible] de me [illegible].

[illegible]

Chapitre 2

La pression familiale fait des dégâts

Dès que je tourne la clé dans la serrure, j'entends les ronflements s'échapper de sa chambre. Cette chambre qui n'a été la mienne qu'une seule fois et que, naïvement, avant notre beau mariage, je croyais acquise comme une normalité. Bref, depuis, nous faisons chambre à part. Je sais qu'il n'aura pas remarqué mon absence de cette nuit. Même si, il faut l'avouer, ces derniers jours, il me regarde étrangement. Je dirais même qu'il fait attention à ce que je sois présente ici. Normalement, je suis quasi invisible. Son travail doit lui peser... ou alors, peut-être n'a-t-il pas trouvé d'amants depuis un moment.

Notre mariage n'est qu'une mascarade. J'aurais dû me douter de quelque chose. Tout a été trop beau dès le départ. Trois ans et quelques mois plus tôt, je sortais d'une grosse réunion. À l'époque, j'étais commerciale dans une entreprise de systèmes de sécurité. Mon patron m'a alors présenté son ami de la fac : Jean-Guillaume de Saint Estef. Comme lui, il venait d'une très respectable famille de la bourgeoisie catholique bordelaise. Un déjeuner a suivi. Puis des mois entiers de sorties, d'invitations, de rendez-vous en grande pompe. Il m'a fait me sentir comme une princesse.

Jean-Guillaume a ouvert une porte en moi, une que je croyais verrouillée à jamais. Je me suis sentie aimée. Vraiment. Même mes silences étranges, il les acceptait. Je le trouvais beau à l'époque. Galant, charmant, à l'écoute. Jamais un mot plus haut que l'autre... Il me conseillait, me soutenait, m'emmenait en voyage, m'offrait des cadeaux. La petite fille en moi, privée d'anniversaires et de Noëls, était comblée.

Il n'a jamais tenté quoi que ce soit sexuellement, contrairement à tous les hommes que j'avais connus. Il disait vouloir attendre le mariage. J'aurais dû me douter qu'il y avait quelque chose de louche. Car il faut le dire : d'après mon expérience, je plais aux hommes. Beaucoup m'ont mise dans leur lit rapidement, toujours avec mon consentement et pas mal de plaisir, enfin à l'époque. Mais lui... il était si romantique, si attentionné. Il cuisinait, faisait le ménage, prenait soin de lui, de moi. Je vivais un rêve. Un rêve qui avait planté une graine en moi, un espoir : peut-être que ma vie valait quelque chose. Peut-être que j'avais le droit d'être aimée. Et d'aimer.

Même si, déjà, il y avait un point d'ombre : sa famille. Immense et exigeante. Il a fallu que je me fasse baptiser, que je change ma façon de m'habiller, ma façon de parler, ma façon de me tenir. La matriarche décide de tout. Mais je m'y suis pliée, trop heureuse, amoureuse. Et puis me fondre dans le moule, c'est un peu ma seconde nature, un instinct de survie. Et puis, je voulais peut-être encore un peu une famille. Une vraie. J'ai tout abandonné pour lui : mon passé, mon métier. Je suis devenue cette femme au foyer qu'ils attendaient, et que je déteste être aujourd'hui.

Je traverse la maison dans la pénombre, direction la cuisine. Je ne dormirai pas. Je suis rentrée par l'escalier de service, depuis le garage donnant sur la rue. Je devrais être morte à cette heure-ci. Au lieu de cela, je me prépare une infusion. Pathétique. Je regarde par la fenêtre les lumières du Jardin Public de Bordeaux. Nous habitons un des plus beaux immeubles de la ville, transmis de génération en génération. Jean-Guillaume est le dernier d'une fratrie de onze. Il hérite du deuxième et du troisième étage de cette demeure en pierre de taille, aux plafonds de 4,50 m. Ses parents, eux, vivent en dessous. Enfin... surtout sa mère. Son père est devenu presque un légume depuis son AVC.

On s'est mariés deux ans après notre rencontre. Un grand mariage en blanc, il y a quinze mois presque jour pour jour, célébré par un évêque soi-disant célèbre. Même si j'ai été obligée de me faire baptiser, je n'adhère ni à Dieu ni à la religion. Si Dieu existe, il ne laisserait pas des parents jeter leur enfant dans un conteneur. Bref.

La nuit de noces a tué le conte de fées. Le sexe ? Un cauchemar. Violent, douloureux. Une minute maximum. Puis il s'est enfui. Depuis, il ne m'a plus jamais touchée. Ni fait rêver. Fini la vie de princesse : il ne m'écoute plus, me parle à peine. Il me traite comme une bonne. Me méprise. Mais il a peur, parce que je sais. Oui. Je sais qu'il est gay.

Je l'ai vu. Plusieurs fois. Se flagellant avec un fouet, s'entaillant la peau. Il sort souvent, prétextant des réunions, puis se scarifie dans la salle de prière. Un jour de colère, je lui ai avoué que je savais. Une délectation. Mais ce con a tenté de se supprimer. Quel lâche ! Moi, si je veux quitter cette vie, c'est parce que je sais que je ne devrais pas être là. Lui, pff, seulement par lâcheté. Un minable. Je l'en ai empêché. Ironique, non ?

Depuis, on vit côte à côte. Sans un mot. Une comédie bien huilée. De toute façon, quand on se retrouve lors des nombreux repas de famille, les gestes tendres étant mal vus, il n'est pas difficile de jouer cette pièce.

C'est là que mon envie de mourir est revenue. Plus forte, avec une promesse de libération. Une promesse de paix que la pression familiale n'a fait qu'exacerber. Chez eux, la femme doit enfanter. C'est sa fonction divine. Les filles et les belles-filles enchaînent les grossesses, presque un bébé par an, une véritable usine à produire des petits êtres. Nous, rien. En même temps, cela ne risque pas. Jean-Guillaume m'a vue comme une solution à son petit problème de sexualité, mais il a oublié d'en imaginer les conséquences. Le cerveau de certains hommes n'est pas très efficient. Le sexe avec une femme le répugne. Même la vue d'un corps féminin le dégoûte. Un jour, je sortais de la douche, nue, pensant être seule. Il avait oublié son téléphone. J'ai vu son visage. La haine. Le dégoût. Pas seulement contre moi, non. Contre toutes les femmes. Je me demande parfois quel traumatisme sa mère, ou une de ses tantes, voire une bonne sœur, lui fait porter.

En même temps, penser à un quelconque rapprochement physique maintenant avec lui est tout simplement hors sujet.

Beurk. Je ne le déteste pas. Pas entièrement. Ce que je déteste, c'est la façon dont il me traite. Je sais qu'il souffre et que sa colère est dirigée contre lui-même. J'arrive même à avoir de la compassion parfois.

Dans sa famille, l'homosexualité est une abomination. Vraiment. Une maladie, un cancer. Il paraît qu'ils ont même des sortes de camps pour « aider à guérir ». C'est tellement ridicule. Donc lui, là-dedans, il n'a pas le choix. Ou alors il serait renié. Mis à la porte. Dans un autre monde, il aurait aimé un homme. Et moi… peut-être que j'aurais rencontré quelqu'un qui m'aurait vraiment aimée. Non… j'aurais juste pu mettre fin à tout, plus tôt.

Mes pensées tournent en boucle, comme à chaque fois que mon but ultime m'échappe. Ma seule satisfaction actuelle ? J'ai monté en secret une petite activité qui me rapporte un peu d'argent et comble mes longues heures de solitude. Je vole des livres dans des boîtes à livres et je récupère quelques objets lors d'événements caritatifs imposés par la paroisse. Ensuite, rien de plus simple : je les revends en ligne. Ça va des livres aux jouets pour enfants, en passant par des vêtements. J'engrange euro par euro sur un compte dont je suis la seule détentrice, ouvert dans un bureau de tabac. Personne n'en sait rien. Et personne ne doit le découvrir.

Cet argent n'est pas là pour m'assurer un avenir. Je veux juste disparaître de cette maison et, pour cela, j'ai besoin de moyens. Je refuse que quelqu'un d'autre décide de mon futur. Je finirai dans un cercueil ou dans une forêt, mais pas enfermée entre ces murs. J'économise aussi en grattant un peu sur les courses, ou sur les rendez-vous de coiffure. Chaque semaine, c'est brushing obligatoire, une exigence de la matriarche. La coiffeuse n'y est pour rien, mais j'avoue que j'ai souvent des pensées sombres envers elle. Moi, qui en plus ai les cheveux qui ondulent dans tous les sens.

J'ai dû arrêter de travailler. Et je n'ai pas le droit de demander mes indemnités chômage. La famille de Jean-Guillaume, sans être riche, n'est pas pauvre non plus. Mais en tant que femme supposée obéissante, je dois vivre à ses crochets. Comme toutes les femmes ici, je n'ai pas accès aux comptes. Pas de moyens de paiement à mon nom. Rien. Si j'ai besoin de quelque chose, je dois demander. Il dépose l'argent. Ou un chèque. Je suis une prisonnière en robe chic. Mais plus pour longtemps.

******

J'entends le réveil de Jean-Guillaume sonner. Par réflexe, sans même y penser, j'allume la cafetière et je sors la poêle. L'omelette au fromage du matin : rituel sacré de monsieur.

Même routine chaque jour. Il se lève, passe aux toilettes, puis dans sa salle de prière, prend une douche, et débarque dans la cuisine. Il m'ignore toujours, jamais un bonjour. À la place, il contemple son téléphone. Pas un merci, mais la promesse d'une scène si tout n'est pas prêt comme il l'entend. Je le sers. Il me laisse un peu d'argent si je le demande. Puis il part jusqu'à dix-neuf heures, voire plus les bons jours. Une mécanique bien huilée.

Mais ce matin, après la chasse d'eau, je sursaute quand il débarque directement dans la cuisine. Il me scrute de haut en bas, le visage traversé d'un rictus de dégoût et d'un sourire mauvais. En même temps, je ne dois pas avoir fière allure, trempée, maculée de boue et d'autres traces de la nature. Mais osera-t-il poser la question ?

— Avez-vous vos... vos trucs de bonnes femmes en ce moment ? finit-il par demander, hésitant et grognon.

C'est bien ça, rien sur la façon dont je suis habillée ou sur mon allure et mes yeux de panda. Je pourrais être couverte de sang qu'il ne le remarquerait pas. On se vouvoie depuis le mariage. Une tradition… familiale.

Je le regarde, interloquée. Il est vêtu d'un pyjama de soie grise, qui fait ressortir la bedaine qu'il cultive depuis quelques mois. Son charme s'effondre complètement. Ses cheveux bruns en bataille, la barbe en friche, et les premiers reflets gris le vieillissent à vue d'œil. Il ne me plaît plus. Plus du tout. Rien.

Il me fixe avec ses yeux bruns et cette expression méprisante. Aujourd'hui, clairement, ce n'est pas un bon jour. Je découpe le cheddar en petits morceaux, sans savoir quoi répondre. Sa question est surprenante, j'ai besoin d'y réfléchir. À travers la fenêtre, la pluie bat les vitres. Gris dehors, gris dedans.

— Allez-vous me répondre, oui ?!

Je déglutis, secoue la tête par réflexe. Non, je n'ai pas mes « trucs de femmes ». Je ne les ai jamais : j'ai recommencé à prendre la pilule en douce. Ah oui, c'est un autre de mes secrets. La pilule, dans cette famille, c'est l'œuvre du diable. Mais il est hors de question que d'une façon ou d'une autre je finisse enceinte.

— Pourquoi une telle question ? Qu'est-ce qui vous prend, voyons ? m'emporté-je.

— Il nous faut faire des enfants ! Pauvre idiote ! Il faut que ce soit notre dernier Noël sans progéniture !

Il marmonne entre ses dents :

— Je vais montrer à mon frère et à ma mère que moi aussi, je suis un homme.

Sa voix monte. Il hurle presque. Puis soudain, il m'estomaque encore plus :

— Retournez-vous. Baissez votre pantalon. Écartez les jambes et penchez-vous !

Je reste figée. Mon cerveau a du mal à réagir. Ma poitrine se serre. Des perles de sueur roulent le long de mon front.

— Non. Hors de question ! C'est ridicule ! Et nous savons tous les deux, de toute façon, que vous en êtes incapable.

Je me redresse, me campe sur mes jambes. Mon visage exprime la colère. Pour qui se prend-il ? Je le vois bouillir en retour. Sa famille a dû le piquer au vif hier soir. Et ça, le petit dernier ne le supporte pas.

Il s'avance brusquement. Je n'ai pas le temps de réagir qu'il me frappe pour la première fois. Une gifle puissante. Il hurle, m'insulte. Mon oreille siffle. Ma tête bourdonne. La poêle crépite à ma gauche. L'omelette brûle. Tant pis.

Il me donne un nouvel ordre, me menace d'une autre gifle. Je suis paralysée. Il me plaque contre le meuble de cuisine, couleur lavande. Tire sur mon legging mouillé. Il grimace. Le froid sur ma peau me réveille. Quelque chose de grave est réellement en train de se passer.

J'essaie de fuir. Mais je trébuche, entravée par mes vêtements. Je tends la main à gauche. Me brûle sur un des feux allumés.

— Mais qu'est-ce que tu es conne !

Il me tutoie maintenant. Un droit qu'il vient de s'arroger. Je hurle à mon tour. Je crie tout ce que j'ai dans mes tripes. Et surtout ce qu'il ne veut pas entendre :

— Jamais je ne vous laisserai me toucher ! Si tu oses, je révèle tout à ta famille. Pauvre petit homme gay. Tu finiras seul. Renié. Pauvre con !

Son visage se transforme. Une rage inhumaine l'envahit. Ses yeux deviennent noirs, vides. Il saisit la poêle brûlante, puis un couteau. Il va me tuer.

Je suis là, sans être là, et je vois la scène au ralenti. Son pyjama descend sur ses chevilles. Il crie sa haine. De lui-même. Du monde. De sa vie. Le couteau vise ma poitrine. La poêle approche de mon visage. Je sens la chaleur. C'est donc ainsi que je vais finir, comme une statistique de plus dans un monde de brutes aux traumas non résolus. Mais je vais enfin en finir. Je souris presque. Peut-être qu'en prison, il trouvera enfin ce qu'il cherche. Le fer approche. Le couteau pique ma peau. Aïe. J'aurais préféré quand même un départ sans douleur.

Je ferme les yeux. J'attends. Je supplie mon âme de partir vite. Et là… une chaleur m'enveloppe. Des courants d'air. Des odeurs. Tout s'arrête.

Quand j'ouvre les yeux, je suis assise sur le carrelage gris. Seule. L'omelette est carbonisée. Les plaques sont froides. Dehors, il fait jour. Tout est silencieux.

Je porte la main à ma poitrine. À mon visage. Aucune trace. Je suis entièrement habillée, avec des vêtements secs.

Je me lève et, sur une intuition, je traverse la cuisine, grimpe l'escalier. Jean-Guillaume est dans son lit. Je n'ai même pas besoin de le toucher.

Je sais qu'il est mort.

Chapitre 3

Nouvelle vie, nouvelle proposition

Je prends une grande inspiration pour chasser les pensées qui m'encombrent ce matin. Aujourd'hui, cela fait six mois que Jean-Guillaume est mort. Je tremble malgré les rayons du soleil qui caressent ma peau. Je ne sais plus très bien, maintenant, si je veux vraiment être morte. Je reste choquée d'avoir vu le corps de mon prétendu mari sans vie, ce matin gris de novembre. Moi qui donnais à la mort un doux parfum de liberté… Ce corps pâle, figé avec un rictus de douleur. Cela ne me donne plus envie. Il était mon premier mort. Aussi risible que cela puisse paraître avant lui, et à part à la télévision, je n'avais jamais vu de cadavre. Et malgré tout ce que je peux dire, je crois que je n'étais pas prête à faire face à la réalité de ce que je désirais. Je n'ai pas envie de ressembler à ça.

Depuis donc, je n'ai prévu aucune nouvelle tentative. Je n'en ai pas eu le temps. Je suis suspendue dans mes émotions. Libre, oui, mais perdue. Je ne sais pas quoi faire de moi, de ma vie. Je ne sais pas quelle est ma place, si j'ai des envies. Je ne sais même pas si je mérite vraiment de vivre ou si je mérite de mourir. L'image de la mort me hante encore presque chaque nuit. Si, quelque part, je veux encore mourir. Peut-être par habitude, ou par manque de prise sur la vie ou par facilité dans la gestion de ce que je ressens... Mais je ne veux pas finir ainsi : froide, raide et grise.

Je me sens scindée en deux. Il y a la partie de moi qui veut en finir, ma vieille compagne fidèle, et maintenant cette autre... celle que je n'entendais pas avant. Une facette silencieuse de mon être, qui veut, tenez-vous bien, survivre, et même vivre. Et pour l'instant, c'est cette facette-là qui tient bon, portée par la peur, le dégoût et le choc éprouvé il y a six mois.

Je sais que j'ai été sauvée, encore, par ces ombres, ces présences, qui veillent et me maintiennent en vie. Elles ont agi une fois de plus. Pour une fois, j'aurais presque envie de les remercier. J'aimerais tellement découvrir qui elles sont. Mais je ne sais pas par où commencer.

Je souffle. J'ai du mal à me reconnaître en ce moment, et cela m'épuise. Mais, étrangement, cela me tient aussi debout. Je divague comme d'habitude. Je secoue la tête, continue de marcher, perdue dans mes pensées, en ce jour d'anniversaire. Le ressac de l'océan accompagne mes pas. Le soleil, lui, baigne ma peau d'une douce chaleur. J'ai même commencé à prendre des couleurs.

Après ce jour fatidique, et à peine l'enterrement terminé, ma belle-famille a commencé à montrer des signes de nervosité. Jean-François, le dixième, était pressé de récupérer ce qui lui revenait de droit maintenant. Lui, il a des enfants, et un autre en route. Tous mes beaux-frères ont un prénom qui commence par Jean, tiens, d'ailleurs. Jean-André, Jean-Bernard, Jean-Christophe, Jean-Daniel, Jean-Eustache, Jean-François... et feu Jean-Guillaume.

Quant à mes belles-sœurs, leurs prénoms commencent par Marie. Étonnant, non ? Marie-Anne, Marie-Bernadette, Marie-Christine et Marie-Dominique. Et ce ne sont que leurs prénoms d'usage. Sur les livrets de famille, chacun en porte au moins quatre. Une autre tradition, sûrement.

On m'a donc, plus ou moins poliment, invitée à déménager rapidement. Mais mon cerveau, malgré tout, a de bonnes prédispositions. Ils n'ont pas réussi à me flouer autant qu'ils l'auraient voulu. Pas totalement du moins. Il n'y avait pas de contrat de mariage. Alors même si j'ai fait beaucoup de concessions, par manque de confiance, d'estime, ou par besoin de liberté, certaines choses me reviennent de droit. Et vu ce que j'ai vécu, c'est amplement mérité. Il ne manquait plus que le presque féminicide pour finir le tableau de cette vie si richement remplie.

C'est ainsi que j'ai hérité, rien que pour moi, d'une petite maison ayant appartenu à une tante célibataire dont ils évitent même de prononcer le nom. Une certaine Brigitte-Andrée, il me semble. Le mouton noir de la famille. Une féministe ! Aujourd'hui, je lui voue presque un culte. Grâce à elle, je peux vivre sereinement, et seule.

Ils ont tout fait pour me convaincre de la refuser, cette demeure, avec leurs sourires faux et leur gentillesse forcée. Je les ai laissés faire, amusée. Car dès que j'ai vu la maison, j'en suis tombée amoureuse. Une vraie révélation. Habiter face à l'océan, c'est un rêve que je ne savais même pas avoir. Ma maison est parfaite. Un rez-de-chaussée avec cuisine, séjour et toilettes ; un étage avec une chambre et une salle de bain. Tout cela situé dans un village de vacances privé, à La Palmyre, en Charente-

Maritime. Bien trop petite pour les autres membres de la famille, mais idéale pour moi.

À l'étage, j'ai une terrasse avec vue sur l'océan. En bas, un petit jardin entouré de sapins. Après les sapins, une piste cyclable. Et puis l'océan, à perte de vue. Il y a quelques maisons autour, mais je n'ai encore croisé personne. Sans doute des résidences secondaires.

Jean-André, avec l'aval de tous, m'a proposé une rente : 800 € par mois, à vie ou jusqu'à un hypothétique remariage, en échange de mes parts dans l'entreprise familiale. J'ai fait la grimace. Posé des questions. Trop de questions. Mon habitude reviendrait-elle ? La somme est vite passée à 1 000 €, puis 1 200 €. La matriarche tenait à mon budget coiffeur. Exceptionnel.

On a aussi longuement discuté des meubles. Dans l'appartement bordelais, il y avait quelques perles. J'ai habilement suggéré qu'ils les gardent, à condition de financer la remise en état de ma maison de plage. À mes goûts, bien évidemment.

L'affaire a été finalisée. Un week-end pour débarrasser mes affaires. Une enveloppe travaux, supervisée par Jean-Eustache, le plus compétent, paraît-il, dans ce domaine. Et après quatre mois d'un veuvage atroce chez la matriarche, qui me soupçonne encore d'avoir empoisonné son fils, alors que tout a conclue à une crise cardiaque, même sans autopsie (péché !), j'ai enfin emménagé dans mon cocon. Pour la première fois de ma vie, je ressens réellement de la gratitude. Je prends une grande inspiration. Je remplis mes poumons de cet air iodé de ce matin de mai ensoleillé.

Cela fait deux mois que je suis ici. Deux mois à profiter de l'océan. Et, un mois entier, oui je compte les jours, sans aucun contact avec la belle-famille. Alléluia ! Seule Odile-Françoise, une belle-sœur par alliance, m'envoie un message de temps en temps. La seule avec qui, de toute façon, j'avais noué un semblant de lien. Mais c'est très léger.

******

Je rentre chez moi par la baie vitrée. Depuis que je vis ici, je ne ferme jamais à clé. Je me sens protégée, presque en paix. Immédiatement, je me retrouve dans ma cuisine bleu clair, avec ma table en bois brut crème et ses quatre chaises en osier. En dessous, un tapis crème à franges ; au centre de la table, un bouquet de lilas. Je souris, on dirait un magazine de décoration. La cuisine est à gauche en entrant, avec un buffet à droite, ouverte sur le reste de la pièce. Après la table, il y a mon canapé gris clair, une table basse en bois brut crème elle aussi, une télé accrochée au mur au-dessus d'une cheminée. Derrière le canapé, une bibliothèque remplie de plantes vertes, dans le même bois clair, puis la porte d'entrée. Et à gauche, entre cette porte et le prolongement du mur de la cheminée, un escalier, avec les toilettes dessous. Un sentiment de bien-être m'envahit. J'aime vraiment cet endroit.

Je sens de petites griffes s'enfoncer dans mon legging. Je me penche et je prends dans mes bras la petite boule de poils que j'ai ramenée il y a quinze jours. Un chaton d'à peine deux mois, une femelle noire et blanche que j'ai trouvée seule, en piteux état, abandonnée sur un chemin de randonnée. Je me suis retrouvée en elle et je l'ai appelée Vénus. J'aime bien observer cette planète dans le ciel. Je pense encore, toujours, à mon passé, à mon présent, peut-être à mon futur aussi maintenant... tout en me noyant dans les yeux verts de Vénus. Je ne peux plus me tuer. Que deviendrait ce petit amour diabolique ? Cette maîtresse qui me réduit en esclavage à coups de ronronnements et de pelotages de patounes sur mon cœur.

Une nostalgie me serre la poitrine. Comment vais-je pouvoir vivre sans l'envie de mourir ? Qui suis-je sans cela ? Même si ce désir s'est enfoui pour l'instant, au moins avant j'avais un but.

Mon téléphone sonne. Je le prends, regarde le numéro. Inconnu, mais local. Je réponds machinalement, pensant à l'entreprise d'espaces verts qui doit venir tailler la haie.

— Madame Médian ? demande une voix de femme.

Sans en parler à ma belle-famille, j'ai repris mon nom de jeune fille. Celui que mes premiers parents adoptifs m'avaient donné.

— Oui ?

— Bonjour, je me présente : Raphaëlle Lenoir, du groupe Océanbooks. Nous sommes une maison d'édition. Monsieur Taillandu nous a parlé de vous et nous aimerions vous rencontrer, si vous cherchez toujours un travail ?

— Heu… Monsieur Taillandu… ah oui ! Bernard. Heu, oui… En effet. Mais heu… vous proposez quoi ?

— Nous recherchons une assistante d'édition. On vient de s'implanter sur le secteur et on a besoin de bras. D'après lui, vous seriez parfaite. On peut se rencontrer demain à Royan, disons 10 h 30 dans nos bureaux ?

— Heu je… Oui, mais je n'ai…

Je me mords la langue. Je me tais. J'ai besoin d'arrondir mes fins de mois, notamment pour payer sans sueurs froides les frais d'entretien des parties communes du village de vacances. Et il faut aussi que je pense à rentrer des stères de bois pour l'hiver.

Cependant, je ne connais rien à ce métier, encore moins à ce secteur. Mais j'ai besoin de travail. Avec appréhension, je finis par répondre oui et je confirme le rendez-vous tout en donnant mon adresse mail.

— Parfait ! Je vous envoie tous les détails de suite. À demain, bonne journée !

Je monte ensuite rapidement dans ma chambre, je me change, je redescends, j'avale un déjeuner sur le pouce, et je prends mon vélo pour me rendre dans le centre du village, chez Bernard.

Bernard Taillandu est le libraire du coin, mais pas seulement. Son commerce regorge de livres venus de tous horizons, de cultures, de collections... mais aussi de ce qu'il appelle des « attrape-touristes » et de trésors dénichés au gré des brocantes et vide-greniers qu'il adore arpenter. Tout ce fatras donne, dès l'entrée sous la clochette enrouée, l'impression de pénétrer dans une caverne d'Ali Baba aux mille couleurs et senteurs.

Quand j'entre, je le trouve à sa place habituelle : un livre sur les genoux, une tasse de café à la main. Je me fraie un chemin jusqu'à lui. Il a l'air concentré, le front plissé par des rides accumulées au fil de ses innombrables années. Bernard est un vieil homme qui devrait, depuis longtemps, être à la retraite, mais que son activité dans ce magasin maintient en vie. En l'aidant à classer quelques papiers, j'ai vu un document d'identité. S'il dit vrai, il a 89 ans. Quand je lui ai posé la question, il a simplement repris le papier en rappelant que « l'âge, c'est dans la tête ». Son visage est marqué, mais son esprit, lui, reste vif et joyeux. Bernard, c'est la mémoire du monde, de l'Histoire. Et des histoires, il en a toujours en réserve, pour petits et grands.

— Bonjour !

Il relève la tête. Quand ses yeux bleus presque blancs se posent sur moi, il sourit.

— Voilà la fille de la ville qui me rend visite ! Tu as déjà fini le McCarthy ?

Je me sers un café dans la vieille cafetière à filtre et je m'assois en face de lui.

— Non, je ne l'ai pas commencé. Mais je vais le faire bientôt.

Mes souvenirs et cette maudite date anniversaire m'en ont empêchée. Mais au lieu d'avouer, je lui parle du coup de fil que je viens de recevoir.

— C'est bien, ma fille. C'est très bien qu'ils t'aient appelée. Tiens, va donc voir sur l'étagère du haut, la troisième sur la gauche, avec les livres de voyage. Océanbooks, c'est un nouveau fournisseur, mais l'équipe s'y connaît en mythes et légendes du monde et de la mer.

— Mythes et légendes du monde et de la mer ? Y a vraiment des gens qui lisent ça ?

Il me regarde, fronce les sourcils. Avec ses traits figés, il ressemble à ce personnage dans le film de pirates avec Jack Sparrow, celui qui a des coquillages sur le visage et des cheveux de serpent.

— Oui, moi, ça m'intéresse, Madame-de-la-ville-qui-croit-tout-savoir ! Et ils n'ont pas que ça. Ils m'ont offert les premiers exemplaires. Les touristes vont adorer. Tu devrais les lire aussi. Ça t'ouvrirait l'esprit !

Je hausse les épaules. J'ai l'habitude de son parler franc. Avec lui, en un peu plus d'un mois, j'ai appris plus qu'en des années sur des sujets aussi loufoques que graves. Je me dirige vers l'étagère. Je trouve les trois livres : Les sirènes, créatures enchanteresses, La vérité sur l'Atlantide et Poséidon, un vrai dieu ou une légende. Ce dernier, je pourrais l'envoyer à ma belle-mère. Ça lui ouvrirait peut-être l'esprit. Je me mords la langue. Je n'aime pas être méchante. Et pourtant, avec elle...

Je me sens soudainement abattue. J'ai besoin de ce travail, de cet argent. Mais je ne connais rien à ces sujets. Je ne savais même pas que des gens écrivaient là-dessus sérieusement. Pour moi, ce sont des thèmes de dessin animé ou de blockbuster. J'aime lire de temps en temps, oui. Mais des livres qui font peur. Sur ma table de chevet, Grangé, King et Chattam ne sont jamais bien loin.

— Je peux te les emprunter jusqu'à demain ?

Il grogne un « oui », mais un grognement souriant. Bernard n'a pas de famille. J'aime bien passer du temps avec lui. C'est une figure rassurante. Mon seul véritable contact humain, en ce moment. La boulangère ne compte pas. Je lui promets de ramener les livres après l'entretien.

Je passe derrière le comptoir pour récupérer un sac et je me remets en selle. Il va bientôt fermer de toute façon pour sa sacro-sainte sieste, de 13 h 30 à 17 h.

De retour chez moi, je m'installe à l'ombre des sapins dans mon jardin. Le soleil de mai démarre fort. Je scrute les trois livres, puis j'ouvre le mail reçu avec les coordonnées. Je clique sur le lien menant au site internet de l'entreprise. Ils éditent quelques romans historiques, mais leur catalogue s'oriente surtout vers les mythes, les légendes et les religions. Mais vraiment tout : Nessy, Brocéliande, Merlin, Stonehenge, les statues de l'île de Pâques, un traité de démonologie (oui, oui)… Et aussi sur la création du monde, les Templiers, les francs-maçons. Une autre collection est dédiée aux sectes, au sectarisme. Et encore d'autres sur les dieux grecs, le culte d'Isis… Un titre attire mon œil : Que sont devenus les enfants de Jésus et Marie-Madeleine ? Ma belle-famille me revient aussitôt en tête. Je les imagine réunis autour d'un bûcher, brûlant ce livre jugé hérétique et les autres aussi.

Bref, j'apprends qu'Océanbooks vient tout juste de s'installer à Royan. Leurs autres bureaux sont à Paris et à New York, tout de même. Avant d'ouvrir les livres, je prends un bloc-notes et je commence à lister les qualités d'une assistante d'édition. Parce qu'aimer les livres, ce n'est certainement pas suffisant. Et je ne sais pas si je les aime « suffisamment », mais j'ai une certaine curiosité. Je me rends compte que… je veux vraiment ce poste. Vraiment. Comme si ma vie en dépendait. Comme si j'avais besoin d'une bulle d'air pour ne plus rester seule avec mes pensées.

Cependant, tout à coup, je me sens incapable. Nulle. Écrasée sous une avalanche de doutes. Mes pensées sombres me rattrapent comme un vieux manteau d'ombres dont je ne parviens pas à me défaire. Je me sens engloutie. Inutile. Je ne mérite pas de vivre. Les larmes montent. Je suis secouée par des émotions vertigineuses, funestes. Je perds pied.

Un miaulement me ramène à la surface. Vénus râle, elle ne peut pas venir jusqu'à moi. Je me lève, je la détache, l'attache à ma chaise. Elle est encore trop petite pour vagabonder librement. Si je la perdais... Non. Je préfère ne même pas y penser.

Le chaton grimpe sur mes genoux, se niche dans mon cou, ferme les yeux en ronronnant. Je la caresse. Peu à peu, les battements de mon cœur ralentissent. Le vieux manteau d'ombre glisse à terre et me laisse du répit.

Chapitre 4

Chassez le naturel, il revient au galop

Je suis déjà devant le bâtiment. J'ai trente minutes d'avance. La nuit a été agitée, mais cette avance me sécurise et, de toute façon, avec le stress, je ne pouvais plus rester chez moi. Il fait encore beau aujourd'hui, mais la météo prévoit de la pluie pour ce soir. Le mois de mai est l'un de mes préférés. Je lisse mon chemisier, je me reprends. Mes mains sont moites, il ne faut pas que je le tache. J'ai enfilé pour l'occasion un pantalon fluide noir et un chemisier blanc. Hier après-midi, j'ai mis un temps fou à choisir ma tenue dans une boutique du centre. J'ai beaucoup maigri ces derniers mois.

Je n'ai jamais eu de poids de forme. Soit j'affiche une dizaine de kilos en trop, soit une silhouette un peu squelettique. Un yoyo perpétuel, sans même faire attention à mon alimentation. Pour tout dire, je prends peu de plaisir à manger. Après mon mariage, l'ennui, l'obligation de cuisiner et les repas de famille à répétition m'avaient fait prendre deux tailles. Aujourd'hui, j'en ai perdu au moins trois. Je mange parce qu'il le faut bien, c'est tout. Mais rien ne me fait vraiment envie.

Je n'ai plus l'habitude de m'apprêter non plus. On s'habille comment dans une maison d'édition ? J'espère être dans le ton : ni trop classique, ni trop élégante. Normalement, mes tenues, c'est : jean, pull, baskets, ou jogging large et pull-over oversize, toujours en noir, gris ou bleu foncé. C'est mon uniforme. Pour aujourd'hui, j'ai relevé mes cheveux châtains en une sorte de chignon que j'aurais voulu mieux réussi. Quelques mèches rebelles s'en échappent, à mon grand dam. J'ai aussi mis un fard à paupières brun doré, un peu de mascara et un gloss irisé. Tout ce que je porte est neuf. Je ne m'étais plus maquillée depuis le jour de mon mariage. Je n'avais plus besoin de plaire. Plus l'envie non plus. Et puis, le maquillage, dans ma belle-famille, était vu comme une forme de prostitution. Oui, ils en étaient là.

L'immeuble devant moi est presque immaculé, blanc, avec deux étages. Au rez-de-chaussée, un loueur et réparateur de vélos. Sur la porte grise de gauche, au niveau des sonnettes, une plaque discrète : « Oceanbooks ». La maison d'édition se trouve dans une rue parallèle à la grande promenade, deux rangées d'immeubles avant l'océan.

Je suis venue en voiture. À chaque fois que je la prends, un sentiment de liberté me traverse. Avant Jean-Guillaume, je conduisais une vieille Twingo, mais après le mariage, mes trajets se faisaient en transports en commun ou sur le siège passager. Je n'avais plus le droit de décider moi-même de la direction à prendre.

Je rumine encore. Il faut que j'arrête. Je culpabilise d'avoir laissé la femme forte que j'étais devenir si fade, et d'avoir perdu autant d'années…

Soudain, je remarque que de puissants rayons du soleil éclairent le deuxième étage du bâtiment où j'ai rendez-vous. Ou plutôt, comme une lumière qui apparaîtrait de l'intérieur. J'éprouve une sensation étrange. L'impression que… J'essaie de mieux regarder, mais le phénomène est déjà terminé. Pendant une fraction de seconde, j'ai cru voir des lueurs toucher l'immeuble et y pénétrer. Je secoue la tête. Voilà que je commence à avoir des hallucinations.

Dans le magasin de vélos, un homme m'observe à travers la vitrine. Je sursaute. Je ne l'ai pas vu entrer dans ce qui doit être sa boutique. Dès qu'il s'aperçoit que je l'ai remarqué, il se retourne et disparaît dans le fond du magasin. Une dizaine de vélos encombrent l'entrée.

J'ai les mains de plus en plus moites. Je sais qu'au moment où commencera mon entretien, je serai jugée. Cette idée m'effraie. Elle me ramène à tant de moments que je voudrais oublier. Je suis persuadée que je n'aurai pas ce poste. Je n'en ai pas les capacités. Un désespoir profond m'envahit. Mon vieux manteau d'ombres repose de nouveau sur mes épaules. Dans mon ancien métier, j'avais appris avec le temps, j'avais fini par y arriver. Mais cette époque est loin. Depuis, je n'ai rien fait. Pire, j'ai sombré. Oui, je lis, et j'ai lu un peu aussi durant mon mariage, mais souvent des livres imposés par ma belle-mère. Des lectures religieuses qui m'endormaient avant la deuxième page. Je vends encore quelques livres d'occasion, certes, mais à part ceux que Bernard m'a prêtés récemment, je suis quand même loin d'être passionnée. Je ne pourrais même pas remplir une bibliothèque avec mes lectures de toute une vie. Et puis, mes préférences vont aux thrillers. Rien à voir avec la ligne éditoriale d'Océanbooks.

Ils vont me rejeter, peut-être se moquer. Je veux fuir, disparaître, pleurer. Mes pensées s'emballent. Une voiture passe en trombe. Je reviens à moi et consulte ma montre. Il me reste quelques minutes. Quelque chose en moi m'oblige à rester, c'est étrange, comme si mes pieds ne pouvaient pas bouger. Peut-être cette nouvelle partie de moi ? Celle qui, en plus de m'aider à vouloir vivre, aurait l'intention de m'ouvrir des portes ? Je tente de me recentrer.

Hier soir, deux idées ont germé dans ma tête. La première : poser un ultimatum à mes soi-disant sauveurs pour qu'ils se manifestent enfin devant moi. Je saurais enfin si je suis folle ou pas. Je préférerais le « ou pas ! ». Soit ils se montrent, soit... Hum... C'est là que ça coince. L'idée même de provoquer une nouvelle expérience qui pourrait mal tourner me terrifie. M'imaginer grise et sans vie me fait frissonner. Mais je ne supporte plus de ne pas savoir. La deuxième : entamer une thérapie. Mais j'ai peur. Peur d'être enfermée ou droguée. J'imagine déjà le premier rendez-vous : « J'ai tenté de me suicider plusieurs fois, mais des fantômes viennent me sauver. » Comment voulez-vous que je fasse ? C'est impossible. On m'internerait immédiatement.

La porte de l'immeuble s'ouvre. Une femme plus petite que moi en sort et entre dans le local à vélos. Elle s'agrippe au cou d'un homme, pas le même que celui d'avant. Ils s'enlacent passionnément. Je détourne les yeux, gênée. Aucun homme ne m'a jamais tenue ainsi. C'est intense, dégoulinant de sexualité, sauvage.

Quand je reporte mon regard ailleurs, le premier homme est maintenant dehors. Il sort un vélo et me fixe avec un rictus amusé. Waouh, il est beau, magnétique même, mais je ne suis pas intéressée. Enfin… j'aimerais ne plus jamais l'être. Je crois que j'ai assez donné.

La jeune femme ressort, s'éloigne de son amant, mari, copain ? Mais il la suit dehors, l'enlace à nouveau. Il est grand et longiligne. L'autre, celui qui me regarde encore, est un peu plus petit, mais bien plus massif. Il a probablement un abonnement à vie dans une salle de sport. Je secoue la tête, mal à l'aise à la fois par son regard et par mes propres pensées. Je fais quelques pas sur le trottoir pour arrêter de les regarder. Quatre minutes avant l'entretien.

— Madame Médian ?

C'est la jeune femme qui m'interpelle. Elle s'approche, tout sourire, vêtue d'un pantalon rose pâle et d'un chemisier vert trop ouvert. Je n'arrive pas à ne pas regarder. Elle se présente en me serrant la main : Raphaëlle Lenoir, celle qui m'a appelée. Elle suit mon regard, rigole et incrimine Simon, son petit ami.

Raphaëlle est une pile électrique. Elle m'entraîne avec elle et me présente aux deux hommes comme si mon embauche était déjà actée. Simon me fait la bise comme à une vieille amie. Il sent l'alcool. L'autre, Mickaël, se contente d'un hochement de tête. Ses yeux sont d'un bleu orageux. Son regard me dérange. J'ai l'impression qu'il lit mes secrets.

Heureusement, Raphaëlle m'attrape à nouveau, ouvre la porte de l'immeuble et grimpe l'escalier. La tapisserie orange à grosses fleurs détonne. La façade est jolie, mais l'intérieur a besoin d'un sacré relooking. On se croirait figé dans les années 70.

— Ici, c'est notre bookstore. On réceptionne et on envoie certaines commandes. Et on montre nos publications. Un showroom, en somme. Mais viens, je vais te montrer ton bureau. Ne t'inquiète pas pour l'entrée, on va la refaire. On vient juste d'arriver.

Mon regard doit en dire long si elle comprend mes pensées. Il faut que je me ressaisisse. Pas le temps de répondre. Nous montons au deuxième. Un petit open space avec deux bureaux, un coin cuisine, et au fond un bureau fermé.

— Là, c'est celui du boss, André, montrant la porte d'un bureau fermé. Voici le mien. Et là, le tien. On a un budget déco pour que tu te sentes bien, ne t'inquiète pas.

Comme s'il l'avait entendu, André sort de son bureau. Je suis stupéfaite. Il ressemble trait pour trait à Bernard. Je le fixe, et me rends compte qu'il me tend sa main depuis un moment.

— Vous êtes de la famille de Bernard ? Euh, pardon... Bonjour. C'est juste que la ressemblance est frappante avec le libraire, Monsieur Taillandu.

— On me le dit souvent, enfin depuis que nous sommes ici. Enchanté, Anaïs, si je peux vous appeler par votre prénom.

Sa voix est grave, chaude, enveloppante. La voix d'un Père Noël bienveillant. Je hoche la tête.

— Parfait. Première règle ici : on s'appelle tous par nos prénoms. Deuxième règle : on se tutoie. Ça te va ?

Je hoche à nouveau la tête. Il sourit.

— Parfait. Tu as tous les critères pour être embauchée. Viens signer ton contrat. Et je suis bien moins vieux que ce Taillandu !

Raphaëlle me colle une tasse de thé dans les mains, et je suis André, abasourdie.

******

Vénus se cale dans mon cou pendant que je grignote une salade industrielle, assise dans le jardin à l'ombre d'un parasol beige. Mon contrat de travail signé est sous mes yeux. J'ai du mal à y croire. Me voilà assistante d'édition. Oui, j'ai eu le poste. Oui.

Une fois dans le bureau d'André, il m'a demandé si j'aimais les livres. J'ai soufflé un timide « oui », m'attendant à un interrogatoire. Mais rien de tel n'est arrivé. Il m'a regardée avec une bienveillance presque déroutante et m'a tendu le contrat déjà rempli à mon nom. Il a parlé d'instinct, qu'il faisait toujours confiance au sien. Et voilà. Je commence demain. Demain, je suis assistante d'édition. Raphaëlle m'a serrée dans ses bras en partant, me promettant qu'on se mettrait vite à la décoration de mon bureau avec une joie non dissimulée. Cela me fait bizarre, je crois que personne n'avait jamais été comme ça avec moi. Comme si on se connaissait presque depuis toujours, des sortes de besties for ever.

Je croque dans un poivron. Grimace. Ma poitrine se serre, je connais trop bien ce signal. Les larmes me montent aux yeux, ma respiration se saccade et un léger mal de tête m'envahit. Je tremble, même s'il fait chaud. Une phrase résonne dans ma tête, en boucle, impitoyable :

« *Tu n'y arriveras jamais. Tu n'es bonne à rien. Tout le monde va te détester d'ici peu. Tu ne mérites pas de vivre. N'oublie pas d'où tu viens.* »

Ma poitrine se contracte de plus belle. J'en oublie le contrôle de mon corps. Je me dégoûte. J'ai chaud. Je me déteste. Je n'aurais jamais dû signer ce contrat.

Ils vont me rire au nez, quand ils vont s'apercevoir de qui je suis réellement. Ils vont me congédier avant la fin de ma période d'essai. Et si ma belle-famille l'apprend, vont-ils me couper les vivres ? Cela voudrait dire que, quand je me ferai virer, je n'aurai plus rien. Je n'aurais jamais dû aller à ce rendez-vous ce matin. Bernard n'aurait jamais dû parler de moi. Les larmes coulent de plus en plus alors que la panique m'envahit complètement. Je ne comprends pas ce qui m'arrive, mais c'est insupportable. Je suis seule. Seule au monde. Je ne veux plus ressentir ça. Ça fait trop mal.

Mon manteau d'ombre me recouvre entièrement, m'enserre jusqu'à devenir un étau et prend toute la place. Il n'y a que lui et il prend le contrôle de mon être.

Je me lève d'un bond. Vénus miaule. Je pleure de plus belle, car ce chaton est mon seul lien à la vie. Mais là, la crise est trop forte. Il faut que ça cesse. J'ai un besoin urgent d'en finir, de faire taire la douleur dans ma poitrine. Je ne peux plus vivre ainsi.

La partie de moi qui veut mourir se réjouit. Elle reconnaît les signes du passage à l'acte. Il faut que ce soit rapide et sans trop de douleur. Je cours à la cuisine, ouvre le sac de croquettes, le pose au sol. Vénus ne doit pas mourir de faim. Et ensuite, elle est tellement mignonne qu'elle trouvera forcément une nouvelle famille.

Je grimpe les escaliers en courant. Le manteau d'ombre me hurle à l'oreille toutes les possibilités qu'il entrevoit pour ce passage à l'acte. Vite, trouver quelque chose pour me faire du mal une dernière fois et tirer ma révérence. Je fais couler de l'eau dans la baignoire et je sors le sèche-cheveux de sous le lavabo. C'est fou tout ce qu'on peut trouver sous la main quand on veut vraiment faire une connerie.

Je le branche et je prends le temps de me déchausser, en me trouvant ridicule d'enlever mes chaussures. Ce n'est pas comme si j'allais les reporter un jour. Je m'assois dans l'eau froide. Je ferme les yeux. Il suffit juste maintenant de le laisser tomber, et tout sera enfin fini.

Chapitre 5

Quand la curiosité est trop forte…

J'ouvre la porte de l'open space. Aucun bruit. Je suis la première arrivée. En bas, il n'y a que Simon, occupé à pester contre le retard de Mickaël et une énième gueule de bois carabinée. C'est étrange : Raphaëlle n'est pas non plus arrivée et normalement elle est toujours là avant moi. D'ordinaire, c'est l'odeur du café frais qui m'accueille dès que je pousse la porte du bureau.

Soyons clairs : ma première pensée est, les deux cousins, Raphaëlle et Mickaël sont cousins, étrange coïncidence, ont encore trop fait la fête. Ou plutôt que Raphaëlle et Simon ont traîné en soirée, et que Mickaël, qui a lui aussi une bonne descente, les a accompagnés pour surveiller. Il est bizarre, on dirait que tout ce qu'il fait, il n'aime pas, mais il le fait quand même. Et même s'il se plaint au lieu de rentrer chez lui, il fait la fête sans aimer faire la fête. Le mec boit, mais un peu comme moi, oui j'ai un autre don : j'ai l'impression que l'alcool n'a pas grande prise sur lui. Enfin, peut-être un peu plus sur moi... vu l'épisode d'il y a quelques jours. Ces trois-là, en tout cas, sont de grands épicuriens. Je les soupçonne même parfois d'avoir un problème avec l'alcool et/ou la nourriture. Surtout Simon, je ne suis pas sûre qu'il passe un jour la quarantaine, car si les deux autres semblent provenir d'une famille que rien ne peut ébranler, lui la gueule de bois semble vouloir le tuer à petit feu.

Depuis dix jours que je travaille chez Océanbooks, je passe presque toutes mes pauses déjeuner, mes pauses-café et mes soirées avec Raphaëlle et Mickaël (même si ce dernier ne m'adresse que rarement la parole), souvent Simon aussi. Je n'avais jamais rencontré des gens aussi prompts à célébrer la vie. Parfois, André se joint à nous. Et même s'il est plus âgé, il n'est pas en reste. Quoique... comme Mickaël, il y a chez lui une certaine retenue. Et une tempérance exceptionnelle face à l'alcool ingurgité.

J'appelle André à haute voix, pour le prévenir de mon arrivée. Normalement, il est toujours là. Toujours. À croire qu'Océanbooks lui appartient. Mais personne ne répond. Le bureau est totalement vide. Je suis seule, enfin…

Je dépose le sac de transport de Vénus sur mon bureau et l'ouvre. La petite chatte bondit aussitôt, parfaitement à l'aise dans cet environnement qu'elle connaît bien désormais.

Il y a dix jours, alors que j'étais sur le point de commettre une nouvelle fois l'irréparable, la sonnette de la maison avait retenti. Presque en même temps, les plombs avaient sauté : mon électrocution n'a pas eu lieu.

Choquée, vidée, je m'étais laissée aller aux larmes, recroquevillée dans l'eau froide. Et là, j'avais entendu la voix de Raphaëlle en bas. Elle était entrée par la baie vitrée, comme si elle était chez elle. Il y a des gens introvertis qui n'osent jamais… Eh bien, elle, c'est tout le contraire ! Je pense qu'à son contact, je m'améliore d'ailleurs. J'ai même réussi à avoir une conversation avec Mickaël l'autre soir, la seule. Ce mec m'attire autant qu'il me fait peur. En même temps, il dégage quelque chose d'ultra froid mais, quand on capte un de ses rares sourires… OMG ! Mon corps entier se met à danser. Et très clairement, je ne suis pas la seule femme à avoir des vues sur lui. Partout où on passe, il fait tourner les têtes. Enfin, je n'ai pas de vues sur lui, je profite juste du paysage.

Bref. En entendant la voix de Raphaëlle, cet après-midi-là, j'avais paniqué. Je m'étais précipitée pour me laver le visage, me changer, descendre et prétexter une sieste. Elle n'avait rien dit de mes yeux rouges. Elle avait simplement souri, brandissant des catalogues de fournitures de bureau, de décoration… et un sachet de chouquettes. D'après elle, elle ne pouvait pas attendre une minute de plus avant de voir sa nouvelle collègue bien installée. Alors, elle avait récupéré mon adresse sur mon contrat et, sans hésiter, elle était venue chez moi. Je vous le dis : cette femme est à moitié folle. Mais une folie qui fait du bien.

Tout de suite, elle a fondu pour Vénus. En une minute, la petite chatte avait conquis une nouvelle maîtresse et une vie de princesse. Il fut vite entendu qu'elle ne pouvait pas rester seule chez moi durant mes absences. Depuis, elle a son arbre XXL derrière mon bureau, et hier Mickaël, sous la contrainte de sa cousine, a ajouté un accès sécurisé pour qu'elle puisse grimper jusqu'au toit-terrasse.

Il y a dix jours, j'ai gagné une amie. Ma première véritable amie, c'est effrayant, mais c'est très clairement ce que je pense de cette nouvelle relation. Raphaëlle m'a aidée à choisir stylos, blocs-notes, chaises, plantes… Elle a ri, m'a fait rire. Mon cœur a fondu. Le vieux manteau d'ombre n'est pas réapparu une seule fois depuis. Il a disparu sous la surface de la Terre et, bizarrement, il ne me manque pas. Du moins, je n'y pense pas.

Je me sens plus légère. Je dors même mieux. Mes cauchemars du corps de mon défunt mari se font rares. Je fais partie de quelque chose. D'un clan. D'un groupe. D'une entreprise. Je ne suis plus seule. J'existe. Enfin... je crois que j'en ai le droit.

Ce soir-là, il y a 10 jours, Simon accompagné par Mickaël avaient débarqué avec des pizzas, du vin, du rhum. À ce souvenir, je rougis : je n'ai plus aucun souvenir de la fin de la soirée. Raphaëlle m'a dit que j'avais un peu trop abusé du ti-punch. C'est Mickaël qui m'a mise au lit, pour tout avouer. La honte, mais, en tout bien, tout honneur bien sûr. Jamais, je n'ai perdu le contrôle ainsi. D'habitude, l'alcool n'a pas d'effet sur moi. Et là... trou noir.

Aurais-je remplacé mon manteau d'ombre par une propension à faire la fête ou à devenir alcoolique ? Quel est le pire ?

Le lendemain de cette fameuse première soirée, Raphaëlle était devant ma porte dès huit heures, avec un café. Elle m'a rassurée : personne ne me rejetterait pour ma tendance festive. Bien au contraire, j'étais « des leurs ». J'avais passé, presque haut la main, comme un concours d'entrée. Et par chance, ou à cause de mes bizarreries peut-être, j'avais pu commencer mon premier jour sans aucun symptôme de gueule de bois.

Depuis dix jours, je suis invitée à tout : spa, massages, ciné, restos. Et presque chaque jour, ils s'invitent chez moi aussi. Surtout Raphaëlle. Et je dois reconnaître… j'aime ça. J'ai repris un peu de poids. Mes cernes sont moins marquées.

Je mets la machine à café en route. Je regarde dehors. La rue est calme, trop calme. Tout est trop calme ce matin. Certains silences m'effraient. Ou alors c'est moi qui n'ai plus l'habitude, perdu si vite l'habitude. La solitude me fait peur en vrai. Je tiens parce que je sais qu'une fois levés, Raphaëlle, Mickaël ou André seront là. Simon, lui, est moins présent, concentré sur son entreprise de vélos. Ma poitrine se serre : perdre ça, me tuerait. J'ai peur qu'une nouvelle fois, on m'arrache un bonheur que je touche à peine du bout des doigts. Et j'en ai marre d'avoir peur.

Je traverse la pièce, ouvre une fenêtre. Je tente de me calmer en respirant. Pourquoi je réagis si fortement à tout ? « Respire. Secoue-toi. » Je me mets à trembler, à bouger tout mon corps durant deux minutes. Une technique lue dans des livres que l'on a édité pour apaiser l'anxiété. Ça va mieux. Il faut que j'arrête de laisser ma tête partir dans des scénarios négatifs.

Je passe devant le bureau d'André. La porte est entrebâillée. Normalement, elle est toujours fermée à clé en son absence. Merde ! Et s'il était là, mais qu'il avait fait un malaise ? Certes, il est moins vieux que Bernard, mais pas tout jeune non plus. Je l'appelle. Silence. Je frappe. Je pousse la porte et entre. Son bureau est vide.

Comme la toute première fois où je suis venue, je remarque une lumière étrange. Lors de mon premier entretien, un éclat de lumière m'avait attirée. André avait pointé un cristal Feng Shui reflétant le soleil. Mais aujourd'hui, la lumière vient de l'armoire. J'en mettrais ma main à couper. Et à cette heure-ci, aucun rayon de soleil n'atteint ces fenêtres.

Même si l'envie de découvrir ce que cache cette lumière est forte, je reste à l'entrée. Ce bureau a quelque chose de sacré. Tout est blanc, minimaliste. Mais je commence à me dandiner d'un pied à l'autre, car cette lumière m'attire de plus en plus. Irrésistiblement. Après tout, je suis toute seule, personne ne le saura. Mon cœur s'emballe. Je fais les quelques pas qui me rapprochent de l'armoire banale, blanche, de bureau.

Je me rends compte que mes mains sont moites. Je prends une grande respiration, écoute. Silence. Je suis bien toute seule. Alors je ne résiste plus. J'ouvre. Mes yeux s'agrandissent. Les mots me manquent.

À l'intérieur, il n'y a qu'une seule chose : un livre. Un énorme livre, illuminé de l'intérieur… D'une telle luminosité qu'il en fait presque mal aux yeux.

Je m'approche. Ses pages semblent anciennes, elles scintillent d'une écriture dorée. Pas des lettres. Des formes rondes, elliptiques. Calligraphiées. Vivantes. J'ai presque l'impression d'entendre un chant. C'est… irrésistible. Je tends la main.

Un bruit me fait sursauter. Vénus vient de rater son saut en essayant de grimper sur une chaise dans le bureau du boss. Mon cœur explose de peur dans ma poitrine. Je reprends mon souffle, gronde gentiment la petite chipie. Puis je me tourne à nouveau vers le livre.

Je tends la main comme s'il allait me révéler une évidence. Comme s'il était la clé de toute ma vie. J'ai l'impression de dérailler, mais quelque chose s'ouvre en moi. Je peux lire cette écriture. C'est la première fois que je la vois et pourtant je suis certaine de la comprendre. C'est… comme… angélique ou l'idée que l'on se fait de ce mot. Je ne sais pas comment je le sais. Mais je le sais.

Les écrits semblent prendre possession de moi. J'y suis presque. Je touche du doigt la pièce manquante du puzzle de toute mon existence.

— Ne touche pas à ça !

Mickaël surgit. Il me repousse et referme l'armoire. Mon cœur se serre.

— Efface-lui la mémoire, putain ! C'est pas croyable !

— Tu es vraiment une brute parfois...

Raphaëlle approche. Elle me regarde.

— Désolée... Tu n'aurais pas dû. C'est trop dangereux. Ce n'est pas pour toi. Regarde-moi.

Je ne peux plus bouger. Mes paupières se ferment. La présence de Raphaëlle devant moi me plonge dans un état étrange, comme modifié. Sa voix résonne, douce et claire.

— Tu es arrivée ici sereine. Je suis venue. Je suis repartie chercher un en-cas. Tu n'es pas entrée dans le bureau de Meta... André, je veux dire. Dans dix minutes, tu m'entendras arriver et on passera une super journée, en sécurité, chère Anaïs.

Je sens qu'elle se tourne vers Mickaël. Je suis figée, mais j'entends tout.

— C'est la dernière fois que je lui efface la mémoire ! Déjà pour la soirée pizza...

— Elle a menacé de s'ouvrir les veines devant nous ! Il faut la protéger d'elle-même, comme d'habitude ! rétorque Mickaël.

— Oui ! Mais elle a découvert qui on est. Il faut lui dire. Ça fait deux fois. C'est le moment.

— Non ! Elle ne sait pas vraiment... Elle a juste compris que nous étions les présences qui la sauvent d'elle-même. C'est un danger ambulant. Heureusement que tu lui effaces la mémoire. Tu as failli dire Métatron !

Je suis toujours incapable de bouger, mais les souvenirs de la soirée reviennent, clairs comme de l'eau de roche. La fameuse soirée pizza. Hilare, pour une fois, je n'avais pas fait attention et je m'étais blessée avec le couteau, mais Mickaël avait réagi plus que prestement. La coupure n'avait pas été très loin. Simon, lui, était resté figé, comme moi maintenant, incapable d'un geste. Et Raphaëlle avait apposé sa paume chaude et douce sur le début de la blessure. Instantanément, elle avait disparu.

C'est là que j'avais compris qui... ils sont.

Je les avais interrogés, affolée, mais mes yeux étaient devenus lourds, si lourds. Comme s'ils s'étaient éteints tout seuls. Mon dernier souvenir est celui de Mickaël qui me soulève comme si je ne pesais rien, son regard fixé sur moi avec une intensité que je n'oublierai jamais. Le blackout... c'était eux, pas l'alcool. À chaque moment où j'ai voulu mourir, c'était eux.

Ce sont mes putains d'anges gardiens ! Ou quelque chose qui s'en rapproche.

Je ne peux toujours pas bouger. Mais je suis en colère, une colère sourde qui brûle dans mes entrailles. Ils m'ont trahie. Ils m'ont manipulée. Derrière mes paupières closes, une lumière bleue apparaît, intense, vibrante. Je sais que Mickaël n'est plus là, qu'il vient de disparaître.

Raphaëlle murmure, sa voix douce comme une caresse :

— Dans quelques secondes, tu ouvriras les yeux. Je suis désolée de tout ça... mais bientôt tu seras prête. Pour le moment, c'est trop dangereux. Et surtout après ce qui vient de se passer.

Une lumière verte éclaire la pièce, douce mais pénétrante, et je peux de nouveau bouger. Mon cœur bat à tout rompre, comme s'il voulait éclater ma poitrine. Vénus grimpe sur mes genoux comme si rien ne s'était passé, ronronnant avec son innocence tranquille. Je caresse sa petite tête, perdue, le souffle court, l'âme en morceaux.

— Qu'est-ce que je vais faire ?

Je ne peux pas fuir. Ils me retrouveraient en l'espace d'une seconde. Trop de questions se bousculent dans ma tête, me martèlent le crâne, menacent de me faire exploser.

J'entends Raphaëlle claquer la porte d'entrée au rez-de-chaussée. Elle chante, légère, insouciante. Je dois me ressaisir. Elle entre, tout sourire, avec deux cappuccinos brûlants et deux chocolatines croustillantes. Elle me regarde, fronce les sourcils en m'observant, puis reprend aussitôt son sourire radieux, comme si de rien n'était. Ouf. J'ai esquivé. J'esquisse un sourire maladroit en retour, comme si je croyais encore à cette comédie, et je lâche un merci à peine audible. Je me mets aussitôt au travail, ou du moins je fais semblant. Mes mains bougent, mes yeux parcourent des papiers, mais mon esprit est ailleurs. J'essaie de ne pas focaliser sur le bureau d'André et ce que j'y ai vu. Je donne le change, le temps de trouver quoi faire de cette révélation qui vient de pulvériser ma vie.

Deux heures plus tard. Je n'en peux plus. Je pense au livre. À ce que j'ai vu. À eux. À tout. Je suis trahie. Terriblement seule. Et j'ai peur. Même si, normalement, me tuer ou me faire du mal n'a jamais été dans leur programme, bien au contraire. Ils m'ont sauvée, protégée, soignée encore et encore. Mais pourquoi moi ? Et jusqu'à quand ? Et surtout qui sont-ils ?

— Anaïs… ça va ? Tu as l'air patraque.

Je me ressaisis, de justesse. Heureusement, mon cerveau ne me lâche pas. Cette fois-ci.

— Mes règles… mes ovaires me tuent. J'ai oublié ce qu'il fallait. Je peux faire un aller-retour à la pharmacie du coin, tu crois ?

— Bien sûr.

Je souris, ou du moins j'essaie. Un sourire tendu, crispé, destiné à masquer la boule énorme coincée dans mon ventre, dans ma gorge. Je me lève, déjà prête à filer. Je sais que Vénus ne risque rien, elle est plus en sécurité ici qu'avec moi. Il faut que je saute dans ma voiture, que je disparaisse, que je trouve un endroit où réfléchir, où reprendre mon souffle.

Je descends l'escalier quatre à quatre… et tombe nez à nez sur André qui monte. Il me bloque le passage. Son regard me transperce comme une lame.

— Tu as changé. Tu sais tout, n'est-ce pas ? Pourquoi je n'entends plus rien de tes pensées ?… C'est le livre, n'est-ce pas ? Je suis désolé, Anaïs. On aurait dû faire attention. Il n'aurait pas dû s'ouvrir à toi. Tu dois en avoir plus que les autres. Tu as toujours eu quelque chose de plus. Je ne peux pas te laisser partir. Tu es trop précieuse.

En bas, Mickaël bloque la porte d'entrée, apparu en moins de deux secondes. Raphaëlle est derrière moi. Je suis cernée.

Je hoche la tête. Oui. Je sais. Je n'ai rien oublié. Je me souviens. Depuis mon enfance, ils ont toujours été là. Des corps différents. Mais toujours eux. Toujours ces présences.

Les souvenirs affluent comme une marée, cela me donne presque le tournis. Et avec eux, le désespoir. Mon manteau d'ombre me recouvre, me submerge d'un seul coup, étouffant toute lumière.

André me prend dans ses bras. Un amour immense, presque insoutenable, se dégage de ce geste. Et ça fait encore plus mal. Parce que je comprends qu'il tient à moi. Et que ça ne fait que renforcer ma douleur.

Il murmure alors une phrase, dans une langue étrange, ancienne, qui pourtant résonne dans mon esprit comme une évidence :

« Le temps de te raconter ton histoire et d'embrasser ton destin est arrivé., cher descendante »

Chapitre 6

Alors ILS existent… N'importe quoi !

Je suis assise face à la mer. La pluie me dévore. Le temps aussi devient fou. En mai, voilà les giboulées de mars. Je me mets à trembler quand une goutte glaciale s'insinue dans ma nuque à travers mon chemisier. Je suis vidée. Je me suis enfuie du bureau. Et cette fois-ci, ils ne m'ont pas retenue.

Ce qu'André m'a raconté est… invraisemblable. Ridiculement impossible. Un délire. Je laisse échapper un rire, un rire nerveux, presque hystérique. Mes nerfs sont à bout, mon cerveau a littéralement explosé en vol.

— C'est impossible… impossible, je murmure, le regard perdu dans les vagues.

Quelques heures plus tôt, après cette étreinte rassurante, André m'a emmenée dans son bureau. Raphaëlle et Mickaël sont restés plantés à la porte, comme des gardiens de prison, comme si je pouvais encore m'enfuir et avoir une chance contre des gens capables de disparaître dans un rayon de lumière, ou de me faire voler comme une plume. Avant de commencer son histoire insensée, il m'a tendu un livre. Pas celui qui brille, non, celui-là est resté bien à l'abri dans l'armoire. Mais, un autre, au titre sobre et pourtant terrifiant : « *La véritable histoire de Marie-Madeleine et Jésus. Un amour puissant.* »

J'ai bien failli éclater de rire en voyant ça. L'image de ma belle-mère s'est aussitôt imposée à moi : la grande matriarche, suffoquant, m'interdisant de toucher un livre qu'elle aurait jugé diabolique, hérétique.

— Tout n'y est pas vrai, m'a dit André. Mais c'est le plus juste à ce jour. Et si je te tends ce livre, c'est parce qu'il parle en quelque sorte de toi, ce sont tes ancêtres.

Je n'ai pas percuté tout de suite. Une nouvelle image, c'est imposé à moi, mon ex-belle-mère encore, cette fois-ci agenouillée, me vouant un culte. Puis, ça a fait tilt, j'ai compris ses mots. La colère est montée aussitôt, brutale, brûlante. J'ai explosé. Je me suis déchaînée comme jamais je n'avais osé le faire face à quiconque. Les mots les plus cruels, les plus venimeux ont fusé hors de ma bouche. Il fallait que je leur fasse mal, comme eux m'en font, à me faire croire qu'ils sont des proches, des amis.

Raphaëlle a tenté de m'apaiser, mais rien n'y a fait. J'étais en furie, hors de moi. Dans d'autres circonstances, avec d'autres témoins, j'aurais fini en hôpital psychiatrique, camisole comprise. Une presque vraie crise de démence. Décidément, je suis loin d'être stable. C'était comme si quelque chose en moi, et autour de moi, venait de subir un cataclysme. De ceux après lesquels rien ne peut plus être comme avant. Le sol, la surface, le cœur : tout est bouleversé à jamais. Je suis épuisée.

Puis le silence est retombé. Devant leurs regards étonnés, ahuris même, j'ai fini par me calmer. Je ne me souviens plus exactement de ce que j'ai hurlé. J'ai juste vu dans leurs yeux un mélange de stupeur et de retenue, avec un soupçon de compréhension et toujours cette foutue bienveillance.

Alors, André a parlé. De sa voix calme, caverneuse, avec autant d'autorité que de douceur. Il a une voix... je ne saurais l'expliquer. Une voix qui impose le silence, qui force l'introspection. Une voix qui crée un espace où le monde s'arrête, où le cœur se met à battre autrement.

Je me suis assise, comme une enfant punie, persuadée que j'allais me faire gronder, sermonner, corriger. Mais rien de tel n'est arrivé. Au contraire. À la place, il m'a raconté l'incroyable, l'impossible. Ou l'absurde, selon moi.

J'ai certainement raté des morceaux, tant mon cerveau refusait et refuse toujours de tout croire. Mais j'ai entendu l'essentiel. André, qui en fait se nomme Métatron (nom que j'ai déjà entendu quelque part, sans me souvenir où), m'a parlé de Jésus. Oui, le Jésus, le seul et l'unique. Celui qui aurait eu des enfants avec Marie-Madeleine. Oui, la Marie-Madeleine. Je ne vais pas vous refaire un cours d'histoire ou de religion, tout le monde connaît ces prénoms-là, même les plus athées.

Lui n'était donc pas exempt du « péché de chair », et elle n'était pas une prostituée. Forcément. De toute façon, si l'on en croit la Sainte Église, la femme est toujours coincée entre deux rôles : la pute ou la vierge. Comment voulez-vous que la société s'en sorte avec un héritage pareil ? Et n'oublions pas Ève, la pauvre. Tout ça pour une pomme. Elle aurait dû la manger seule, la pomme, et laisser Adam végéter dans son néant. Bref... je digresse.

Donc, ces deux personnages « historiques », « mythiques » s'aimaient. D'un amour inconditionnel. Et cela aurait dû suffire à l'histoire. Mais non ! Car après la « résurrection » de Jésus, qu'il faudrait plutôt appeler un « réveil ». Marie-Madeleine l'a sorti du coma. Ils se sont alors enfuis et ils ont vécu dans le sud de la France. Oui, ici, pas loin, enfin de l'autre côté de la France, plus dans le Sud-Est. Elle était guérisseuse, comme la mère de Jésus, et avec un savant mélange de plantes, de patience et d'une robustesse exemplaire, elle l'a ramené à la vie. Ensemble, ils ont fondé une famille. Leurs enfants ont eu des enfants. Puis encore des enfants, etc, etc.

Et c'est là que j'entre en scène. Moi, Anaïs. L'enfant abandonnée dans une poubelle. Moi, je serais une de leurs descendantes. La dernière génération issue d'une union vieille de presque deux mille ans.

Et ce n'est même pas tout. Non. Le reste est encore plus dingue. Ce qui dépasse l'entendement, c'est ce qu'André, ou plutôt Métatron a ajouté sur leur véritable origine. Selon lui, Jésus et Marie-Madeleine n'étaient pas entièrement humains. Leurs âmes n'étaient pas terriennes. Ils se seraient incarnés dans des corps humains en emportant avec eux 50 % d'ADN... extraterrestre.

Voilà. Voilà, voilà, voilà.

Je ne sais même pas s'il faut rire, hurler ou m'évanouir. Je suis donc issue d'une lignée d'extraterrestre. Je souffle encore et encore, mais ça ne passe pas. Je suis trempée, hébétée. Mes pensées tournent en boucle, impossibles à arrêter. Métatron a prononcé les véritables noms de mes soi-disant ancêtres dans leur langue d'origine, mais je suis incapable de les répéter. N'importe quoi ! Avec le recul, je trouve ça risible, presque grotesque. Et pourtant, une part de moi reste troublée. Comment c'est possible que ça m'ait touchée autant ? Non, ce n'est pas possible. Ils me prennent pour une demeurée. Anaïs reprend toi.

C'est là que je me suis levée, les fixant comme des fous avant de partir en trombe. Je ne pouvais plus supporter une absurdité de plus. Mais comment croire à tout ça ? Je n'ai pas la réponse. Qui sont-ils, eux ? Des anges ? Des aliens ? Des demi-humains, demi-autres ? Je n'y comprends rien. Et ce nom, « Métatron »... ça résonne dans ma tête. Où est-ce que je l'ai déjà entendu ? Je souffle encore, fort, pour essayer d'éclaircir mes pensées.

Je suis perdue. Et seule, une fois de plus. Ils ne sont pas mes amis, ils ne l'ont jamais été. Ils sont là par devoir. Peu importe ce que j'ai ressenti ces dix derniers jours, c'était faux. Raphaëlle n'a jamais voulu devenir mon amie. Elle n'a fait que jouer son rôle. Et alors, pourquoi ? Pourquoi m'avoir empêchée de mourir toutes ces fois ? Pourquoi ne pas m'avoir laissé en finir ? Mon château de cartes s'écroule encore. Vraiment je ne mérite pas ça.

Les larmes tombent. Je suis seule. Triste. La pluie cesse enfin, mais je grelotte. Je n'ai plus envie de pleurer. Ni de rire. J'ai juste envie de m'allonger là, sur le sable humide, et d'oublier. Pas forcément de mourir. Étrangement, ce n'est pas la mort que je veux. Mais en y réfléchissant, morte, je ne souffrirais plus. Morte, je ne pourrais pas me venger non plus. Et là, maintenant, c'est la vengeance qui m'appelle, pas la mort.

Je sens une présence. Quelqu'un est là. Proche. Invisible. Silencieux. Mais là. Je le sais. Une certitude s'impose. Je me redresse lentement, scrute autour de moi. À gauche, rien que la plage et la forêt. Au loin, un homme promène son chien. Mais ce n'est pas ça. La présence est ici, palpable. Elle me traverse, elle me frôle. Et puis il y a cette odeur… menthe poivrée. Combien de fois dans ma vie l'ai-je sentie, juste avant d'être sauvée ?

— Je sais que tu es là, Mickaël. Arrête de te cacher.

— Oui, je suis là. Comme je l'ai toujours été.

Sa voix est partout et nulle part. J'ai l'impression que c'est le vent qui me parle. Ses mots me réchauffent de l'intérieur. Une vague d'énergie douce m'enveloppe, je vacille. Des bras invisibles me soutiennent. Il est grand, bien plus grand qu'à l'ordinaire. Sa taille n'est pas celle d'un homme. Mais je sais que c'est lui. Et sans comprendre pourquoi, je ressens un besoin irrépressible : m'abandonner.

Je m'accroche à lui, invisible et pourtant si présent, tandis que mes larmes reprennent. Je ne veux plus être seule. Je ferme les yeux. Ses bras se referment sur moi, m'engloutissent. Mes pieds quittent le sol. Nous décollons. Je monte avec lui, arrachée au sable, à la douleur, au monde. La plage disparaît sous moi. L'air fouette mon visage. Et je m'accroche à lui comme à une ancre. Je ne comprends rien, mais je le laisse faire. Je n'ai jamais eu ce que je voulais vraiment... mais là, je dois admettre que c'est ce dont j'ai besoin.

******

Quand j'ouvre les yeux, il fait nuit. Je suis dans mon lit. Mes vêtements sont secs. Vénus est blottie contre moi, allongée de tout son long. Je mets du temps à retrouver mes esprits. Je repasse les images dans ma tête. Oui, j'ai volé. Il m'a emportée, il m'a tenue contre lui, et nous avons survolé la plage. Et puis, j'ai sombré dans le sommeil.

Je devrais lui en vouloir. Je devrais avoir peur, chercher à fuir. Mais rien. Pas une once de terreur. Je suis qu'une sotte. Pire encore : je suis fascinée. Et je ne peux plus l'ignorer : Mickaël n'est pas un homme. C'est... autre chose. Un alien ? Un ange ? Les deux ? Tout se mélange.

Je revois la scène. Ma tête contre son torse. Son corps immense, disproportionné, presque celui d'un géant. Dans ses bras, je me sentais comme une enfant. Fragile, minuscule. Mais en sécurité.

Je me tourne vers la fenêtre restée ouverte. La brise marine s'invite dans ma chambre. Les paroles de Métatron me reviennent. Impossible de l'appeler encore « André » après ça. Je passe en revue tous les instants étranges de ma vie. Si mes ancêtres n'étaient qu'à moitié humains... alors eux aussi ? Raphaëlle, Mickaël, Métatron... Simon, non. Lui, il est différent. Plus humain, comme moi. C'est évident. Je me souviens de la soirée pizza : lui, figé, incapable de bouger. Comme un simple spectateur. Oui. Simon est comme moi. Mais les autres... non.

Mon cœur s'emballe. Mes pensées fusent. Vrai ? Faux ? Amis ? Ennemis ? Aliens? Je n'arrive plus à réfléchir. Tout se mélange dans ma tête comme une tempête. Vénus miaule, mécontente d'être dérangée par mes micro-mouvements. Je me lève, je descends. J'ai soif. Il faut que je bouge. Ou alors que je me pose. Je ne sais plus. Ma tête tourne. Mes respirations sont trop courtes. J'hyperventile.

Et puis, je le sens : je ne suis pas seule. Encore une fois, ils sont là. Invisibles.

— Je sais que vous êtes là. Montrez-vous. C'est très impoli d'espionner les gens.

Comme par magie, Raphaëlle apparaît, assise sur mon canapé, tranquille comme si elle avait toujours été là. Mickaël, lui, se tient près de la baie vitrée. À chacune de leurs apparitions, la lumière les précède et les entoure : vert pour elle, bleu pour lui. Comme la dernière fois...

— Métatron ne devrait pas tarder. On l'a prévenu que tu étais réveillée. Il répondra à tes questions.

— Pourquoi pas toi ? Qui es-tu ? Qui êtes-vous ? Comment tu m'as soignée ? Et toi, Mickaël ? Tu m'as fait voler ? Qu'est-ce que vous êtes ? Pourquoi avoir décidé de vous montrer vraiment ? Pourquoi maintenant ? Qui étaient mes parents ? Pourquoi m'avoir laissée souffrir ? Pourquoi j'ai été trouvée dans un conteneur à ma naissance ? Pourquoi ?...

Les mots sortent en rafale, lourds, incontrôlables. Un torrent. Et après, le silence. Insupportable. Ils se regardent, échangent sans parler. Encore une fois, je suis seule, mise à l'écart. La rage monte. Et soudain, en moi, quelque chose cède. Une digue rompt. Le manteau d'ombre surgit et m'enveloppe. Je tremble, je pleure, j'étouffe. Je veux que ça s'arrête. Je veux arrêter de souffrir. Je veux disparaître, me faire mal, que la douleur sorte enfin. Je lève le poing et frappe le mur de toutes mes forces. Un craquement sinistre résonne dans ma main droite. La douleur me traverse, vive, mais pas assez. Je veux recommencer. Mickaël me saisit les poignets avec force, Raphaëlle pose sa main sur la mienne.

— Laissez-moi. Il faut que ça s'arrête. Laissez-moi partir. Je n'en peux plus !

Je hurle, je me débats. Impossible de leur échapper. Et là, je les vois différemment. Comme si une autre couche de réalité se superposait à eux. Derrière Mickaël se dresse une silhouette immense, presque surhumaine. Derrière Raphaëlle, un corps souple, puissant, presque félin, une lionne dressée sur ses pattes.

— Tu souffriras moins bientôt, dit Raphaëlle, sa voix grave, mais tendre. On va trouver une solution à ces tempêtes en toi. Je te promets que tu es aimée. Tu n'as jamais été seule. Et tu ne le seras plus, maintenant que tu sais qui nous sommes. Fais-nous confiance. Nous ne sommes pas tes ennemis.

— Oui, chère enfant des étoiles, ajoute une autre voix. Tu n'as jamais été seule.

C'est la voix de Métatron. Profonde. Rassurante. Elle résonne dans tout mon être.

— Ta souffrance est immense, portée par une énergie rare, comme si tu avais autant d'ADN galactique que terrien. C'est fascinant. Mais on va t'aider maintenant, en comprenant qui tu es et d'où tu viens. Tout ira mieux.

— Cette énergie… ce serait son ADN plus proche du vôtre ? demande Raphaëlle.

— Peut-être, répond Métatron. Le seul autre descendant avec un tel équilibre était François d'Assise. Et on sait tous comment il a terminé… Mais Anaïs est plus forte. Elle arrivera à maîtriser cette énergie. Et nous allons l'accompagner.

Il s'approche de moi.

— Tiens, mets ça à ton poignet. Ça t'aidera à te canaliser.

Il accroche un bracelet autour de mon poignet. Le métal blanc scintille, comme une sorte d'or pur qui ne serait pas d'ici. Une pierre bleue y est sertie, une tourmaline, selon Raphaëlle. Elle vibre. Littéralement. Je la sens pulser contre ma peau. J'en suis hypnotisée. Mes pensées s'apaisent d'un coup. Ma colère se dissout. Ma respiration redevient régulière. Le manteau d'ombre tombe, comme balayé par une bourrasque.

Mickaël relâche mes poignets doucement. Son regard me traverse, étrange. Comme si une part de lui voulait me repousser, et une autre... m'attirer. Entre nous, quelque chose scintille. Invisible, mais bien réel. Un lien. Je baisse les yeux vers ma main : mes phalanges, ma peau... pas une trace. Et plus aucune douleur.

— Tu es une guérisseuse ? je demande à Raphaëlle, la voix tremblante.

— On peut dire ça, répond-elle. Je viens d'un endroit où nous le sommes tous. Même Mickaël et Métatron, à leur manière.

— Ok... et c'est où, « cet endroit » ?

Métatron prend la parole, solennel :

— Si tu le veux bien, Anaïs, installe-toi. J'ai beaucoup à te raconter. Même si ça te paraît fou, laisse-moi aller jusqu'au bout. C'est la seule manière de te dire la vérité.

Je m'assois, méfiante, mais captivée.

— Vous êtes aussi... des extraterrestres ? Des aliens ?

— Ce sont des mots humains pour nous définir, dit Métatron. Il en existe d'autres, plus justes. Mais selon ton dictionnaire, oui... nous ne sommes pas de ta planète.

Raphaëlle s'assoit à son tour, un sachet de cookies et de brownies entre les mains, apparu comme par magie.

— Le sucre, ça aide toujours, dit-elle avec un sourire.

Elle pose les douceurs sur la table. Des tasses de thé apparaissent à côté. Comme si c'était la chose la plus normale du monde, me voilà en train de prendre le thé en pleine nuit avec des aliens...

Je reste abasourdie. Mais une certitude me traverse : ma vie ne sera plus jamais la même. Ce jour marque un véritable tournant.

Métatron me regarde avec bienveillance. Raphaëlle aussi. Mickaël, lui, détourne le regard, tendu. Il aurait préféré que je reste ignorante. Je le sens. Quel idiot... et pourtant, je n'arrive pas à oublier la sensation que j'ai eue dans ses bras. Cette sécurité absolue. Et autre chose aussi. Un frisson. Un désir ? Je ne veux pas mettre de mots dessus. Pas encore.

Je les observe, un à un. Mon cœur est calme. Mais ma tête... ma tête est en feu. Et, malgré la peur, malgré la colère, une impatience monte en moi. Je veux savoir. Je veux tout savoir sinon je vais me consumer.

Chapitre 7

C'est l'histoire de la Terre… Du cycle éternel…

— Anaïs, l'histoire que je vais te raconter est celle de la Terre, mais aussi celle de l'univers… et bien sûr, la tienne. Je vais te demander une seule chose : écoute-moi jusqu'au bout. Je sais que tu auras du mal à y croire. Mais laisse-moi tout te dire. Ensuite, tu interrogeras les profondeurs de ton âme et tu sauras que mes paroles sont vraies.

Métatron ne me lâche pas des yeux. Je sens que ce moment est unique. La première fois, peut-être, qu'un des descendants a accès à toute l'histoire. Il paraît ébranlé, comme s'il portait le poids de quelque chose de trop lourd pour lui seul. Lui aussi semble, comme Mickaël, appartenir à une grandeur autre que celle des humains. Je distingue comme une forme autour de lui, et je sais que c'est son apparence réelle. Je soutiens son regard, même si au fond de moi, la colère n'a pas totalement disparu. Grâce au bracelet, je suis plus calme, plus stable aussi. Mais pas rassurée. Pas encore. Il me scrute toujours, et je vois dans ses yeux une lointaine tristesse... surtout, il semble complètement ailleurs.

— André ? Heu... Métatron ?

Il paraît perdu. J'ai l'impression qu'il me regarde comme s'il me connaissait depuis toujours, comme s'il fixait le nourrisson que j'étais. Cette image s'impose à moi brutalement. C'est surtout cette explication que j'attends. S'ils ont toujours été là, pourquoi ai-je été retrouvée comme un vulgaire déchet ? Pourquoi m'ont-ils empêchée de choisir ce que je voulais faire de ma vie ? Pourquoi m'ont-ils laissée en foyer ? Pourquoi m'ont-ils laissée épouser mon ex-mari ? J'ai tant de questions. J'attends impatiemment. Ils doivent tout m'expliquer. Ils doivent m'aider à comprendre, à guérir de cet abandon, de ces trahisons, de cette violence qui semble me coller à la peau sans que je sache comment y faire face.

Métatron ferme les yeux, s'éclaircit la gorge. Son corps semble lui peser, comme si cette enveloppe humaine était trop étroite pour ce que je perçois de lui.

— Pardonne-moi, Anaïs. Le jeune homme de six mille ans que je suis se perd parfois dans ses pensées.

— Six... six mille ans ?! Tu plaisantes, j'espère !

Et c'est reparti. À peine une phrase et déjà, la folie recommence. Ils me prennent vraiment pour une abrutie.

— Écoute-moi, je t'en prie. Laisse-moi t'expliquer. Tu l'auras donc compris, ou deviné, mais la planète Terre n'est pas la seule habitée. Intègre vraiment cette information. La notion de temps ne s'écoule pas partout de la même manière. Sur nos planètes respectives, nous en représentons deux à nous trois, nous vivons environ mille ans de notre temps. Mais ces mille ans valent dix fois plus ici. Mickaël a 410 ans, soit 4 100 ans pour toi. Raphaëlle a 3 980 années si on compte en temps humain. Elle est encore jeune, c'est pour cela qu'elle ne peut s'empêcher de profiter autant des plaisirs terriens.

Je hoche la tête, j'ai promis de me taire... mais je ne peux pas. Trop de questions se bousculent.

— Simon ?

— C’est ce que je disais : Raphaëlle aime profiter des plaisirs de la vie terrienne.

Je la regarde. Elle affiche un immense sourire, sans la moindre gêne.

— Simon est humain, et il ne peut pas lui résister. En même temps, son peuple n’est pas si éloigné des comportements humains dans ce domaine…

Raphaëlle lève les yeux au ciel et je sais qu’elle se retient de dire quelque chose. Puis elle fait un clin d’œil à Métatron. Je comprends que ce n’est pas la première fois que le sujet revient sur la table, mais clairement, les histoires torrides d’aliens, ce n’est pas vraiment le sujet que j’ai envie d’aborder. J’ai besoin que l’on me parle de moi et de pourquoi eux, dans ma vie et de tellement de chose, mais mon cerveau a déjà buggé sur leurs milliers d’années… Je suis plus perdue que jamais. Raphaëlle s’enfonce dans le canapé avec délectation et dévore presque toutes les sucreries posées sur la table, comme pour enfoncer le clou sur son penchant à profiter de tout. La sorte d’aura autour d’elle est plus petite que celle des deux autres.

Si ça continue comme ça, je vais finir en HP. Et si, en fait, tout ça n’était qu’un rêve ? Peut-être que je me suis cognée la tête la dernière fois dans ma baignoire, et depuis je suis dans le coma.

Ça expliquerait tout. Au lieu de mourir, je serais coincée dans un voyage psychédélique, ou j'ai fait une tentative avec du LSD et je suis restée coincé quelque part…

Je regarde Mickaël. Comment peuvent-ils être si vieux ? Et leurs planètes ? Et pourquoi sont-ils sur Terre ? J'ai envie de me pincer, histoire de vérifier que je ne rêve vraiment pas. Tout cela est complètement fou. Qui suis-je, moi, dans cette histoire ?

Une main se pose sur mon épaule. Métatron. Je ne l'ai même pas vu se lever.

— Fais-moi confiance. Écoute l'histoire. Donne-nous cette nuit. Une nuit. Si, à l'aube, tu juges qu'on t'a menti… tu nous mettras dehors. Nous ne te laisserons pas tranquille, mais on redeviendra invisible si tu le souhaites. On fera en sorte que tu puisses reprendre un semblant de vie humaine. Cependant, il me semble que nous avoir à tes côtés est une bonne chose. Jamais on ne t'abandonnera.

Je le regarde, je ne sais pas comment réagir. Une partie de moi acquiesce, tandis que l'autre n'a aucune envie de les voir disparaître. J'ai peur d'être de nouveau seule. Je déglutis sans rien dire. Il doit prendre cela comme un « oui », car il reprend.

— Nos âges ne sont qu'anecdotiques. L'univers, qui compte pléthore de planètes plus ou moins peuplées. La Terre est une jeune planète, l'une des plus jeunes même. Votre galaxie est l'une des dernières nées. Et elle est née… à cause de nous. Nos peuples ont assisté à la naissance de votre système solaire. On ne s'en préoccupait pas, jusqu'à ce que les reptiliens décident de se l'approprier. Alors, elle est devenue convoitée… puis vivante.

— Reptiliens ?

Il ne répond pas, comme s'il était perdu dans ses souvenirs. Je regarde les autres, ils le regardent aussi. Je me reconcentre sur Métatron. Une lumière violette l'enveloppe. Il se remet à parler, sa voix devient plus grave, plus lente, et, comme hypnotisé, je pars loin avec ses mots. Mon esprit se met à voyager, je ne peux rien faire pour résister. L'histoire qui se déroule dans mon esprit est plus vivante que jamais.

— L'univers compte plus de deux mille milliards de galaxies. Certaines abritent nos sages, d'autres sont réservées à la culture ou à la recherche, d'autres encore nous restent interdites par traité. Il y a 4,6 milliards d'années terriennes, une grande guerre a éclaté. Avant cela, nous vivions tous en paix, dans le respect du vivant. Puis, les reptiliens sont arrivés. Ils ne sont rien de plus que des destructeurs. Ils ont anéanti leur propre planète et ils en veulent plus. Toujours plus. Ils se pensent supérieurs alors qu'ils ne sont que ruines et ombres. Nous les avons accueillis, au départ, sans prendre conscience de leur nuisance. Certains espéraient même les voir évoluer. C'est peine perdue. Ils ont asservi, volé, détruit. Quand nous avons tenté de les arrêter, la guerre a éclaté. Une galaxie entière a été sacrifiée. La plus peuplée. Des êtres dont la douceur d'âme n'a jamais réapparu. Des centaines de milliards d'âmes. « [illegible] »

— Qui ?

Je reviens brutalement dans mon séjour. J'ai une sensation bizarre, entre les images défilant dans mon esprit et cette soudaine prise de conscience d'une langue dont j'ai l'impression d'avoir déjà parlée, mais qu'aujourd'hui j'ai oubliée. C'est comme une caresse sur le cœur.

— Pardon. J'ai parlé dans ma langue. Les Lumières. Ceux qui portent la lumière.

Raphaëlle intervient :

— On peut traduire exactement ainsi : « les Porteurs de lumière ». Ils étaient tellement beaux… Aujourd'hui, seuls quelques survivants errent encore, les hémicycles qui étaient en voyage. Ils ont tous été recueillis et ils sont un peu comme des oracles ou des puits de sagesse, car malgré tout, ils n'ont jamais été en colère, jamais.

Métatron reprend :

— Leur perte a ébranlé l'univers. Cette explosion d'énergie a déclenché ce que vous appelez le Big Bang. La naissance de votre galaxie. Dans l'univers, tout est équilibre : quand quelque chose meurt, une autre chose naît. Chaque geste compte.

Je l'écoute, fascinée, presque subjuguée maintenant. Sa voix me berce encore. Je ressens en moi la mémoire de cette galaxie perdue. Comme si une part de moi l'avait connue. J'en suis triste. Dans mon corps, mes cellules semblent s'illuminer. Mon cœur et mon esprit s'ouvrent à quelque chose qui me dépasse totalement, mais j'y crois. C'est fou. Mais j'y crois.

— Durant des millions d'années, personne ne s'est soucié de votre système solaire. Puis les reptiliens y ont pris racine, sans autorisation, bien évidemment. Au vu de vos ressources, enfin, à cette époque-là, c'était tentant. Leur présence a failli relancer une guerre. Alors nos planètes ont uni leurs forces. Ce que vous appelez « astéroïde » était notre réponse. Il a détruit leurs créatures : les dinosaures. Et beaucoup d'entre eux aussi.

Il me voit frémir. À ce stade-là, parler n'est plus utile. Je suis là sans être là. Mon esprit voguant aux confins de l'univers.

— Oui, tu te demandes pourquoi il n'y a aucune preuve. Mais il y en a eu et il y en a encore pour qui voit les signes et fait les bonnes recherches. Beaucoup cachés par certains gouvernements, d'autres circulant dans certaines sphères d'initiés. Certains de tes congénères savent et quand vous serez prêts, l'humanité saura tout. Là, vous avez encore beaucoup à faire pour évoluer. Vous êtes ce que l'on pourrait considérer comme l'état du nourrisson ou du jeune enfant. Encore dans la recherche de ce qui est bien ou mal.

Puis, après la perte des dinosaures, il me parle d'un miracle. La Terre elle-même a donné naissance à la vie. Une vie unique, née de son histoire. Un ADN composé d'un tiers terrien, d'un tiers reptilien, d'un tiers galactique, celui du peuple des sages. Un mélange unique qu'aucune autre galaxie n'a.

— Vous êtes une race originelle, vous les humains. Un peuple né de lui-même. Jamais personne n'avait vu cela. Surtout au niveau de la composition de votre être. Mais cet ADN est double : il y a en vous le meilleur, mais aussi le pire. Les peuples galactiques y ont semé leur sagesse et surtout le peuple des porteurs de lumières. Mais les reptiliens ont aussi semé leur ombre et leurs besoins primaires. Alors, nous vous avons surveillés tels nos enfants, nous sentant responsables de vous.

Nous avons essayé de vous protéger, de vous guider. Nous vous avons offert le feu, la médecine, l'architecture. Pendant des milliers d'années, nous étions là, auprès de vous. Parfois visibles. Parfois, non. Nous avons même bâti une ville : l'Atlantide.

Mon esprit part une fois de plus. Loin. Encore plus loin. Je plonge dans une vision. L'Atlantide. Je la vois. Je la ressens comme si j'y étais : l'architecture, les bâtiments, ces êtres d'un bleu presque translucide, leurs longs cheveux blancs étincelants. Métatron continue. Tout devient plus sombre. Il raconte les conflits, les manipulations, les trahisons. Les reptiliens ont infiltré les esprits humains et parfois les corps.

— Ils vous ont retournés contre nous. De guides protecteurs, nous sommes devenus les ennemis à abattre. Mais il était hors de question que l'on s'en prenne à vous. Notre peuple, et tous ceux de l'alliance, ne sont pas violents. La violence est un concept que nous avons depuis longtemps dépassé, surtout celle gratuite. Nous savons nous défendre et encore que si c'est vraiment nécessaire. Nos armes sont puissantes, et nous connaissons leurs effets. Nous ne pouvions nous résoudre à vous éliminer comme les dinosaures. Alors, nous avons laissé faire, nous nous sommes repliés sur notre île, en sachant qu'un jour vous reviendriez à la raison. Notre longévité nous donnant un avantage certain. À l'époque, de plus, une vie humaine durait deux fois moins longtemps qu'aujourd'hui. Vous mouriez presque tous encore enfants.

Je vois défiler devant mes yeux toujours cette île... puis une guerre d'humains contre eux, contre ces géants. Puis quelque chose se produit en mer. Je sais que ceux qu'on appelle les reptiliens ont provoqué cela. Une immense vague, un mur d'eau colossal, s'élève. Tellement puissant, tellement immense que rien ne résiste. La carte du monde change, engloutie, avalée. L'Atlantide disparaît, emportant ses secrets au plus profond de l'océan. Je comprends que l'Atlantide existe vraiment, quelque part, mais que ses vestiges sont si profondément enfouis que personne ne peut encore y accéder. Peu de galactiques ont survécu. Certains sont restés, refusant de croire à l'inévitable.

— Vous, chers humains, êtes capables du pire. Mais aussi du meilleur. Après cela, ne voulant pas déclencher un conflit qui vous aurait annihilés, un traité fut signé. Eux comme nous, nous devions vous laissez tranquilles. Aucun de nos peuples ne pouvait plus vivre sur votre planète. Vous pouviez évoluer à votre guise, dans un monde de barbarie. Mais votre cœur vous a sauvés. La preuve, vous êtes encore là.

Je les vois effacer leurs traces, cacher leurs vaisseaux, continuer de nous surveiller, mais de loin. Sans intervenir. Ou presque. Chaque mythe, chaque religion, chaque légende porte encore les marques de leur passage… comme celles des reptiliens. Ils me font penser à des parents un peu toxiques : absents, sans soutien, mais toujours en train d'espionner, de juger, de critiquer. Métatron continue et les images continuent de défiler.

— Cependant, même avec toute notre sagesse, nous nous sommes laissés à mener une sorte de guérilla que nous ne pouvions pas faire à l'échelle de l'univers. Alors, nous réglons nos conflits à travers vous. Un conflit par procuration. Mais, l'humanité, dans ses pires et ses meilleurs instants, nous a appris quelque chose : l'amour. La résilience. Vous êtes une leçon. Un mystère. Vous êtes capables de tout, et nous espérons qu'un jour, vous rejoindrez l'alliance des galactiques. Une fois que vous arrêterez de reproduire le pire, bien évidemment.

Il évoque ensuite les noms de mes ancêtres : Yahvé. Jésus. Marie-Madeleine. Il m'apprend que c'étaient de grands sages, des scientifiques brillants, qui ont réussi à s'incarner grâce à une technologie qu'ils ont jugée trop dangereuse pour être révélée si elle tombait entre de mauvaises mains, alors tout a disparu. Dans ma tête, maintenant, c'est leur visage qui apparaît. Le visage humain, mais aussi le visage galactique.

— Tu l'auras compris, mon véritable nom est Métatron dans ton langage, prononcé « [illegible] » dans le nôtre. Mickaël garde celui-ci, mais chez lui, on le nomme « [illegible] ». Raphaëlle a aussi gardé son prénom connu dans l'histoire humaine, mais nous, nous la nommons « [illegible] ». L'histoire que je te raconte n'est qu'un fragment. Tes ancêtres… viennent de Sirius.

C'est le dernier mot que j'entends. Je sens que je sombre. Loin, très loin. Je dors. Mais mon âme, elle, voyage. Elle voit. Elle ressent. Depuis le Big Bang jusqu'à la naissance de mes ancêtres dans leur corps humain. Et dans mon ADN… quelque chose se transforme.

Mickaël *(qui parle)*

Raphaëlle se lève et interrompt Métatron. L'humaine n'est plus présente. Ses yeux sont fermés, sa respiration douce et régulière. Elle dort profondément. Tellement que je n'arrive même plus à lire en elle.

— Son rayonnement est trop fort. Depuis qu'elle a touché le livre… on ne peut plus lire en elle, murmure Raphaëlle, faisant écho aux pensées que nous partageons sur notre réseau télépathique.

Quelque chose cloche. Lire les pensées d'un humain, c'est une base de nos facultés. Comme modifier leurs idées, altérer leurs perceptions, et bien d'autres choses encore. Mais là... plus rien. Quelque chose a changé. Et je n'aime pas ça.

Métatron décide qu'il est temps de partir et se téléporte. Le reste attendra son réveil. Raphaëlle, elle, en profite pour filer vers Simon ou vers toute autre âme qu'elle croisera, insatiable comme toujours.

Je reste, encore un instant. Anaïs glisse un peu du fauteuil. Sans savoir pourquoi, je fais ce geste, ce geste absurde, insensé, pour une humaine qui a juste la chance d'appartenir de loin à mon peuple. Je la prends dans mes bras et la dépose dans son lit. Elle ne bronche pas, s'abandonne à ma présence. Je la couvre délicatement.

Je secoue la tête. Cette humaine est une kryptonite pour moi. Je n'aime pas les humains. Contrairement à Métatron, je ne trouve pas leur cœur grand ou beau. Si on m'avait demandé mon avis, j'aurais depuis longtemps remplacé leur espèce par une autre, plus évoluée.

Mais voilà. Je n'ai pas ce droit, même si je suis le chef des armées.

Je la regarde dormir un moment. Comme beaucoup trop souvent et depuis beaucoup trop d'années. Mais il faut reconnaître une chose à cette humaine : elle m'apaise. Et ça… c'est un secret que je n'avouerai jamais.

Chapitre 8

Et le temps se figea.

Anaïs

Je me mords l'intérieur de la joue, encore une fois. Il ne faut surtout pas qu'ils sachent. Qu'ils comprennent que je les entends. Qu'un miracle s'est produit cette nuit ! Oui, sans personne autour de moi, j'entends des gens qui parlent. En pensant cela, je me rends compte que là j'ai passé un cap que même la meilleure série télé ne peut inventer.

À mon réveil, cette langue étrange, douce et chantante, est devenue aussi fluide que le français. Même si je n'ai pas encore osé la prononcer à voix haute, je le sais : je parle leur langue. L'alien. Le galactique ou tout autre nom qu'elle pourrait avoir. Voilà, ma vie est officiellement une vraie folie.

C'est un charabia étrange, mélange de syllabes fluides et de sons saccadés. Pourtant, mon cœur y répond comme s'il l'avait toujours connue.

Quand j'ai ouvert les yeux ce matin, le soleil était déjà haut. Et dans ma tête, comme un courant parallèle, j'ai commencé à entendre leurs voix. Bon là, j'ai cru devenir folle. J'ai eu l'impression d'être un poste radio captant trois stations à la fois. Sauf que je me suis jurée de ne pas « appuyer sur le bouton ». Hors de question de laisser mon esprit répondre, pas encore. J'observe, j'écoute. En silence.

Ça me rappelle une voyante que j'avais croisée plus jeune. Elle semblait flotter entre deux mondes, recevant des messages de morts. Aujourd'hui, je me demande si elle n'avait pas, elle aussi, capté « leur fréquence à eux plutôt ». Et si les esprits n'étaient pas des défunts… mais eux ? Mes aliens. Enfin, pas que le mien, car au vu du nombre de planètes là-haut, là-bas enfin bref, ils sont nombreux, bien plus nombreux que nous.

Je secoue la tête, presque hilare devant mes propres inepties. Mais je reste neutre, le plus possible. J'ai compris une chose : je suis surveillée en permanence. Et pour une fois, ce matin, je ne leur facilite pas la tâche. Une part de moi jubile.

Je me sens changée. Transformée, peut-être. Plus légère, même si plus tourmentée. Mais surtout : aucun manteau d'ombre n'est venu me recouvrir. Rien. Pour la première fois, je sais que ma page suicidaire est tournée. Définitivement. Je veux vivre. Et je mérite de vivre. Je mérite de trouver ma clé du bonheur. Bon sang, je parle comme un bouddha de pacotille avec mes phrases toutes faites. Peu importe. L'essentiel, c'est que je le pense vraiment.

Eux aussi l'ont compris : le livre m'a changée. Mes pensées ne sont plus accessibles en libre-service, même mes émotions leur échappent. Et depuis que je les entends, je perçois une chose nouvelle : de l'anxiété. Comme si je devenais une énigme pour eux. Une part de moi savoure cette victoire. Mais l'autre bouillonne.

Parce que s'ils avaient accès à tout... alors ils savent. Absolument tout. Mes humiliations. Mes désespoirs. Mes pensées les plus intimes. Mes fantasmes. Tout.

Je deviens rouge rien qu'à y penser. Oui, j'ai eu, j'ai des fantasmes sur Mickaël. Plusieurs. Ça fait tellement longtemps que je n'ai pas eu de relation... Et eux... eux, ils étaient là. Témoins silencieux de tout ça. J'ai l'impression presque d'avoir été violé, mon intimité n'a pas respecté.

La honte me brûle, mais très vite, elle se transforme en rage. Parce qu'au fond, la vraie question reste la même : s'ils savent tout de moi... pourquoi m'ont-ils laissée souffrir ainsi ? Pourquoi m'ont-ils abandonnée dans un conteneur à ma naissance ?

Je suis déboussolée. Peut-être... peut-être que ce sont eux, les vrais méchants. Peut-être que je devrais me méfier d'eux plus que des autres. Les reptiliens, d'accord, les images que j'en ai eues n'étaient pas glorieuses, mais à part ce que m'a dit Métatron, rien ne prouve qu'ils soient vraiment pires. Et si ce n'était qu'une version de l'histoire ? Leur version. Et les autres, une possibilité de quelque chose de meilleur. Après tout, qui me dit qu'ils sont fiables.

En plus de ma colère, un autre sentiment grandit de plus en plus : la vengeance. Pourquoi m'ont-ils laissée épouser Jean-Guillaume ? Ils savaient, forcément. Et ils n'ont rien fait. Ils m'ont laissée m'enfoncer encore, encore, jusqu'à cette scène de violence conjugale où j'aurais pu finir comme une statistique de plus, dans un tableau déjà beaucoup trop rempli.

J'ai fini par me lever, en nourrissant Vénus, j'ai perçu leur présence. Raphaëlle, Mickaël. Inaccessibles. Invisibles. Mais là, tout près. Ils m'observaient depuis la terrasse. Deux heures.

Deux heures à rester plantés là, à essayer de me lire, à expérimenter presque sur moi. Je bouillonnais, mais je n'ai rien laissé paraître. Silence total. J'ai pris mon carnet, j'ai noté mes sensations, mes visions, listé mes questions. Elles s'empilent, innombrables. En surface, j'avais l'air de passer un samedi matin tranquille, à « chiller ». À l'intérieur, même le big bang à côté c'est de la poudre de perlimpinpin.

Aliens. Extraterrestres. Galactiques. Le mot de Métatron me revient : Galactique. Dans ce rêve, ou cette vision, ou quoi que ce soit, j'ai vu des êtres multicolores, des formes étranges, des paysages fabuleux. J'ai vu l'enfer, le paradis. Et maintenant… je veux comprendre.

Ils parlent entre eux. Toujours en train de s'interroger, d'hésiter. Pour des êtres censés être supérieurs, je les trouve lents. Ils testent. Et moi, je jubile de les voir flipper. D'échapper à leur contrôle. Avant, j'avais envie de fuir, de disparaître. Mais aujourd'hui ? Aujourd'hui, je veux comprendre. Et profiter de cette capacité. Je suis la même, mais différente.

Ahhh ! Mickaël est en colère. Tant mieux ! Hier, il m'a mise au lit, je le sais que c'est lui. C'est étrange et je suis bien contente de pouvoir avoir cette pensée sans qu'il le sache : quand il s'approche trop, qu'il est prêt de moi, je ressens une paix inconnue, une sérénité qui m'envahit… Bon, et aussi une certaine chaleur à des endroits très précis de mon corps. Mais clairement, me taper un alien n'est pas une priorité sur ma to-do list. Le faire enrager en revanche…

Ah ! Ils hésitent à m'interroger, de peur que je découvre ce qu'ils sont vraiment capables de faire. C'est ridicule et surtout trop tard. Ils manipulent les humains, mais… Ouf ils ne peuvent plus avec moi, l'ont-ils déjà fait ? Je divague, il y a beaucoup trop d'information en même temps et je me perds dans ce que je capte.

Aïe ! Je me suis mordue la lèvre jusqu'au sang. Je suis de plus en plus en colère, j'ai honte. Ils pensent que je suis en danger, car il me semble, si je comprends bien que je ne suis pas la dernière, mais la dernière de la lignée de mes célèbres ancêtres, mais celle qui présente aujourd'hui le plus de « dons, trucs bizarres… » en rapport avec mes origines aliens. Il y a autre chose, c'est difficile à comprendre. Savoir cependant que je suis potentiellement en danger me fait frissonner. Qui pourrait bien m'en vouloir ? Ils parlent de quelque chose qui s'est passé hier matin, ce qui explique leur retard, mais c'est flou. Une sorte d'attaque invisible. Je ne capte pas tout. C'est frustrant. Mais bon, de toute façon au vu de notre passif, ma vie ne risque rien.

J'écris leurs prénoms dans mon carnet. Forcément, ça résonne maintenant après je ne sais combien d'heures à réfléchir. L'archange Mickaël. Métatron, aussi, est cité dans l'histoire humaine. Raphaëlle… bon, normalement, c'est un prénom masculin, mais j'ai entendu ce nom aussi, dans mes cours de catéchisme obligatoires. Le nom de certains archanges…

J'ai besoin d'en savoir plus. Et je n'en peux plus d'attendre. Alors je les appelle. Je pointe la terrasse du doigt, je dis que je sais qu'ils sont là. Silence. Rien. Ils restent invisibles, me dissèquent, m'ignorent. Mickaël parle d'une « transe » pour m'emmener ailleurs et m'étudier comme un cobaye. Le sentiment de paix qu'il m'inspire d'ordinaire s'évapore d'un coup. Alien ou pas, il va finir par se prendre un coup de pelle. Voilà que je deviens violente, ou du moins que j'y pense. De mieux en mieux…

Je continue de jouer l'ignorante. Je vis ma vie. Je passe l'aspirateur, je joue avec Vénus. Jusqu'à ce que Raphaëlle frappe à ma porte comme si de rien n'était. Elle me demande comment je vais, l'air de rien, puis file se préparer un thé. Je reste muette. Ils prennent vraiment les humains pour des imbéciles. Pas étonnant qu'ils aient fini par se faire virer de cette planète. Pendant ce temps, comme je suis toujours branchée sur leur réseau, je sais que les autres s'éloignent pour une réunion dont je suis... bien sûr... le sujet principal.

Avant de péter un plomb, je prétexte une envie pressante. Je me réfugie dans les toilettes. Et là, l'eldorado ! Je grimpe sur la cuvette, je me faufile par la minuscule fenêtre. Bon, je n'ai définitivement pas fait, agent secret niveau 1. La chute est brutale, mes poignets me lancent, mais pas le temps de m'apitoyer. Je cours. Je fonce dans la forêt qui longe la plage, et je me cache.

Là, enfin planquée, je sors mon carnet, mon téléphone que j'avais pris le soin d'apporter avec moi aux toilettes. Je cherche. Je lis. Et je tombe sur des sites internet parfois sérieux, mais aussi parfois très étranges. Des sites obscurs, parfois loufoques, parlant de Sirius, Orion, les Pléiades, Cassiopée etc. Il y a pléthore de planètes habitées d'après certaines sphères. Je découvre que certains humains croient leur parler. Certains les prient, les vénèrent même. Je connais l'égo d'un qui doit être content après ça. Ils leur demandent miracles et protection, comme à des dieux.

Je ricane. Mais bon, force est de reconnaître qu'ils m'ont « protégée » contre mon gré... Pas la peine de revenir là-dessus...

Je tourne mes recherches vers les reptiliens : tantôt démons, tantôt dieux. Hybrides. Humains possédés. Tout et son contraire. Mais... toujours cette sale tête. Vraiment le réalisateur de la série V, était bien câblé.

Puis leurs noms à eux : Mickaël, Métatron, Raphaëlle. Archanges. Séraphins. Mains de Dieu. Franchement, celui qui a inventé l'histoire de la Bible devait avoir sérieusement abusé du vin de messe... Voir de choses beaucoup plus hallucinatoires.

Je souffre. J'ai soif. Mes poignets me brûlent. Je suis courbaturée. Il faut que je bouge. Alors je décide d'aller chez Bernard, en essayant de passer inaperçue. Les rares passants qui me croisent doivent me prendre pour une échappée de l'asile à essayer de me cacher derrière chaque buisson que je croise.

Bernard m'accueille avec chaleur comme toujours et me tend un verre de jus d'orange. Je m'effondre dans un de ses fauteuils en cuir, incapable de masquer ma sueur et mon état. Il me dévisage, perplexe, mais ne dit rien.

— Bernard... tu crois qu'il existe d'autres planètes habitables ?

— Voilà une question intéressante ! Et j'espère bien que oui. Quelle tristesse, sinon... Mais pourquoi donc cette question, la citadine ?

Je bafouille, je mens.

— Un rêve… étrange. Un cauchemar plutôt dont je n'arrive pas à me débarrasser. Tu aurais des livres sur les archanges ? Ou sur… les extraterrestres ?

Il sourit, marmonne que ces deux sujets n'ont rien à voir, me demande si je ne suis pas malade en ajoutant que j'ai l'air pâle. Il a d'abord peur d'attraper des microbes puis il accuse mon nouveau boulot de me fatiguer. Il finit par fouiller dans ses étagères et en sort un ouvrage qu'il me tend : « *Le pouvoir des anges.* » Une couverture rigide, un ange lumineux sur le dessus en relief. Pas la même tête décidément que ceux que je connais. Le livre est lourd dans mes mains.

Je lis l'éditeur, ce n'est pas nous. Un instant de panique me traverse : ai-je encore un travail ? Un revenu ? Je force mes doigts tremblants à tourner les pages. Comment ma vie en est arrivée là ? Je dévore les illustrations, les organigrammes hiérarchiques : archanges, séraphins, chérubins… Une hiérarchie céleste. J'éclate de rire devant certaines prières. Si les humains savaient vraiment qui les entend… Ma belle-mère en ferait une attaque, toute la belle famille d'ailleurs, ainsi que des millions de gens…

Bernard se lève pour me resservir, mais un vent violent secoue soudain la pièce. Tout vole. Puis tout s'arrête. Figé. Même Bernard.

Mickaël apparaît. Ses yeux sont de glace, une menace céleste à lui seul, je comprends soudain comment il a pu terrasser le diable. Derrière lui, Raphaëlle le suit, le supplie de rester calme. Moi, je claque le livre sur la table basse et je le fixe. Une fraction de seconde, je vois son trouble. Et intérieurement, je me félicite, même si la peur me glace le sang.

Il rugit. Il m'interroge. Pourquoi suis-je partie ? Sa stature me domine, imposante, froide, intimidante. Mais je tiens bon. Et je hurle à mon tour. Le déstabilisant encore plus, il n'a pas l'habitude qu'on lui tienne tête. Tant mieux. Je hurle toute ma rage. Toute ma douleur. Mes blessures. Je crache tout, je vide mon cœur.

Silence.

Dans ma tête, une voix douce : « *Tu m'entends?* » Raphaëlle.

Je réponds, dans leur langue. En pensée. Alors que je pense en français.

« Oui. Depuis ce matin. Je sais tout. Je vous déteste. Vous n'aviez pas le droit. »

Raphaëlle parle alors à voix haute :

— Nous ne voulons pas te faire de mal, Anaïs. Au contraire. Nous sommes là pour toi. Nous l'avons toujours été. Et bien sûr que je suis ton amie. Cela fait tellement longtemps que j'avais envie de le devenir en plus.

Je ferme les yeux. Je souffle. Tout cela m'épuise.

— Ah, et l'histoire racontée par Métatron... je l'ai vécue. J'ai tout vu. Je veux que vous me laissiez. J'ai besoin de temps.

— Tu as tout vu ?

Je hoche la tête. Mickaël s'éloigne, troublé. Alors, pour prouver mes mots, je raconte. En français. Puis dans leur langue. À voix haute. En pensée. Et j'imprime les images directement dans leurs esprits.

Je suis devenue un canal.

Je suis le livre vivant ou tout autre chose qu'est ce truc.

Et ils ne pourront plus jamais m'enfermer dans l'ignorance.

Chapitre 9

La vérité d'une naissance peu ordinaire

Océanbooks existe. Pas tout à fait comme on pourrait l'imaginer cependant, mais, depuis la nuit des temps, sous différents noms, à travers différents peuples. Là où naît l'écriture naît la mémoire, la résistance, l'éveil. Les Galactiques le savent depuis toujours : le savoir est la clé. Leur plus grande clé. Et bien plus que cela, je le réalise maintenant depuis plusieurs semaines, une force d'élévation. Une arme contre la manipulation et l'enfermement. Dès les premiers signes sumériens ou les premiers hiéroglyphes égyptiens, ils se sont emparés de l'idée, et l'ont même largement soufflée. Ils auraient préféré imposer une langue universelle dès le départ, mais... ils ne sont pas les seuls à influencer la race humaine.

Quand les Reptiliens ont compris l'importance du savoir, ils ont tout fait pour l'éteindre. Surtout ne pas le partager avec tous, mais le réserver à ceux qu'ils pouvaient contrôler et diriger. L'Église en est un exemple criant : derrière ses dogmes, les reptiliens ont tenté de monopoliser la connaissance, affirmant qu'elle n'était pas nécessaire pour le peuple. Puis, voyant que les humains continuaient de chercher, de questionner, ils se sont mis à imprimer eux aussi. Imprimer leur sombre propagande. Je n'ai, d'ailleurs, plus aucun doute maintenant : ils ne sont vraiment pas gentils, ils n'ont même pas une once d'humanité. Ils me font penser aux Uruk-Kai du seigneur des anneaux. Leurs mots endorment, soumettent, détruisent les cœurs et sèment la violence.

Grâce aux explications de Métatron, et à mes déductions, j'ai compris que mon embauche ici n'a rien d'un hasard, de même que l'implantation à Royan de cette succursale. C'est ainsi qu'il m'a rassurée sur mon contrat de travail, je peux ainsi continuer à avoir une autre ressource financière. Mes véritables employeurs sont humains et connaissent la vérité sur ce qui se passe dans le cosmos. Quelques centaines de personnes à travers le monde savent réellement, et ce sont celles qui en parlent le moins. D'autres n'ont accès qu'à des bribes, contrôlées par les Galactiques, qui les somment de diffuser des morceaux de vérité mélangés à de l'absurde, pour que rien ne paraisse complètement crédible. Juste laisser une trace de doute. Une bonne tactique : lancer de fausses informations partout, reprises par des pseudo « canaliseurs d'aliens ». À part quelques convaincus, jamais cela n'a atteint les masses. Du moins, pas encore, mais un jour ils espèrent que l'humain sera prêt à les écouter et à ce moment-là, tout sera révélé. Mais pour l'instant, si on en croit ce que racontent les journaux télévisés, l'humain n'est même pas au stade du hobbit alors de là à devenir un être céleste…

J'ai du mal à me concentrer aujourd'hui et pourtant il faut vraiment que je m'occupe de cette prochaine sortie littéraire. Elle plairait à ce vieux grisou de Bernard… L'épisode où tout s'est figé dans sa boutique, c'était il y a 9 jours déjà. J'ai aussi appris que Bernard va mourir. Les Galactiques savent quand une âme humaine s'apprête à repartir à la source de tout. Le corps de Bernard est faible et presque à bout de souffle. C'est pour cela que Métatron lui ressemble : lui qui ne vient jamais sur Terre sous forme humaine, porte en réalité une enveloppe façonnée par leur technologie. Selon leur rang, un Galactique peut : soit faire sienne une enveloppe humaine morte et la garder à vie, soit emprunter un corps comme une sorte d'hologramme amélioré et uniquement à une personne proche de la mort. Ainsi, ils évitent toute dissonance avec l'être vivant. Un truc qui se passe au niveau des énergies, là, je n'ai pas tout compris.

Les Reptiliens, eux, s'en moquent. Ils violent les vivants, les détournent, détraquent les esprits. Ils font basculer les plus puissants dans la folie, la violence, ou une solitude meurtrière. Combien de « malades mentaux » sont en réalité des victimes de possession ? Je ne préfère pas savoir. Et si certains dirigeants, surtout ceux obsédés par le contrôle des foules, étaient eux-mêmes possédés ? J'ai quand même deux/trois idées en tête qui me viennent beaucoup trop rapidement.

Raphaëlle et Mickaël, eux, habitent toujours les mêmes corps qu'ils ont acquis lors de leur premier passage sur Terre, il y a plus de deux mille ans. Des corps de véritables humains : Raphaëlle dans celui d'une femme morte en couche, Mickaël dans celui d'un homme empoisonné par ses pairs.

Depuis, chaque matin, je vais voir Bernard. Je bois un café avec lui. Et à chaque fois que je repars, je pleure. Je ne peux pas le sauver. Mais je peux l'aimer, lui offrir une fin douce, accompagnée. Il ne se doute de rien... enfin, je crois. Voit-on sa mort arriver ? Une chose est sûre, moi, elle ne m'a jamais prévenue. En même temps, je suis toujours là. Ceci explique peut-être cela. Bernard me semble aimer ce nouveau rituel, car ce matin, mon café était prêt à mon arrivée. J'aime vraiment passer du temps avec lui. Il a tant vécu, tant partagé.

Où que j'aille depuis mon échappée, deux présences m'accompagnent. Invisibles. Protectrices. Intriguées. Je reste une énigme pour eux. Je les entends. Je les comprends. Je parle leur langue, même si bien souvent je n'ose pas. C'est un peu bizarre et encore plus à voix haute. Ma glande pinéale, disent-ils, est « exceptionnellement active ». C'est une petite glande que chaque humain porte dans son cerveau, mais qui dort en général, ou est calcifié.

Et surtout... je suis opaque. Illisible. Aucun Galactique ne peut lire en moi sauf si je le veux. Mais je ne suis pas encore très à l'aise avec cette fonctionnalité, je préfère tout couper. Cela agace prodigieusement Mickaël. Et j'éprouve un plaisir malsain à savoir cela. En plus ainsi, il colle à mes baskets. Il a peur que je refasse une de mes crises, même si je l'ai rassuré plusieurs fois. Et je dois bien avouer que, malgré moi, je suis plutôt contente qu'il soit si souvent là. On ne peut pas lui enlever ça : il prend sa mission très à cœur. À ma sortie du travail, il est toujours présent, et sa présence m'accompagne toute la nuit. Parfois même la journée, quand il reste dans les bureaux.

Il ne travaille plus pour Simon. De toute façon, Simon, largué par Raphaëlle, a fait un esclandre monumental. Elle a dû lui effacer la mémoire. Aujourd'hui, pour lui, il n'y a qu'une maison d'édition voisine, remplie de gens hautains avec qui il ne veut pas sympathiser. Quant à Raphaëlle, il la trouve désormais repoussante : une idée qu'elle-même a implantée en lui.

Il y a 9 jours après l'épisode de la boutique, nous nous sommes rendus dans les bureaux, une fois de plus j'ai volé et je dois avouer que je commence à y prendre goût. Métatron nous y attendait. Pas besoin de téléphone chez les Galactiques, ils sont câblés en permanence. Métatron a repris son histoire. Une fois de plus, j'ai dû écouter, assimiler.

Il a commencé par m'éclairer sur certaines vérités historiques. L'histoire où commencent les origines de mon cher, célèbre aïeul. L'histoire de Marie et Joseph. Elle n'était pas vierge, et Joseph était normalement stérile... jusqu'à l'intervention galactique de celui qui est nommé" [illegible] „, Gabriel, chez nous. Il y a eu la même chose pour les parents de Marie-Madeleine, peut-être que les étoiles n'étaient pas alignées de la même façon. Elle est arrivée deux ans après la venue de Jésus, sa naissance à elle est passée bien plus inaperçue où alors c'était parce que c'était simplement qu'une femme, le simplement est ironique bien évidemment.

Les miracles décrits dans l'histoire, eux, sont vrais. Et c'est d'ailleurs ce qui a permis à Marie-Madeleine de retrouver celui qui, sur une autre planète, était déjà son âme sœur, en plus de son collègue chercheur. Il paraît que chez les Sirusien, l'amour est quelque chose de très sérieux, si tu n'as pas ton âme sœur alors rien... De leur amour, mes ancêtres, une fois qu'ils ont réussi à fuir, sont nés huit enfants, élevés dans le plus grand secret, et surtout protégés avec acharnement.

Depuis, aucun Galactique n'a eu accès à leur technologie. Les Reptiliens, eux, sont d'une jalousie maladive. Pour eux, c'est simple : si cette technologie devait être réutilisée, ce serait une nouvelle guerre. Mais personne n'en a jamais retrouvé la moindre trace. Gabriel n'a été là que pour faire passer le message. Quand il est retourné au laboratoire, toutes les preuves avaient été détruites. Ils avaient choisi de se réincarner sur Terre avec l'idée complètement folle ou utopique de faire avancer l'humanité. Deux âmes pionnières. Deux destins sacrifiés quand on voit le résultat, mais une chose est sûre, ils ont bien marqué l'histoire humaine... Des siècles de fuite, d'amour caché, jusqu'à moi et à d'autres, car depuis plus de 2000 ans, cela en fait des mélanges...

Cependant, à chaque nouvelle génération, les dons aliens exceptionnels de mes aïeux ont été grignotés petit à petit. Même si, parfois, la nature a bien fait les choses. J'ai eu ainsi, dans ma lignée, des bâtisseurs de cathédrales, des inventeurs de génie, des médecins pionniers, des grands politiciens... Le reste, ce sont des anonymes bienveillants avec une grande humanité. Ils sont vraiment sûrs que j'en fais partie, car clairement je ne me reconnais pas, là-dedans. Mais tous se sont fait tuer, petit à petit, par les Reptiliens ou par des humains possédés. Très peu ont eu le luxe de mourir de vieillesse. Cette partie ne m'a pas vraiment enchantée. Métatron est resté très vague là-dessus, d'ailleurs. Et puis, le sujet qu'il a évoqué ensuite a été d'une importance bien plus capitale pour moi.

Il a révélé le secret de ma naissance. Et je ne sais toujours pas comment intégrer tout ce qu'il m'a dit. Moi, l'enfant rejetée, je ne l'étais pas. Je ne l'ai jamais été.

Ma mère s'appelait Joséphine. Une assistante sociale qui apportait sa lumière bienveillante à tout être qui en avait besoin, et qui mettait tout son cœur à aider ceux que la vie malmenait. Mon père s'appelait Louis. Elle, descendante directe de la lignée galactique. Lui, artiste discret, souffleur de verre. Ils m'aimaient. Ils m'attendaient. J'étais leur « messie ». Ma mère n'a jamais su le secret de ses origines, mais, comme pour moi, elle avait toujours eu des anges gardiens près d'elle.

Leur mort a eu lieu lors de ma naissance. Ma mère avait choisi d'accoucher chez elle. La sage-femme, possédée par un Reptilien, les a tués. Ils n'ont rien vu venir. Aucun signe précurseur. Rien. Métatron est arrivé trop tard pour les sauver. Il en ressent encore une culpabilité immense. Je ne sais même plus si je peux lui en vouloir. Il m'a fait naître dans l'urgence, du corps de ma mère mourante. Puis, il a fui, comme il a pu.

Dehors, d'autres Reptiliens attendaient. Métatron a été blessé. Pour me laisser une chance, il m'a déposée... dans l'endroit le plus improbable qu'il a trouvé, la fameuse poubelle. Il n'avait pas le choix. Il espérait revenir. Mais quelqu'un m'a trouvée avant, et il a laissé le destin faire son œuvre. Surtout que j'ai eu, au début, de bons parents adoptifs. L'accident à mes cinq ans, la biche, qui soi-disant, à tuer ses premiers bons parents et m'a redonnée le statut d'orpheline, les Reptiliens aussi. Ensuite, ils m'ont cachée dans le système et se sont éloignés, pour éviter d'attirer davantage de présences néfastes.

J'ai pleuré longtemps, intégrant les faits puis surtout pour eux, mes parents aimants. Pour moi, le bébé de la poubelle. Pour cette vérité qui me soulage et me brise en même temps. J'aurais dû avoir une plus belle vie que celle que j'ai eue.

Depuis neuf jours, je serre contre mon cœur une photo de mes parents. Enlacés, sourire aux lèvres, posant leurs mains sur le ventre rebondi dans lequel j'étais cachée. Leur amour me traverse. Me reconstruit.

Je ne dors plus très bien depuis toutes ses révélations. Heureusement, Mickaël est là. Nous avons pris l'habitude de nous retrouver, nous parlons de tout sauf de ce que je suis. Parfois, il laisse échapper quelque chose de son monde, mais la plupart du temps, c'est pour se plaindre des humains. Je finis toujours par m'endormir contre lui sur le canapé, pour me réveiller ensuite dans mon lit, seule. Non, je n'ai pas envie d'analyser cette partie-là, juste envie d'en profiter. Je ne me risquerais pas à faire éclater ma bulle. Et puis, s'endormir dans les bras d'un alien ce ne serait pas la dernière mode ?

La sonnerie du téléphone interrompt une nouvelle fois le cours de mes pensées. Cela fait bien la sixième fois qu'elle appelle et que je l'ignore complètement. Je ne décroche pas. Je n'en ai aucune envie. Elle, c'est Viviane. La mère de Jean-Guillaume. La fameuse matriarche.

Raphaëlle, qui ne fait plus semblant de travailler pour Océanbooks et qui est négligemment installée dans un hamac pour se remettre de sa folle nuit, finit par me regarder en arquant un sourcil. Je murmure, comme si prononcer son nom trop fort risquait de la faire apparaître :

— La mère de Jean-Guillaume. Pourquoi vous...

Elle sourit tristement, presque mélancolique, et me coupe avant que je termine ma question. Elle sait déjà ce que je vais lui demander.

— On a essayé de te montrer. En Italie, on a fait en sorte de te mettre sur la voie de ce bar où il était en train de plonger sa langue jusqu'aux amygdales d'un jeune puceau. Mais tu t'es arrêtée chez un marchand de pâtes. Et si je me souviens bien, c'était pour ta fameuse matriarche et toute sa ribambelle. Le vendeur s'est fait sa journée avec toi. D'ailleurs, on ne se ferait pas italien ce soir ?

Je me souviens. Je ris nerveusement, un peu jaune.

— Pourquoi vous n'avez pas été plus directs ?

— On ne peut pas. On n'a pas le droit d'intervenir. Il y a cette fameuse règle du libre arbitre qu'on ne peut pas vous enlever.

Sinon, on viole le traité et on devient des sortes de gourous de secte.

Je soupire. J'ai tellement de questions pour eux, mais ils restent flous dès qu'il s'agit de leur rôle sur Terre. Pourquoi les Reptiliens peuvent-ils posséder des gens ? Pourquoi ne pas intervenir plus souvent ? Pourquoi laisser le monde s'effondrer ? Pourquoi la guerre, les meurtres, les viols, encore et encore ?

— Parce que vous avez tous un peu de nous. Et un peu d'eux. Tant que la partie reptilienne domine, ou reste présente dans votre cerveau, la violence persistera. Mais un jour... votre cerveau évoluera. La glande pinéale prendra le dessus. L'intuition. L'unité. La paix.

Raphaëlle me fixe. Ses yeux brillent : ma colère lui a permis de lire en moi. Il faut que j'apprenne à mieux me protéger. Après trente-cinq ans à leur ouvrir mes pensées, aujourd'hui j'aime le fait que ce soit verrouillé. Elle ajoute :

— Tu n'es pas un dossier, Anaïs. Tu es notre amie. Notre famille. Métatron t'a vue naître. Mickaël te protègerait au péril de sa vie, même s'il prétend ne pas aimer les humains, et crois-moi, ce n'est pas rien. J'adore la façon dont tu le titilles. Surtout continue ! Et moi, à ta place, je me laisserais aller... mais bon, les Siriusiens ne font l'amour qu'avec leur âme sœur. Une hérésie, si tu veux mon avis. Quant à moi, j'ai décidé : je veux être ta meilleure amie. D'ailleurs, je me considère déjà comme telle. Nous avons toujours été là, et nous le serons toujours.

Et voilà, Je pleure. En ce moment, je ne suis bonne qu'à ça. Je n'aime pas ça, mais depuis quelque temps mes émotions sortent comme des boulets de canon. Et je n'éprouve plus le besoin de me faire du mal pour les évacuer. Je dois les laisser couler. Et à vrai dire quelque part, je sens que cela me fait du bien. Les mots de Raphaëlle me touchent profondément. Pour la première fois depuis aussi longtemps que je me souvienne, je me sens aimée. J'ai l'impression d'avoir une famille, d'entrevoir ma place dans le monde.

— Tu as décidé de devenir psy ? Ou gourou ? Tu pourrais.

Je tente pour alléger mon cœur et mes larmes.

— Ce serait tentant, et largement possible, mais bien trop dangereux. Non. J'ai juste quelques années d'existence de plus… et vous, les humains, vous me passionnez. J'aimerais être humaine un jour. Si seulement tes aïeules n'avaient pas tout détruit.

Je ris. Je respire. Cette femme alien est folle. Mais c'est une folie attachante, de celle qui réchauffe.

— Et tu finirais comme moi : à pleurer, à trépigner…

— Oh, je serais bien pire ! Mickaël s'arracherait littéralement les cheveux.

Je ris encore, mais la sonnerie du téléphone retentit à nouveau. Je souffle. Encore la matriarche. Raphaëlle m'encourage à répondre. Elle me rappelle que je ne suis pas seule, que je n'ai pas à avoir peur de cette femme.

— Oui, Viviane...

Chapitre 10

Quand la matriarche joue les marieuses !

Je tire une nouvelle fois sur la manche de ma veste noire, composant un sourire faux de circonstance, assise dans l'un des fauteuils trop raides du grand salon. Autour de moi, toute mon ancienne belle-famille, bruyante, déployant avec un cruel manque d'originalité ce que je remarque vraiment pour la première fois : des sourires forcés, de la fausse gentillesse. Il y a aussi un couple d'amis à eux, même âge, même allure, mais beaucoup moins d'enfants. Enfin… à moins que les autres ne soient cachés quelque part. Là, il n'y en a qu'un, vêtu du même style vestimentaire que les autres, et que moi aujourd'hui, dans mon tailleur sombre sans chichi.

C'est le sacro-saint repas de la Pentecôte. Quelle idée avais-je eue d'accepter cette mascarade ? Au téléphone, la voix de Viviane a été douce. Presque chaleureuse. J'ai même été étonnée d'y entendre un soupçon de gentillesse inhabituelle. Et me voilà maintenant, jouant la veuve sage, presque éplorée, vêtue de noir, tout droit sortie d'une messe beaucoup trop longue. Heureusement, j'ai pu bavarder avec Raphaëlle en pensée tout du long. Elle m'a fait rire à tel point que j'ai failli m'étouffer surtout que je ne devais rien montrer et rire dans son esprit et bien ce n'est pas facile.

Cette fête, la Pentecôte, liée à la naissance de l'Église chrétienne, célèbre le moment où les apôtres sont partis répandre le message au monde. Mais avant cette histoire, il y avait déjà des célébrations : la fête des semailles et de la fertilité, quand la nature explose de verdure. Les anciens dansaient autour des arbres, vénéraient les eaux, remerciaient la fécondité des champs. Et ils faisaient aussi l'amour. Beaucoup ! Raphaëlle a bien insisté sur ce point quand elle m'a raconté ce bout d'histoire, soulignant l'hypocrisie des péchés capitaux et la culpabilité que l'Église a imposées, alors que l'intimité sexuelle aurait dû rester une connexion pure entre deux êtres consentants, sans ombre. De l'amour. Du plaisir et un peu de sauvagerie.

Heureusement que j'ai réussi à trouver une excuse pour le samedi. Sinon, j'aurais dû arriver la veille, assister à une autre messe aux chants catholiques ultras stricts, et dormir dans l'ancienne chambre d'enfant de Jean-Guillaume. Un cauchemar. En revanche, je dois reconnaître que mon statut de veuve, donc de célibataire encore sans enfants, me vaut aujourd'hui un privilège que je n'avais pas connu depuis mon premier passage ici : je n'ai pas été reléguée à la cuisine avec mes belles-sœurs. Une évolution que j'apprécie grandement. Cela me permet de rester en retrait, d'observer, et de constater encore plus clairement l'hypocrisie de cette famille à mon égard.

Je porte à mes lèvres un verre de kir royal que la matriarche elle-même m'a servi. Peut-être que, dans son esprit, je redeviens une âme à sauver par l'Église ? Je pose la question en pensée, mais personne ne répond. Je sais qu'ils sont là, quelque part, mais leur présence est étonnamment silencieuse depuis que j'ai franchi la porte de la maison. Dommage : j'aurais bien besoin de leur soutien pour affronter le reste de cette journée. Mon dos me fait souffrir à force de garder une posture impeccable : fesses posées à mi-fauteuil, jambes croisées sur le côté, dos droit comme un pieu.

« *Besoin d'un petit soin de ta meilleure amie.* » La voix de Raphaëlle résonne soudain dans mon esprit. Elle rit, ajoutant qu'elle peut aussi demander à Mickaël de me faire un massage. Aussitôt, le rouge me monte aux joues. Je coupe tant bien que mal toute connexion, pour éviter d'envoyer les images qui me traversent l'esprit. Malgré moi, je souris. Cette intervention a calmé mon cœur. Même si je ne les sens pas directement, ils sont là, quelque part. Je ne suis pas seule.

Cette réunion familiale, banale en apparence, me paraît irréelle à côté de ma vie désormais cosmique. Moi, descendante de Jésus et de Marie-Madeleine, entourée de personnes se réclamant au service de mon aïeul... mais sans rien connaître de sa véritable histoire, ni du message de paix qu'il était vraiment venu délivrer. En aucun cas il ne s'agissait de se flageller, ou de respecter aveuglément les sept péchés capitaux. Même si, dans une certaine mesure, ces excès nuisent bel et bien à la santé mentale et physique. Mais si jamais cette famille apprenait ce que je sais, combien s'effondreraient ? Leur foi est si enracinée que, même confrontés à la vérité, ils seraient incapables de la voir. J'imagine mes archanges apparaissant soudain ici, dans leur véritable apparence. Le scandale que ce serait...

« *Et ça n'arrivera jamais.* »

Oups. La voix glaciale de Mickaël s'impose dans mon esprit. J'ai laissé mes pensées dériver et il a intercepté. Je pouffe devant son absence totale de lâcher-prise. Il est incapable de s'amuser. Mais je prends garde, une fois de plus, à verrouiller mes propres pensées. C'est normal que les humains soient si faciles à lire : on est traversé en permanence par mille émotions qu'on ne comprend pas toujours, ou que l'on refuse d'écouter.

— Qu'y a-t-il d'amusant, Anaïs ? Peut-être pourriez-vous partager vos pensées ? lance la matriarche d'un ton sucré. Cela plairait à Côme, à Hortense… et surtout à Marc. Il a toujours aimé rire. Depuis qu'il est enfant. Nos familles se connaissent depuis si longtemps, depuis notre propre enfance en tant qu'enfants de chœur.

Elle m'adresse un regard appuyé avant d'enchaîner vers ses amis :

— Je ne sais pas comment j'aurais fait sans vous ces derniers mois. Vous m'avez tant aidée à accepter que mon cher Jean-Guillaume soit parti rejoindre notre Seigneur.

Je sens la chaleur me monter aux joues. Je déteste être prise de court, exposée au regard des autres. Je ne sais jamais comment réagir dans ces moments-là, et très clairement, la matriarche me reproche ma négligence : je n'ai pas été là pour elle. La matriarche : 100 points. Moi : zéro. Mon regard oscille entre elle, ses amis endimanchés et Marc, rougeaud, narines dilatées, engoncé dans son pull de luxe.

Heureusement, Raphaëlle fait remonter un souvenir à ma mémoire. Pas le plus glorieux, j'aurais préféré l'oublier… mais il va me sauver la mise.

— Je… pardon. J'étais en train de repenser à ce jour où Jean-Guillaume m'avait volé un baiser près de la fenêtre, avant de me faire valser à travers la pièce. Il m'avait demandé en mariage la semaine précédente et…

Je me tais brusquement. Ai-je trop forcé ? Pas assez convaincante ? Trop ? Heureusement, Hortense, l'une de mes belles-sœurs, intervient. Elle prend mes mains, me console et conclut qu'il me faudrait un nouveau mari pour retrouver la joie. Je la fixe, stupéfaite. Et surprise : la matriarche acquiesce, assurant que c'est sûrement la meilleure solution.

— Heu… je ne suis pas sûre de vouloir quelqu'un d'autre dans ma vie.

— Mais bien sûr, ma fille, je comprends. Mais tu es jeune et tu as toute la vie devant toi. Alors, il faudra bien y réfléchir un jour. Une femme ne peut vivre seule. D'ailleurs, Marc…

Je n'entends plus vraiment la suite. Je suis trop sidérée. La proposition est claire, directe. Elle vient de demander à Marc s'il ne voudrait pas de moi comme femme. J'ai l'impression d'être un animal de foire, vendu sur un marché. Marc me regarde déjà, conquis par l'idée. Une nausée me monte.

« Ne t'inquiète pas. Tu n'es plus seule maintenant. Tu ne risques rien. »

Les mots que je reçois de Mickaël résonnent en moi. Raphaëlle ajoute doucement :

« Tu n'as pas à dire oui. Tu n'es plus la même. Tu es plus forte. »

Et comment que je ne vais pas dire oui. Ils sont dingues dans cette famille.

— Mère...

Je prends une grande inspiration. Brigitte-Anne intervient : le déjeuner est servi. Sauvetage inespéré.

Nous quittons tous le salon pour passer à table. Bien sûr, la matriarche insiste pour que Marc soit assis à mes côtés. Sinon, « cela créerait du désordre ». Ses tentatives de drague sont si lourdes que j'en viens presque à avoir honte pour lui. Mais autour de la table, tout le monde fait comme si c'était normal. Je comprends alors que toute la famille est complice de ce petit manège. Je n'ai pas été invitée pour partager un moment de recueillement, mais parce que je suis une marchandise à caser. C'est insupportable. Et ça va durer des heures…

******

Enfin ! Je récupère ma veste en pensant au livre de lumière qui a fait basculer ma vie, histoire de m'accrocher à quelque chose de lumineux. Ce n'est pas un simple livre : c'est un portail. Un lien entre les mondes. Une cabine de téléportation, réservée à ceux qui sont habilités à voyager de planète en planète. J'ai tenté de ne penser qu'à cela durant tout le repas m'imaginant voyageant à travers le cosmos. Il me fallait un échappatoire, pour ne pas exploser et trouver le courage de rester, malgré tout, courtoisement humaine devant tant de manigances et de malveillance.

— Attendez, Madame de Saint-Estèf. Je prends très au sérieux ce déjeuner, et la proposition à peine voilée de Viviane ne peut me réjouir davantage. Je suis persuadé que vous feriez de moi un homme heureux.

Marc me rattrape dans l'entrée. Encore lui. J'ai un instant de battement. J'étais encore perdue dans mes pensées, accrochée à l'image du livre et à la possibilité de disparaître à travers lui pour fuir ce cauchemar. Mais ses mots me ramènent brutalement à la réalité. Mon sang bouillonne dans mes oreilles. Là, je n'en peux plus.

— C'est Médian. J'ai repris mon nom de jeune fille. Et je vais être très franche avec vous. Il n'y aura jamais de mariage entre nous. Je vous trouve grossier, abject. Et physiquement… je n'ose même pas imaginer vos sales pattes sur moi.

« *Anaïs, tu es mon modèle.* »

La voix de Raphaëlle résonne en moi, tandis que je sens la colère brute de Mickaël s'ajouter à la mienne. Le feu en moi monte encore.

— On ne m'avait pas dit que vous aviez un caractère si volcanique. Jean-Guillaume, si on en croit certaines rumeurs, avait des mœurs douteuses. Il ne vous a pas montré ce qu'était un vrai homme, un homme de valeur. Vous manquez encore de repères.

Je reste bouche bée devant ses paroles. Comment peut-il me dire ça !

— Dites-moi, Marc, quelles sont ces fameuses valeurs ?

Il s'approche, sûr de lui. Je sens que je vais rendre ce que j'ai mangé, ou plutôt picoré.

— L'obéissance à Dieu. L'obéissance à l'homme. Tempérance. Tenue. Une femme doit savoir tenir un intérieur, enfanter, s'occuper de son mari quand il en a besoin. Et être chrétienne, bien évidemment.

— Alors désolée, Marc, mais trouvez-vous une autre boniche prête à écarter les cuisses pour pondre à la chaîne. Ce ne sera pas moi.

Je tremble. Ai-je été trop loin ? Tant pis. C'est dit.

Il ne bronche pas dans un premier temps, mais son regard se fait plus dur. Il s'approche d'un pas et penche sa tête comme prêt à une confidence.

— J'ai un élevage de chiens de chasse à courre. On les dresse. Ils mordent parfois. Mais on leur apprend qui est le maître. Les femmes, c'est pareil.

Je m'appuie contre le mur, abasourdie. On croit parfois avoir touché le fond, et la vie nous rappelle qu'il est toujours possible de creuser encore. Ses yeux… ils ont vraiment quelque chose de malsain. Je pivote, ouvre la porte et je fuis, vite. Je cours jusqu'à ma voiture. Mais il me suit. Il me rattrape.

— Je vous dis à bientôt, Anaïs. Vous me plaisez beaucoup.

Cet homme est fou. Je claque la portière si violemment que j'ai failli lui coincer les doigts. Fenêtre entrouverte, verrou enclenché, je lui balance :

— Petit Marc, tu sais ce que sont les mecs qui veulent dresser leur femme ? Des petites bites. Des trouillards qui veulent se sentir grands. Tchao, Ducon.

Pas de moi, celle-là. C'est Raphaëlle qui me l'a soufflée. Mais elle tombe juste. Je passe la première et j'écrase l'accélérateur comme une dingue. La dernière chose que je vois, c'est son visage écarlate, furieux, fumant. Un point pour moi.

Je roule jusqu'à un parking désert et là, je craque. J'éclate en sanglots.

« *Bien joué* », lance Mickaël.

Une lumière bleue éclatante surgit près de ma portière. Et le voilà, dans sa forme humaine qui, paraît-il, lui ressemble au niveau des traits. Il ouvre la porte, me tire doucement, m'installe sur le siège passager. Sans un mot, il prend le volant et me ramène chez moi.

Je n'ai qu'une certitude en quittant cette journée : je ne fais plus partie de la famille de Saint-Estèf. Définitivement. Je bloque tous leurs numéros. Mon cœur bat vite, mais je me sens enfin plus libre.

Chapitre 11

Ce n'est qu'un au revoir…

Une nouvelle semaine s'est écoulée sans la moindre nouvelle de ma belle-famille. Je ne vais pas m'en plaindre. Pas plus que de Marc : aucune trace de lui non plus, et c'est encore mieux. Pourtant, les deux premières nuits, j'ai mal dormi, craignant de le voir surgir à ma porte.

Une nuit, en plein milieu, mes pensées ont été accessibles. Mon archange préféré… mais ! Pourquoi je pense « préféré » ? Disons plutôt : le plus imposant m'a fait comprendre que rien ne m'arriverait. Même si, en principe, ils n'ont pas le droit d'agir sur d'autres êtres humains. Sauf, évidemment, en cas de danger imminent. RIP, Jean-Guillaume, d'ailleurs. Ils ne m'ont jamais dit comment il était mort… Attends ! Ils ne sont pas censés tuer des humains, normalement. Oh… il faut que je leur demande.

Que je lui demande, car des trois qui me sont le plus proche, si un doit faire ça c'est lui, c'est sûr. J'espère seulement ne jamais me retrouver dans une telle situation une nouvelle fois. N'ai-je pas assez donné ? En tout cas, cette pensée m'a rassurée et j'ai retrouvé mon sommeil.

— Tu sais que je sais que tu es là ? Pourquoi restes-tu invisible ? Je n'aime pas ça. Si tu es là, sois vraiment là. Sinon, j'ai juste l'impression d'être surveillée, fliquée.

« *Mais tu es surveillée en permanence* », répond Mickaël directement dans mon esprit.

Je lève les yeux au ciel, agacée, et lui réplique à voix haute. Je sais que si je passe par la télépathie, cela lui facilite l'accès à mes pensées. Et j'adore le titiller avec ce verrou que je garde sur mon esprit. Puisque monsieur veut jouer…

— Bon ben, j'imagine que je n'ai pas le choix que de te laisser me voir nue pendant que j'enfile mon maillot de bain.

Je fais mine de soulever ma robe. Je sais que c'est une limite qu'ils respectent. Ils me l'ont assuré plusieurs fois. Et puis, le corps humain, à part pour Raphaëlle, ne représente rien pour les Sirusiens. Malheureusement, est le mot qui me vient à l'esprit, je le repousse. Des pas résonnent dans l'escalier. J'ouvre la porte. Il est là. Comme toujours, sans un sourire. Comme toujours, dans les mêmes vêtements : un jean bien ajusté, trop bien ajusté, et un tee-shirt blanc qui colle un peu trop à son corps.

— Bonjour. C'est ainsi que les humains se saluent le matin.

— Pas tous ! Et pour ton information, le soleil vous donne des cancers ! Alors les maillots de bain et la plage... ça ne rime à rien.

— Tu connais le principe de passer du bon temps, de sentir le soleil caresser ta peau et de juste ne rien avoir à faire !!

Je secoue la tête, exaspérée. Nous sommes seuls ce matin. Métatron se fait rare ces derniers temps. Je le sens encore à portée de pensée, mais plus de présence physique. Son rôle a changé depuis que je connais la vérité. Il supervise, mais d'un peu plus loin. Si je veux, je peux le contacter, mais seulement par télépathie.

— Elle revient quand, Raphaëlle ? Ou tu n'aurais pas un autre de tes collègues sous la main ? N'importe quel Alien un peu plus civilisé ferait une meilleure compagnie.

Je perçois son agacement. Je sais, je ne peux pas m'empêcher de l'exaspérer, comme tout être humain, finalement. Et pourtant, j'aimerais bien lui inspirer autre chose... Mais non, rien de neuf de ce côté-là. Même quand il se montre présent, la nuit ou quand il m'a raccompagnée en voiture, c'était juste parce que c'est son travail. Mickaël n'aime pas les humains. C'est ainsi. Et c'est dommage, parce que moi… je crois que je pourrais bien l'aimer. Voire un peu trop. Vive ma tendance à craquer pour les personnalités toxiques ou non disponibles émotionnellement.

— Non, personne. Et Raphaëlle reviendra quand elle aura terminé. Maintenant, je peux repartir au vaisseau. Je serais là, mais pas physiquement, tu m'auras juste sur le dos de plus loin.

Son regard cristallin me traverse. Serait-ce un peu de sarcasme … pff. Évidemment, je lui demande de rester. Je n'aime pas être seule. Je me change en vitesse.

Oh et puis… ça va être drôle de le voir sur le sable. Mettra-t-il lui aussi un maillot de bain ? Le spectacle promet d'être intéressant. Sa proximité a un effet assez pervers sur mes hormones. Et ça fait si longtemps… Je sors de la salle de bain en essayant de paraître innocente. Mais ce qu'il est, ou paraît être, me trouble beaucoup trop. Une partie de moi aimerait qu'il aime les humains. Qu'il aime les femmes surtout et puis en fait seulement moi. Car les mains de cette enveloppe humaine donnent envie… Non, stop Anaïs, redescends sur Terre toi qui y habites, mais bon…

— Tu veux bien m'aider à l'attacher ?

Je me tourne, lui présentant mon dos pour qu'il noue les lanières de mon maillot. En voyant Raphaëlle, j'ai bien compris qu'humains et Aliens pouvaient très bien s'entendre… au lit. Et puis, contrairement aux autres, Mickaël me tolère plus que bien. Malgré son air froid et distant, je sens un sourire furtif sur son visage tandis qu'il prend tout son temps pour nouer le lien, ses mains frôlant largement plus qu'il ne faudrait toutes les parties de mon dos. Mon corps s'embrase.

Il me fait pivoter et ses yeux plongent dans les miens.

— Je reste alors. Et puis, tu m'aimes bien. Mais à part parfois la couleur des yeux, je ne ressemble en rien à cette enveloppe. Ne te fais pas d'illusion. Tu es une simple humaine pour moi. Et je ne viens pas d'Orion !

Rouge instantané de toutes les parties de mon corps. Leur honnêteté sans filtre, c'est aussi ça qui les caractérise. Il me fixe encore un instant, puis, comme si de rien n'était, descend tranquillement les escaliers.

Je reprends mes esprits. Il a raison : ce que je vois n'est pas vraiment lui. Et s'il reste, ce n'est pas par affinité. C'est parce que je suis l'un des derniers représentants humains avec un ADN un peu plus galactique que la moyenne. J'enfile une robe et descends le rejoindre.

— Alors c'est vrai ? Tu fais plus de quatre mètres ? Peau diaphane, bleutée ? Un grand front ? Des yeux globuleux et noirs ? Pas de cheveux ? J'ai vu un livre qui vous représentait comme ça. Tu pourrais me montrer à quoi tu ressembles, en vrai ?

Il semble amusé, et ce n'est pas courant. Deux fossettes apparaissent sur son visage. Aïe... son enveloppe humaine me plaît vraiment trop. Mais en sachant à quoi il ressemble potentiellement en vrai, ça a de quoi refroidir toute ma libido.

— Dans ta perception humaine, ma peau n'est pas diaphane, mais luminescente. J'ai des cheveux. Mes yeux sont quasiment de la même couleur que maintenant. Mon clan a une teinte bleutée. Nous avons six doigts à chaque main. Et non, je ne peux pas venir ici dans ma vraie forme. Le plafond est trop bas. Tu n'auras pas d'image de moi, même si tu en as déjà vu à peu près. À toi de deviner à quoi je peux ressembler. Et puis... tu n'as pas besoin de cette information. Je suis trop différent.

Je fais la moue. Il ne me dit pas tout. J'ai l'impression, ou alors c'est la fatigue de la semaine, qu'il a peur que si je le vois tel qu'il est vraiment, je sois... déçue. C'est bizarre, mais je perçois ça clairement. Il aime la manière dont je le regarde, même si ce n'est qu'un masque.

— Arrête. Tu... tu lis en moi, n'est-ce pas ?

Il s'approche, trop près. Beaucoup trop près.

— Les humains ne peuvent pas faire ça. Depuis combien de temps tu sais le faire ?

« Je viens juste de le faire pour la première fois. Et je ne sais même pas si c'est vrai. »

Je lui réponds en pensée. Il voit que c'est la vérité. Et c'est lui, cette fois, qui coupe l'accès. Il s'éloigne aussitôt. Et pourquoi je ressens comme un vide, alors qu'il n'est qu'à quelques pas ? Il faut qu'on parle. De tout. De rien. Juste pour combler ce vide soudain.

— Et ta planète ? Vous ne parlez qu'en télépathie ? Raphaëlle m'a dit que vous ne mangiez pas ? Et vos deux lunes ? Pas de soleil ? Et cette histoire où tu as tué Lucifer ?

J'enchaîne les questions comme une mitraillette. Il ne répond pas. Son regard se perd, puis il fronce les sourcils, se rapproche à nouveau de moi et me prend les mains.

— Je suis désolé.

— De quoi ?

— Bernard. Son cœur... vient de lâcher.

Après ces mots, une image me traverse. Bernard. Mon ami. Je le vois s'éteindre, paisiblement, dans son fauteuil. On dirait qu'il dort. Je reçois l'image directement dans mon esprit, transmise par Mickaël. Je lui fais comprendre que je dois y aller.

En une fraction de seconde, une lumière bleue m'enveloppe. Quelques battements plus tard, je me retrouve derrière la librairie. Ces dernières semaines m'ont changée. Parce que ce mode de transport, aujourd'hui, je le trouve presque normal. Il disparaît pour réapparaître derrière la porte, dans son enveloppe humaine. Je me précipite à l'intérieur. Mon vieil ami est là, endormi pour toujours, paisible. La mort l'a cueilli doucement.

******

La nuit suivante, je me tourne et me retourne dans mon lit. Impossible d'effacer l'image de Bernard. Il avait l'air tellement serein. La mort ne m'attire plus, pas pour l'instant. Mais comparé à Jean-Guillaume, c'était... différent. Autour de Bernard, il y avait une aura de paix. La paix d'un homme qui a donné toute sa vie pour les autres.

Je pleure encore. J'ai ce sentiment brutal d'abandon. En seulement quelques mois, j'avais fini par l'associer à une figure paternelle. Et maintenant je me sens de nouveau seule. Écrasée. Pourquoi est-ce que je ressens tout si fort, si vite ?

Vénus vient se coucher contre moi, de tout son long, ronronnant doucement. Je cache mon visage dans sa fourrure.

Comment une petite boule de poils, qui me prend sûrement pour son esclave, peut réussir à m'apaiser autant ? Je n'en sais rien. Mais ma poitrine se relâche.

J'aimerais que Raphaëlle vienne me voir. Mais elle n'est toujours pas rentrée. Mickaël est parti dès que les autorités sont arrivées. Depuis, je sens parfois son énergie, mais il ne s'est pas montré. Je suis fatiguée de son invisibilité. Fatiguée d'être seule. Ce que je voudrais là, tout de suite, c'est qu'on me prenne dans les bras. Qu'on me console. Un ami. Une ancre humaine.

— Lucifer était un reptilien.

Je sursaute. La voix est bien réelle. Mickaël entre dans ma chambre avec une tasse de thé fumante, comme si de rien n'était. Je remonte le drap sur mon débardeur. Il s'assoit au bord de la fenêtre, face à l'océan.

J'ai l'impression de voir double : son enveloppe humaine, bien présente, et cette autre silhouette, plus grande, immense, qui plane derrière lui.

Je prends la tasse qu'il me tend. Rooibos au cacao. Mon préféré.

— Il y a moins de deux mille ans, côté terrien, une guerre a failli embraser l'univers. Un chef reptilien est venu sur Terre pour asservir les humains. J'étais jeune, impulsif. Avec d'autres, nous avons lancé une opération. Et je l'ai éliminé. Du moins, le corps humain qu'il possédait alors. Mais je l'ai blessé si profondément qu'il n'a jamais pu habiter une autre âme. Ce n'est pas vraiment un de mes plus grands fans... et ça, je m'en réjouis.

Je me redresse, surprise, curieuse de ses révélations.

— Comme dans la Bible ? Tu l'as pourfendu avec une épée céleste et tu avais des ailes ?

— Ce n'était pas une épée, pas vraiment. Nos armes sont beaucoup plus modernes. Et les ailes sont une technologie, un dispositif que nous portons. Les Sirusiens n'ont jamais eu d'ailes, en revanche nous savons comment en faire pousser en cas de besoin.

— Des ailes à la demande ? J'adore votre technologie. Raphaëlle et Métatron aussi ?

— Métatron, oui, il le peut. Mais ce n'est pas un guerrier, c'est plutôt un sage. Raphaëlle, elle, a de véritables ailes. Avec des griffes et des poils.

— J'aimerais tellement vous voir en vrai...

— Certains nous ont vus. Beaucoup en sont encore traumatisés. La différence peut faire peur.

— Mais moi, je vous connais. Je suis un peu plus comme vous qu'un humain lambda. Je suis sûre que je n'aurais pas peur de qui tu es vraiment... si tu veux bien me le montrer. Juste une fois pour assouvir ma curiosité. Après promis, je te le demanderais plus.

Son regard s'intensifie. J'ose espérer qu'il accède à ma demande.

« *Personnellement, je me trouve bombasse. Bien plus que les Sirusiens. Vous êtes bien trop lisses et bleus à mon goût.* »

La voix de Raphaëlle retentit dans ma tête, et une image m'envahit. Elle, dans sa vraie forme : une fourrure de lionne, des yeux d'un jaune ocre, un visage félin, des ailes immenses couvertes de plumes. Ses mains armées de griffes rétractables, une toge légère, et à ses pieds... des pattes de lionne.

« *Et voici notre pourfendeur du diable.* »

Une silhouette immense apparaît. Bleutée. De longs cheveux blond presque blanc. Tout s'efface avant que je n'aie eu le temps d'en profiter. Raphaëlle proteste. Mickaël a coupé la transmission. Et il a disparu de ma chambre.

Je ne ressens plus rien. Plus aucune présence autour de moi. Silence. Absolu. Et ça me glace. Mickaël est-il vraiment si fâché que je puisse découvrir à quoi il ressemble ? Raphaëlle va-t-elle avoir des ennuis ? Je rouvre mon canal de pensée, exposant tout ce que je pense. Je n'aime pas être seule.

Une lumière verte se matérialise devant ma fenêtre. Raphaëlle entre.

— Désolée. Mickaël refuse de te montrer son apparence. Pour un peu, je le croirais timide. Mais bon… les Sirusiens sont… particuliers. Et celui-là encore plus. Précieux, mais parfois un peu trop persuadé d'être supérieur aux autres… Surtout lui, le grand guerrier que tout le monde craint peut-être à part toi et moi maintenant que je travaille avec lui et que je le vois avec toi.

Je retrouve mon souffle et souris.

— Merci. Avec moi ? Désolée, j'ai…

— Paniqué. Oui. Mais on te lâchera jamais, ma belle. Tu vas devoir me supporter comme meilleure amie pour le reste de ta vie humaine. C'est bien que tu nous fasses confiance en t'ouvrant comme ça. Et peut-être que ton alien préféré, je suis un peu vexée, mais je comprends, nous n'avons pas les mêmes atouts, viendra s'excuser, s'il descend un jour de son piédestal ! Et oui toi, tu es l'humaine qu'il déteste le moins. Bravo !

Mes joues s'embrasent et je ferme mes pensées pour couper son éclat de rire. Mais Raphaëlle redevient vite sérieuse.

— Je sais que la mort de Bernard t'a beaucoup impactée. Tu veux que je t'aide à retrouver un peu de sérénité ? À dormir ? Si tu es d'accord, ton corps acceptera mon pouvoir et mon soin.

J'acquiesce. Les émotions me submergent, je suis épuisée. Raphaëlle pose sa main sur mon front. Une vague d'apaisement m'envahit. Je sombre aussitôt.

Mickaël

Une fois encore, je suis là, à la regarder dormir. Je m'agenouille près de son lit, de toute façon, ces maisons humaines sont trop basses. Deux mètres cinquante, pas assez pour ma vraie taille. Je ne fais pas quatre mètres, mais disons que je suis… trop grand pour ces plafonds.

Elle émet parfois de petits gémissements en rêve comme si un cauchemar perturbe ses songes. Alors je sais qu'il me suffit de toucher sa main pour qu'elle retrouve la paix. Quand je suis avec elle la nuit, je donne l'ordre aux autres de détourner le regard. D'arrêter de la surveiller. Être le chef des armées me permet ça : on m'obéit sans discuter. On croit que je m'impose une corvée, mais je n'en suis plus si sûr… Du moins pas… Elle…

Sa peau est chaude sous ma main. La mienne reste neutre, toujours à la même température. Sa main ressemble à celle d'un nourrisson dans la mienne.

Je focalise mes pensées sur elle. Et, alors qu'elle rêve, je lui envoie mon apparence véritable. Va-t-elle s'en souvenir demain ? Je n'en sais rien. Mais c'est le mieux que je puisse faire. Quelque chose me retient de le faire consciemment.

« *Désolé.* »

« *Alors ça, si on me l'avait dit... Tu as peur, Micka ? Mais cette émotion n'existe pas chez vous !* »

Je me retourne brusquement. Raphaëlle est là. Dans sa vraie forme aussi.

Nous échangeons en silence, télépathiquement. Elle a compris quelque chose que je ne veux pas voir. Mais une chose est certaine : je n'ai pas peur. Une femme humaine n'a aucun pouvoir sur moi et n'en aura jamais. C'est une race inférieure. Des parasites ! Raphaëlle continue de parler, ses mots m'agacent, au plus haut point. Ils font remonter en moi, mes pires instincts et pour un Sirusien ce n'est pas rien. Alors je ferme le canal après lui avoir demandé de se taire, et je quitte la maison.

Chapitre 12

Un bouquet de roses

— J'aurais préféré que ce soit pour moi. J'ai tout donné cette nuit ! Mais non... mes capacités d'amante exceptionnelle ne sont décidément pas reconnues.

Raphaëlle entre dans le bureau de façon théâtrale, habillée de la manière la plus outrageuse que j'aie jamais vue. Rien dans sa tenue ne laisse place à l'imagination. J'ai même peur de lui demander dans quel genre d'endroit elle a pu se fringuer ainsi. Elle tient à la main un bouquet de roses rouges, une bonne douzaine. Elle me le tend.

— Quoi ?

— Il est pour toi !

— Pour moi ? Mais qui veux-tu qui m'envoie des fleurs ?

Tout de suite, l'image de Mickaël surgit dans mon esprit. Cela fait plusieurs semaines que je ne l'ai ni vu ni senti. Mais cette pensée est ridicule : un archange offrant des fleurs, ce serait du jamais vu. Depuis la fameuse nuit de la mort de Bernard, il a disparu. Quand j'ai posé la question à Raphaëlle, elle a hésité, puis m'a assuré que c'était seulement parce que l'archange guerrier avait trop d'équipes à surveiller, mais qu'il était toujours là, invisible, mais présent. Et je dois me contenter de ça...

Je prends le bouquet et inspecte la carte.

— Oh, mais non !

Raphaëlle, penchée par-dessus mon épaule, souffle bruyamment.

— Il ne manque pas d'air, celui-là.

Le bouquet vient de Marc. En plus de la carte, une feuille pliée est glissée à l'intérieur. Manuscrite. Écriture fine, trop fine, presque illisible.

« Chère Anaïs,

Je suis vraiment désolé pour la façon dont je me suis comporté. Je comprends votre rejet. Cependant, pour faire amende honorable et retisser les liens entre nos deux familles, brisés à cause de mon attitude, je vous supplie presque de m'accorder un dîner, en public, dans un restaurant du bord de mer.

Je vous expliquerai les raisons de mon comportement intolérable. Je pourrais mettre tout cela sur le compte de l'alcool trop présent à table… mais il y a une autre raison, et je suis certain que votre cœur me pardonnera.

Je sais aussi que je ne pourrai vous conquérir. Je veux seulement que nos familles retrouvent une bonne entente.

De plus, conformément à votre souhait, j'ai des documents à vous faire signer : je suis l'avocat qui gère votre part de l'héritage en tant que veuve de Jean-Guillaume.

Si vous souhaitez ne plus dépendre de votre belle-famille, conformément aux accords passés, il faut finaliser tout cela. Vous avez déjà repris votre nom de jeune fille, il ne reste qu'une ou deux formalités.

Chaleureusement,

Marc »

— Eh ben ça alors… siffle Raphaëlle.

— Il faut croire que j'ai semé la pagaille chez les Saint Estèf.

Une part de moi ne peut s'empêcher de se réjouir de la situation.

— Tu vas faire quoi ?

Je relis la lettre. Tout me crie de ne pas y aller, mais… Raphaëlle fronce les sourcils.

— J'espère que c'est vraiment uniquement pour ces foutus papiers. Rhaa… les humains.

— Oui, promis. Mais j'aimerais comprendre ce qu'il s'est passé avec la matriarche. Et puis, ce sera dans un lieu public que je vais choisir, ne t'inquiète pas. Et si je peux enfin être débarrassée d'eux définitivement, c'est peut-être ma chance.

Raphaëlle hoche la tête. Mais son visage exprime maintenant de la colère. Je sens qu'elle communique aussi par un autre canal, hors de ma portée. Quand je lui demande ce qu'il en est, elle répond que tout est « ok »… que c'est juste sa hiérarchie qui désapprouve mon projet. Mais elle conclut :

— Un être humain a toujours le libre arbitre. Tu fais ce que tu veux… Peu importe les conséquences.

Puis, en me fixant droit dans les yeux :

— Enfin… dans ton cas, pas toutes les conséquences… Mais soit libre !

Mickaël

Je vérifie une dernière fois que tout le monde a bien pris son poste. Je garde seulement le canal avec mon groupe et coupe Raphaëlle, dont certains mots m'ont ébranlé. Après réflexion, ils ne peuvent pas être vrais. J'ai repris mon rôle comme il se doit : garder en vie la descendante, afin que l'ADN galactique brille un peu plus fort chez certains humains.

Rhaaa... et me voilà à m'énerver en voyant l'image de... Ana... Cette humaine enceinte, poursuivant la lignée. Il serait normal qu'elle le fasse. Et pourtant, cette image a le don de me rendre fou, alors que je devrais l'encourager. Il y a quelque chose qui ne tourne pas rond chez moi. Je devrais demander à rester un peu plus sur ma planète pour avoir la chance de rencontrer celle qui sera mienne. Ainsi, tout ira mieux. Les humains sont faibles, ils meurent vite. Il faut sans cesse qu'ils se renouvellent.

Je suis en position dans le restaurant, dans une enveloppe qui n'est pas la mienne, pour rester indétectable aux yeux d'Anaïs. Je n'aime pas penser à son prénom. Ce n'est qu'une vulgaire humaine. Importante pour l'alliance, oui, mais rien de plus.

Elle entre enfin avec cet autre humain... Celui avec qui j'aimerais vraiment passer du temps. Juste quelques minutes. Il est toujours intéressant d'observer la terreur s'inscrire dans leurs yeux. Mon peuple est pacifique à 90 %. En revanche, le clan des guerriers dont je suis le chef, l'est beaucoup moins.

Chaque Sirusien a sa destinée d'écrite, nous entendons un appel intérieur qui nous dicte quel chemin on doit prendre. Le mien a retenti dès mes premières années, au grand dam de ma famille, l'une des plus pacifistes des Sirusiens. Mais ils ont vite compris ma véritable nature. Je suis né pour élever la race humaine. Moi et mon groupe, nous les aidons à trancher, à couper leurs liens toxiques, surtout quand leur part reptilienne les pousse à la dérive. Nous les aidons à trouver leur vérité. Même si je ne les aime pas, je sais que leur planète peut faire basculer la balance cosmique en notre faveur, mais aussi neutraliser les reptiliens. Ils doivent nous rejoindre ou périr.

Nous protégeons aussi les peuples de l'Alliance quand une menace se présente... mais très clairement, cela fait bien longtemps que cette mission a disparu. Nos seuls ennemis, les reptiliens, n'agissent désormais qu'à travers la Terre et son humanité.

Sans m'en rendre compte, je réalise que la fourchette dans ma main est complètement tordue. Pourquoi l'a-t-elle laissé la guider jusqu'à sa chaise, sa main à lui poser dans son dos ?

Je me connecte à l'âme de ce crétin. Cela m'évite d'entendre certaines pensées ridicules d'Anaïs à mon égard et qui ne devraient même pas exister. Et puis, quand elle contrôle ses émotions, elle réussit quelque chose d'impensable, elle se rend inaccessible à toute intrusion. Je suis tellement en colère contre ça, mais, il faut respecter leur libre arbitre. Connerie ! Lui, en revanche, est facile à lire. Et je n'aime pas du tout ce qu'il pense de mon... de l'humaine que je dois protéger.

Il ne la touchera pas.

Je me mets à écouter leur conversation pendant que le repas s'enchaîne. C'est niais. Elle n'a aucune envie d'être là avec lui. Deux fois, elle le remballe, et je suis sûr qu'elle se délecte de ce qu'elle apprend sur la brouille entre son ex-famille et celle de cet homme.

Cependant, il y a quelque chose qui me dérange chez lui : une colère sourde, prête à éclater. Il va falloir le surveiller de près. Enfin... si jamais il ose revenir ici, après le moment pathétique qu'il passe. Mais les humains aiment souffrir et se faire rejeter. D'ailleurs, parfois je me demande si ce n'est pas une compétition chez eux, plus ils souffrent, plus ils aiment. Pathétique.

Enfin, le dessert arrive. Depuis tout à l'heure, j'embrouille le serveur et la salle, juste pour profiter d'un repas sans en profiter.

Même si, je dois bien le reconnaître, chaque fois que je prends une enveloppe humaine, la sensation est divine : tout ce qu'on ingère nourrit l'organisme avec une précision incroyable. Et ces besoins primaires sont si désirables… Tous les besoins primaires… Des pensées que je ne veux pas voir germer s'approchent de mon esprit. Je les coupe aussitôt en me focalisant sur autre chose.

Avant Anaïs, j'avais été affecté à un de ses lointains cousins américains. Lui passait beaucoup moins de temps à table. Ces Français… ils semblent ne vivre que pour manger. Pas étonnant qu'ils perdent peu à peu leur place dans le monde. Si, au lieu de boire et de se goinfrer, ils se mettaient à réfléchir…

Mais ! Comment ça, il veut une « nouvelle chance » ? Une nouvelle chance, pourquoi ? Elle ne sera jamais à toi, triple buse.

Triple buse… Cette enveloppe me permet aussi d'expérimenter des expressions que je n'avais jamais connues. Le corps garde une mémoire. Quand on emprunte, même holographiquement, une enveloppe, cette mémoire devient la nôtre. L'homme que je représente aujourd'hui se croit supérieur à tout le monde, même après son AVC. Un humain de base, quoi.

Anaïs se lève et, d'un geste sec, vide son verre d'eau au visage de Marc. Non... je ne m'interrogerai pas sur le sourire qui vient de s'imprimer sur mon faux visage. C'est bien, ma belle. Ni sur ce petit nom ridicule que je viens de lui donner « Ma belle ».

Le bougre se lève. Je sais qu'il veut la rattraper. Il est dans une colère noire.

Ça tombe bien : moi aussi.

Anaïs

Non, mais pour qui il se prend ? J'ai pris sur moi durant tout le repas pour être conviviale. J'ai signé les papiers. Je me suis même intéressée à sa passion ridicule de la chasse à courre. Et là, alors que j'avais commencé à piocher dans mon moelleux au chocolat, il me sort quoi ? Qu'il veut finir dans mon lit, qu'il veut m'offrir une bague, parce que, soi-disant, « c'est ce qui est le mieux pour moi », et il me ressort ses phrases idiotes de la dernière fois ! Mais quel crétin misogyne !

Je savais que je n'aurais pas dû croire à ses excuses. Son histoire bidon sur une femme qu'il voulait épouser, qu'il aimait « éperdument » et qui l'aurait trompé... Et depuis, monsieur se vengerait de toutes les femmes quand il boit un peu trop.

— Conneries !

Je lâche ça à voix haute, pour moi-même.

— Anaïs !

Je marche plus vite en entendant mon prénom derrière moi. Je n'aurais jamais dû accepter ce rendez-vous. Pire encore : je n'aurais jamais dû dire à mes anges gardiens que je n'avais pas besoin d'eux ce soir. Je sais pourtant que quelqu'un doit veiller. J'ouvre mon canal à la recherche de leur présence. Immédiatement, une aura bienveillante m'entoure, mais aucun mot, aucune pensée n'arrive.

Puis je sens une main se refermer sur mon poignet. Marc m'a rattrapée. Mais aussitôt, sa main disparaît.

Mickaël est là. Dans son enveloppe humaine, mais ce n'est qu'un masque : je perçois une stature beaucoup plus grande, imposante, terrifiante. Aucun son ne sort de sa bouche. Pourtant, je vois Marc pâlir, vaciller, et s'effondrer presque, se rattrapant de justesse à un banc. Autour de nous, le monde s'arrête : les passants figés, les conversations suspendues, silence total. Cela ne dure que quelques secondes. Mais quand tout repart, je constate l'état de Marc : assis, blême, hébété. Définitivement marqué.

— Viens, on rentre, dit Mickaël en me tendant la main. Tu n'entendras plus jamais parler de lui.

Dans mon esprit, Raphaëlle applaudit à tout rompre, hilare, avant de souffler qu'il vient de s'attirer des ennuis. Mais avant que je puisse en savoir plus, le silence se referme brutalement : mon canal reste ouvert, mais plus rien ne passe. Ni Raphaëlle ni Mickaël. Seulement le pas lourd de l'archange dans son enveloppe, à mes côtés.

Il sort un boîtier de sa poche, me pousse dans un bosquet et, dans un éclat de lumière, m'enlace et nous nous mettons à voler. En un clin d'œil, nous sommes devant ma maison.

Je réalise alors que je n'ai pas réussi à prononcer un seul mot jusque-là.

— Heu… Merci… Mais… tu lui as fait quoi ?

— Rien d'important. Mais cette fois-ci, c'est sûr, tu n'entendras plus jamais parler de lui.

Il traverse ma terrasse, l'éclat bleu revient. Il disparaît sans un regard en arrière. Il me laisse là, les bras ballants, avec Vénus qui, étrangère à toute l'histoire, miaule, à tout rompre, car sa gamelle est vide.

Chapitre 13

Oups...

— André... pardon, Métatron. Je me demande... Vous êtes apparu à moi parce que je n'allais pas bien ? Ou c'était prévu ? Et maintenant que ça va mieux, est-ce que vous allez repartir et me laisser à ma vie, à moi, simple humaine que je suis ? Pourquoi avoir décidé de rentrer dans ma vie comme ça ? Mes pensées s'embrouillent. Hier soir, en me couchant, je me suis demandé pourquoi ? Pourquoi maintenant ? Je me pose peut-être trop de questions. C'est bizarre : parfois, j'ai encore du mal à réaliser tout cela. Deux mondes se confrontent, le monde que j'ai toujours connu et tout ce que j'ai appris ces dernières semaines. Bref. Je ne sais pas si je suis claire. Je me demande pour quoi autant de cirque autour de moi. Votre visibilité ? Vous allez me voir vieillir, vous allez repartir ?

Aujourd'hui, Métatron est avec moi, cela faisait longtemps. C'est peut-être la présence que je préfère. Il est si posé, doux, calme, un véritable puits de lumière. Plus je les découvre, plus lui me semble sage. Son apparence humaine a changé, mais il garde les mêmes codes. Il ressemble vraiment à un vieux magicien, encore plus que lorsqu'il avait emprunté l'apparence de Bernard. Il a désormais des cheveux blancs sur la nuque et une longue barbe de la même couleur. Sa voix, elle, n'a pas changé : grave, profonde, rocailleuse.

Alors que Raphaëlle passe son temps à choisir sa future proie sur un site de rencontre, tout en mangeant, buvant et dormant, et que Mickaël, lui, semble toujours surveiller mes moindres faits et gestes en fixant un horizon bouché par l'immeuble d'en face, Métatron, lui, est simplement assis sur une chaise, les yeux clos. Un véritable moine tibétain, rayonnant d'une sérénité tranquille.

Comme il ne me répond pas, je continue de travailler. Ce matin, je valide par mail la maquette d'un livre sur la fête païenne d'Imbolc. L'autrice, vivant dans une culture presque étrangère à la mienne, a des exigences étranges. Avant ces quelques semaines, tous ces trucs ésotériques et spirituels me semblaient complètement loufoques et hors de portée. Aujourd'hui, j'attends avec impatience le 21 juin, pour fêter Litha avec Raphaëlle (la fête païenne du solstice d'été). Elle a tout prévu. Je sais que Métatron ne pourra pas être là, et l'excitation de Mickaël à l'idée d'y assister ressemble à celle d'une huître en hibernation. Monsieur le grand guerrier trouve nos fêtes terrestres bien fades comparées à celles de sa planète. Mais il viendra quand même, il me l'a promis. Oui, j'ai arraché une promesse à un archange. C'est la seule fois d'ailleurs que je lui ai reparlé depuis l'altercation au restaurant. Une altercation qui a été efficace : plus de son, plus d'image de Marc ou de mon ex-famille.

La voix de mon vieux sage me tire de mes réflexions :

— J'espère que tu ne le prendras pas mal, mais tu es de loin notre technologie la plus innovante. Si nous avions eu le droit, si nous avions pu la faire fonctionner davantage, ta planète serait aujourd'hui peuplée d'êtres des étoiles. Tu ne serais pas d'une lignée qui s'éteint surtout avec tes capacités... Là, tu es la seule. Ta planète aurait déjà été des nôtres depuis longtemps, si cette technologie n'avait pas été cachée ou détruite par tes ancêtres.

Métatron se lève et pioche dans la jarre à chocolat. Les Sirusiens ne mangent pas normalement, mais Métatron humain, si : beaucoup. Presque autant que Raphaëlle, comme s'il devait se remplir de douceur. Il ne mange presque que du sucré : bonbons, gâteaux, chocolat, tout y passe. Mickaël, lui, fait figure d'ascète comparé aux deux autres... quoique la quantité d'alcool qu'il peut boire reste assez impressionnante, et sans le moindre effet secondaire.

— Pas un autre de mes cousins n'est comme moi ? Je pourrais les rencontrer un jour ? Et vous allez faire des expériences sur moi ? Parce que je ne suis pas éternelle. Un jour, je vais mourir, même si je n'en ai plus envie. Et si personne n'a le même dosage d'Aliens... tout ça ne sert à rien, non ?

— Non, pas de rencontre, ce serait trop dangereux. Aucune expérience n'est prévue. Certains de tes ancêtres y ont eu droit, et nous n'avons rien appris. Tu es une humaine encore partiellement jeune. Tu peux avoir des enfants. Nous les protégerons. Et nous protégerons aussi les leurs, etc. Peut-être qu'un jour, les reptiliens abandonneront. Où qu'autre chose se produira. On ne sait jamais ce que l'avenir nous réserve. Le seul moyen de s'y préparer, c'est de se concentrer sur nos actes présents.

Je ne réponds pas tout de suite, de peur de le froisser. Mais une chose est sûre : je ne veux pas d'enfant. Jamais. Je sais ce que j'ai vécu, je sais ce que mes parents ont vécu. Je sais à quoi je condamnerais ces innocents avant même leur naissance. Je ne serais pas une bonne mère. Sans même parler de mes incompétences à gérer les cris, les couches sales et les nuits blanches. Et puis, il faut un père et clairement j'ai assez donné.

— Tu sais, même si pour toi je ne suis qu'un nourrisson en âge galactique, sur cette Terre, je commence à vieillir. Et donc à être trop vieille pour avoir un enfant. Et puis je n'en veux pas. Ma vie est enfin équilibrée, pour la première fois peut-être depuis toujours. Même avant Jean-Guillaume, j'étais bancale. Alors je vais juste en profiter.

Il me regarde avec bienveillance. Puis, un sourire espiègle éclaire son visage.

— Avec notre technologie, si tu voulais un enfant à 80 ans, ce serait possible. Sans même avoir à le porter. Aujourd'hui, tu refuses l'amour, mais demain est un autre jour. Et puis, n'oublie pas la partie reptilienne de ton cerveau, qui réclamera une chaleur humaine tôt ou tard.

Je le regarde en ouvrant de grands yeux. Raphaëlle qui quelque part, écoute notre conversation, ne peut s'empêcher de rebondir en me promettant de m'aider à remettre le pied à l'étrier en pensée. Je fronce les sourcils, on ne vient décidément pas de la même planète. Je ne suis pas sûre de vouloir connaître le fond de la pensée de Métatron. Un bébé à 80 ans ? Il est fou. Aurai-je vraiment toujours mon libre arbitre avec eux, si je me mets en travers de ce qu'ils prévoient ? Ma vie est tellement courte comparée à la leur...

— Je vous ai vous. Ça me suffit.

Il hoche la tête, conscient qu'insister ne servirait à rien.

— Il est vrai que nous sommes plutôt imposants dans ta vie, rit-il. Et l'un des nôtres est... disons... particulièrement attaché à ce que tu restes en vie.

Je le fixe, les sourcils levés. Contrairement à Raphaëlle, c'est la première fois qu'il fait allusion au fait que Mickaël est peut-être plus proche de moi que je ne l'imagine. Et je ne sais toujours pas quoi penser de ça. L'envie est là, bien sûr. Mais je suis humaine. Lui, non. C'est impossible. Une chose est sûre pourtant : la partie reptilienne de mon cerveau, elle, réclame déjà une chaleur humaine, la sienne.

— Bon, la journée a été calme. Il est temps pour toi de rentrer te reposer. Raphaëlle te rejoindra bientôt chez toi, avant de laisser la place à Mickaël pour la nuit. Oui, c'est toujours lui, même si tu ne le vois pas.

Je médite cette dernière phrase tout en observant la lumière blanche qui éclaire la pièce, Métatron vient de me quitter. Je suis de nouveau seule. Enfin... si je me concentre vraiment, je sais que je ne le suis jamais totalement. Mais là, c'est la solitude la plus absolue que je puisse ressentir sans présence physique.

Vénus vient me rejoindre. Elle aussi connaît l'heure du retour à la maison. Je lui mets son harnais et sa laisse. Je ferme l'ordinateur, éteins les lumières. Je ne sais pas ce qu'il se passera demain, dans les prochaines semaines, les prochains mois ou les prochaines années, mais j'aimerais vraiment que les choses continuent ainsi. Je me sens bien. Et je n'ai aucune envie de rompre cet équilibre avec quoi que ce soit. Je ne peux vraiment pas, m'imaginer une nouvelle fois en couple et encore moins avec un enfant.

******

Quand je rentre chez moi, je comprends immédiatement que quelque chose ne va pas. De la noirceur dans l'air. Presque aussitôt, je me retrouve nez à nez avec Marc. Ses yeux sont injectés de sang, sa pupille est fine, verticale. Reptilienne : c'est le mot qui surgit dans mon esprit. Sa peau luit d'une moiteur inquiétante, et sur les commissures de ses lèvres, une mousse blanche s'agite. Mon cœur se serre. Mon corps entier se met en alerte. Rien, absolument rien, ne va dans l'être qui se tient devant moi.

Mon premier réflexe est de fuir. Mais il me rattrape en moins d'une seconde, avec une force surhumaine. Il me projette à travers la pièce. J'atterris lourdement sur le canapé, le souffle coupé, la hanche meurtrie. Mon corps tremble. Je n'arrive pas à parler. Seuls mes yeux s'écarquillent d'effroi.

J'ouvre mes pensées en grand. Il faut que je prévienne Mickaël, Raphaëlle, Métatron. Pourquoi ne sont-ils pas là ? Normalement, il y a toujours quelqu'un pour me suivre. Mais peu importe le nombre de signaux d'alerte que j'envoie... rien. Silence. Le vide. Je suis seule.

Mon regard glisse vers la cuisine. Vénus, ma douce Vénus, libérée dès ma descente du vélo, est là. Elle se réfugie sous un des meubles de la cuisine. Entre nous : les parents de Marc. Leurs yeux sont pareils aux siens, des fentes glacées, affamées.

— Veux-tu le faire, ou puis-je avoir ce privilège ?

Marc vient de parler à son père.

— Nous allons le faire ensemble, répond-il. Cela fait longtemps que nous n'avons pas goûté de chair humaine. Et celle-ci est un mets de choix.

Je suis estomaquée par les mots prononcés. Je ne comprends pas. Je ne suis pas un mets. Les Reptiliens sont fous. Je hurle, ou plutôt j'essaie. Je les supplie de me laisser tranquille, tandis que dans ma tête des millions de messages sont envoyés dans le vide.

Mes cris se brisent contre les murs, et ces êtres, que je comprends enfin être possédés par ceux dont j'avais entendu parler, mais que je n'avais jamais vus, rient de ma détresse. Ils s'en délectent même.

— Continue, nous aimons cela, dit Marc. Petite précision : nous sommes les seuls à t'entendre. Les Galactiques, eux, ne le peuvent pas. Nous aussi, nous avons nos petits secrets. Et tu remercieras le Sirusien de l'autre soir, c'est lui qui m'a confirmé qui tu étais.

Il me montre ensuite un collier autour de son cou. Un bijou noir, vibrant d'une énergie étrange. Il m'explique rapidement que ce n'est pas un simple bijou, mais une technologie offerte par un peuple allié à leur cause. Grâce à elle, ils peuvent se dissimuler aux yeux des Galactiques. Et même dissimuler des lieux entiers : une maison, une ville entière.

Tout s'éclaire. Métatron m'a expliqué que le jour où ils étaient en retard et que j'ai tout appris, il s'en voulait pour la mort d'un de mes cousins par alliance, car il n'avait rien vu venir.

Mais c'est normal. Il n'est pas au courant de ça. Cette technologie change tout. Autour de la maison, cinq tubes sont enfouis dans le sol. Le dernier vient d'être posé. L'Alliance ne peut rien voir. Pour eux, m'explique Marc, je suis tranquillement installée sur ma terrasse, profitant du soleil.

— Assez parlé, dit la mère de Marc.

Ou plutôt ce qu'il reste d'elle. Car d'humain, comme les deux autres, elle n'a plus que l'enveloppe. Le reste est monstrueux.

Ils avancent. J'essaie de courir, de fuir, même de me battre. Mais c'est inutile. Je suis capturée aussi facilement qu'un papillon happé par une lumière. Sans défense. Seule.

Côme me saisit. Ses mains puissantes se referment sur mes bras, si forts que j'ai l'impression de me briser en deux. Des larmes coulent le long de mes joues quand je comprends que ma fin est inéluctable.

Raphaëlle

Quand j'arrive devant la baie vitrée, l'horreur s'impose à moi. Je comprends aussitôt qu'il faut prévenir les miens, je le fais sans succès et je comprends pourquoi. Alors, je disparais pour rameuter du renfort, envoyer du monde et me préparer à guérir les miens. Mais lorsque je reviens, la maison est devenue un champ de bataille. Du sang, des corps… et surtout, la détresse de Mickaël.

Mickaël

Je ne suis jamais loin. Et pourtant, moi aussi, je me suis laissé berner comme le dernier des imbéciles. Dès que j'ai capté la panique de Raphaëlle, j'ai foncé, la laissant appeler les troupes. Mais c'était déjà trop tard.

Côme avait planté ses crocs dans le bras d'Anaïs. J'ai frappé, sans hésitation, sans pitié. L'humain parasité n'a rien pu faire : face à moi, leur force est dérisoire. Ma rage a décuplé ma puissance. Les deux autres ont sifflé, et une dizaine de reptiliens ont jailli des ombres. Les miens sont arrivés, et le carnage a éclaté. Du sang, des cris, de la rage. Un tumulte de lames, de griffes, d'éclairs. Nous avons tenu, nous les avons exterminés… mais le prix payé a tout anéanti.

À genoux, je me retrouve couvert de fluides humains et reptiliens. Et j'ai tout vu sans pouvoir ne rien faire. Alors que Marc rendait son dernier souffle, le reptilien en lui a pris un couteau de cuisine et avant la fin du dernier souffle de l'humain, l'a envoyé de sa force de serpent. Rapide. Précis. Personne n'a eu le temps de réagir, pas même moi. Le métal s'est enfoncé entre les deux yeux d'Anaïs. Son corps déjà recroquevillé s'est affaissé. L'univers s'est arrêté de tourner, pour moi du moins.

J'étais là en une seconde, la serrant dans mes bras. Son corps, tiède encore, s'abandonnait. Ses yeux chocolat fixaient le vide, entre surprise et désarroi. A-t-elle seulement compris sa mort ? Tellement brutale, tellement fulgurante... Nous pouvons beaucoup de choses, mais ramener à la vie un mort, nous ne le pouvons pas. C'est contraire aux lois de l'univers.

Je l'ai emportée. Sans un mot, sans un regard, sans qu'aucun des miens n'ose m'arrêter. J'ai volé à travers son pays, loin, toujours plus loin. J'ai creusé la terre au bord d'un lac de montagne, là où le silence ressemble à la paix. Là où les levers et les couchers de soleil sont poésie. Là où, un jour, elle m'avait décrit son paradis rêvé. Ce paysage lui ressemble trait pour trait. Elle n'y voyagera jamais. Alors, je lui offre le fait qu'elle puisse reposer à jamais dans son jardin d'Eden.

Je pleure. Moi, un guerrier façonné pour ne jamais faillir. Moi, un Sirusien qui ne devrait jamais verser de larmes. Qui ne savait même pas qu'il était possible de pleurer. Je pleure pour la première fois de mon existence. Une fissure s'est ouverte dans mon cœur. J'ai compris : je ne suis plus seulement un soldat. Je suis un être qui aime. Et j'ai perdu mon âme sœur sans même la reconnaitre quand elle était là.

J'ai échoué. Ma mission, mon serment, mon rôle : tout s'effondre. Il ne me reste qu'une seule promesse : je ne m'arrêterai pas tant que ce peuple de serpents ne sera pas détruit. Et même si pour cela, je dois déclencher une nouvelle guerre.

Raphaëlle

Tout a été remis en état. Plus aucune trace de l'horreur. Les murs sont muets, mais mes entrailles hurlent encore. Vénus grimpe sur moi pour y trouver du réconfort, même dans ma vraie forme elle me reconnait. Les chats savent toujours qui nous sommes, peu importe l'apparence. Je la serre contre moi, mon cœur brisé. Et nous entamons de cœur à cœur une longue conversation.

Nous avons échoué. Cette technologie qu'ils ont utilisée nous a aveuglés. Anaïs... impossible d'accepter qu'elle soit partie. Je suis dans le déni. Elle était si unique et peut-être notre dernier espoir, la clé pour que la Terre rejoigne l'Alliance. Et au-delà de tout ça... elle était, mon amie. Ma meilleure amie. Pas seulement un dossier, pas seulement une mission. Elle avait pris une place spéciale dans mon cœur. Peut-être même... celle d'une fille. Mais, je n'aurais rien pu faire. Certaines choses ne peuvent être guéries et là le coup était fatal.

Mes larmes ont le goût du sel et de la poussière d'étoiles. Je promets à Vénus un foyer, une protection. Mais avant cela, nous restons là, dans le jardin, sous la lune. À contempler le ciel. À ressentir, à distance, le cœur d'un guerrier qui s'effondre, brisé par l'amour et le désespoir.

2e partie

Chapitre 14

Quand mort rime avec renaissance

Des bruits sourds. Des coups qui résonnent. Un mur qui s'écroule. La terreur. Je suis retranchée près de la télévision, incapable de respirer correctement. Je distingue Mickaël, frappant Marc d'une arme étrange, un éclat bleu translucide jaillissant dans la pénombre. Les reptiliens, leurs yeux fendus comme des lames, lacèrent les Galactiques : leurs mains humaines se transforment en griffes invisibles qui blessent. Mon bras me brûle, là où Côme a planté ses crocs comme si je n'étais qu'un morceau de viande. La douleur me traverse la hanche, la tête, tout mon corps hurle. Je n'ai plus de force. Je ne peux pas me défendre. Et surtout, j'ai bien trop peur pour prendre part à cette scène de guerre irréaliste. Je me recroqueville un peu plus.

Un sifflement aigu encore, trop aigu, ce bruit-là, me hantera jusqu'à la fin. Je détourne la tête et je le vois.

Marc est au sol, étendu, le visage tordu par un rictus monstrueux. Dans sa main, un grand couteau de cuisine, maculé. Il a l'air mort… et pourtant il rampe vers moi. Puis, je n'ai pas le temps de comprendre. Une déchirure, glaciale. Je suis transpercée. Game over.

Suis-je morte ?

Ma conscience s'arrache à mon corps. Le noir absolu m'enveloppe, mais je suis légère, soulagée, sans douleur, dans un calme total. J'essaie de bouger, mais je n'ai plus de forme. Je flotte. Tout ce que j'ai vécu se désagrège comme des morceaux de verre dans le vide. Puis, des lumières surgissent : des milliards d'étoiles vivantes. Je les ressens comme si elles étaient moi et que j'étais elles. Nous sommes un. Je me déplace, ou peut-être que c'est l'univers qui bouge autour de moi : rien n'est figé, tout est en mouvement.

Au loin, un appel. Une tornade lumineuse faite de plusieurs étages de couleurs qui pulse, vivante, vibrante. À mesure que je m'en approche, je ressens un vertige, une impression de retour à la maison, de plus en plus de sérénité. Mais soudain, une lumière vive, opaque, m'arrache à ce voyage. Je suis projetée ailleurs, aspirée à une vitesse folle. Tout tourne. Tout m'écrase. Puis le noir, encore.

Une présence m'éveille. Peu à peu, une lueur orangée éclaire les contours d'une grotte, les murs de pierre oscillant du beige au roux profond. J'essaie de bouger, mais je suis prisonnière d'un sarcophage de verre. Une voix douce, féminine, résonne, comme suspendue dans l'air :

— Ne t'inquiète pas. Tu n'as plus rien à craindre. Nous t'avons sauvée.

Je scrute autour de moi, mais tout reste flou, sans silhouette. J'essaie de trouver une sortie, mais je flotte toujours, immatérielle. Suis-je mon âme ? Oui. Je le sais. Anaïs n'est plus. Je contemple les morceaux de mon ancienne vie se dissoudre, mes traumatismes se délient. Les leçons, les épreuves, tout ce qui m'a façonnée s'effacent. Mais le processus s'interrompt. Est-ce fini ? Dois-je rester ? Le chaos reprend, ma conscience se cabre.

— Calme-toi. Ce n'est pas encore le moment de sortir. Nous devons encore effectuer quelques réglages avant que tu puisses reprendre ta vie.

Cette fois, c'est la voix grave d'un homme. J'essaie de demander où je suis, ce qu'ils veulent faire. Aucun son ne franchit mes lèvres, si tant est que j'en aie encore. Pourtant mes pensées sont captées, car la femme répond aussitôt :

— Tu es dans notre dernier laboratoire. Celui que nous avons gardé pour celui ou celle qui présente un de nos derniers espoirs. Et toi, tu as clairement fait allumer notre repère. Nous ignorons de quelle époque tu viens, ni ce que tu sais de nous. Mais nous ne pouvons pas laisser mourir notre héritage. Tu n'as aucune peur à avoir, nous allons tout arranger. Merci pour ces quelques instants où tu nous permets de revivre un peu.

Mon essence prend de la hauteur. Le décor devient plus clair : les contours d'un laboratoire de fortune m'apparaissent, à mi-chemin entre une technologie ancienne et futuriste. Aucune silhouette humaine cependant à l'horizon.

— Tu vas devoir choisir, reprend la voix de l'homme. Quand la capsule s'ouvrira, si tu pars à gauche, tu renaîtras dans un corps de femme. Si tu choisis la droite, ce sera dans un corps d'homme. Nous ignorons qui tu étais, qui tu veux être, tu as le choix.

Un grondement sourd parcourt la grotte. Les parois tremblent, la lumière s'intensifie.

— Voilà, c'est prêt, annonce l'homme.

— Attends ! l'arrête la femme. Ce dernier descendant mérite quelques explications... Même si sa mémoire s'effacera à l'incarnation, il doit savoir. Écoute : tu es issu du mélange des premiers ADN sirusiens et humains. Ton sang est précieux. Un jour, peut-être, il permettra à la Terre de basculer du bon côté.

— Tu crois que c'est ainsi qu'on rassure quelqu'un ? ricane l'homme.

— Au moins, j'essaie, moi.

— Très bien. Petite âme... Le temps nous presse. Ramener une âme à la vie est complexe, mais nous avons la formule.

Un fracas retentit, assourdissant. Je suis aspirée. Un choix, deux tubes. Gauche ou droite ? Je le sais. Je suis une femme. Je veux rester femme. Mon âme est yin. Gauche ! J'incline ma conscience, et aussitôt une lourdeur m'écrase. La douleur m'envahit, mon cœur bat à tout rompre. Mes yeux refusent de s'ouvrir, autour de moi, je sens de l'agitation, des cris. Puis le noir revient. De nouveau, me voilà morte. Je flotte à nouveau, prisonnière de la grotte.

— Non, non, non ! Ce n'est pas la bonne étape... Désolée, petite âme. Nous allons devoir t'implanter dans le corps de l'un des nôtres. Vite, Marie ! Il faut la faire renaître ou sinon nous allons la perdre, tout perdre !

Le silence. Puis des secousses. Trop fortes. Même pour mon âme, c'est insoutenable. J'ai l'impression d'exploser en poussière d'étoiles. Et je ne suis plus.

Combien de temps, je reste ainsi, seul l'univers le sait !

******

Et puis, je pense de nouveau. Mon cœur bat, petit comme un joyau, lent, comme étouffé sous une cloche. Je suis recroquevillée dans une sorte de capsule ronde, bercée par une lumière douce. Je suis lasse, mais étrangement sereine, presque en paix. Je referme les yeux. Je suis vivante, du moins, je crois. Mes pensées sont floues, mon identité incertaine. Qui suis-je encore ? Que fais-je ici ?

Le temps n'existe plus, je flotte dans ce cocon lumineux. Et puis, les machines me déplacent, me font glisser vers une nouvelle structure : un sarcophage posé sur l'immense table de pierre au centre de la grotte que je peux deviner en flottant dans mon cocon au-dessus. J'y suis déposée avec douceur. Et je me mets à grandir au fil du temps, même un peu trop vite à mon goût. Et pourtant, j'aimerais rester là, dans ce paradis artificiel, à moitié humaine, à moitié autre chose enfin en fait je ne sais pas, il n'y a que ma conscience qui est éveillée, je n'ai aucun autre sens en éveil ici.

Alors que je dérive, en état de veille, baignée dans une ambiance merveilleuse, mon sarcophage tremble. Les tuyaux qui irriguaient mon nouveau corps se détachent, un à un. Le liquide nourricier s'échappe, me libère. Le couvercle s'ouvre dans un soupir. Une lumière orangée s'infiltre derrière mes paupières closes. Le silence s'épaissit. Seuls les battements lents et réguliers de mon cœur me rappellent que j'existe réellement encore. Je me sens incroyablement légère, paisible, équilibrée. J'ouvre enfin les yeux. Je suis toujours dans le laboratoire, mais tout semble minuscule, comme rapetissé. Je me redresse trop vite, vacille, me rattrape à la paroi rugueuse de la grotte.

Je baisse les yeux. Mes jambes. Mes pieds. Ce n'est plus moi. Mais... j'étais qui, déjà ?

Ma peau est diaphane, presque translucide, douce comme un nuage, mais résistante comme le titane. Elle est d'un blanc bleuté éclatant, parsemée de reflets bleutés plus profond, comme constellés d'étoiles. Je palpe mon ventre : il est plat, lisse. Pas d'intestins, pas de poumons, seulement des réseaux de vaisseaux parcourant ce corps. Le cœur, lui, bat à la même place. Ma poitrine est presque inexistante.

Je touche mon visage : ovale, front haut, pommettes saillantes. Mon cou est plus long qu'avant. Mes cheveux descendent jusqu'aux reins, d'un blond presque blanc, filaments lumineux. Puis je découvre le reste : mon mont de Vénus est lisse, aucun sexe, ni féminin ni masculin. Rien. Mes pieds sont palmés. Je reste stupéfaite, désorientée.

J'essaie de parler. D'abord une toux violente, puis ma voix jaillit. Douce. Riche. Fleurie. Je n'ai ni faim, ni soif, ni froid, ni chaud. Je suis... complète. Équilibrée. Dans mon corps, tout est neuf. Mais dans ma tête, l'ancienne moi subsiste : Anaïs Médian. Les souvenirs affluent. Je me souviens de tout. Et pourtant... je ne suis plus humaine. Je devrais peut-être avoir peur, mais je suis comme coincée dans une douce stupéfaction bienheureuse qui m'empêche la moindre panique, la moindre question trop intime sur ce qui vient de se passer.

Au loin, une lueur blanche m'attire. Je traverse la pièce, en deux pas seulement. Devant moi, un tunnel. Je m'accroupis pour passer. La pierre m'érafle presque, mais je continue, fascinée. Deux chemins s'ouvrent. À gauche, un boyau étroit, bas, où filtre une lumière semblable au soleil. À droite, un passage immense, taillé pour ma nouvelle taille, éclairé par la lumière qui m'appelle. Je n'hésite pas. Je choisis la droite.

J'arrive dans une cavité où m'attend une cabine transparente, dressée comme un monolithe. Mon corps veut y entrer. Je ne lutte pas. J'y pénètre et aussitôt, je me désintègre, projetée à travers un vortex de lumières blanches, bleues et roses.

Puis… le choc. Je suis expulsée comme un projectile, échouant lourdement sur un sol moelleux, presque élastique. La cabine derrière moi s'efface, et mes yeux s'ouvrent sur un capharnaüm d'objets étranges. Je ne saurais les nommer, mais mon nouveau corps les reconnaît. Comme si une mémoire supplémentaire m'avait été donnée.

Une révélation brutale me frappe : je ne suis pas morte. Aussi stupide que cela paraisse, c'est seulement maintenant que j'en prends pleinement conscience. Devant moi, un être surgit. Semblable à ce que je suis devenue. Sa peau est plus lumineuse, ses yeux scintillent. Il se penche, me fixe longuement, inquiet puis curieux.

— Qui es-tu ? Comment es-tu entrée ici ?

Il parle en langage galactique. Celui que je comprends sans jamais l'avoir appris. Il s'approche, m'arrache un pendentif que je ne savais même pas porter autour de mon cou. Il le glisse dans une machine. Des symboles apparaissent, identiques à ceux du livre dans l'armoire du bureau de Métatron. Mon cœur se serre : Raphaëlle… Mickaël… où sont-ils ? Oui, mes amis, mes sauveurs, où sont-ils ?

L'être prononce alors un nom. Jésus. Puis un autre. Marie-Madeleine. Toujours dans son langage à lui avant de le faire simplement en français. Quand son regard revient vers moi, il n'exprime plus que de la bienveillance. Je ressens une vague d'amour inconditionnel de lui à moi, mais sans aucune ambiguïté comme s'il me reconnaissait. Il m'aide à me relever, me drape d'un tissu vivant, blanc, étrange, comme si la matière respirait. Il me couvre avec une délicatesse presque sacrée, comme s'il craignait que je prenne froid, alors que je sais que ce corps ne frissonnera plus jamais.

Je ne me débats pas. Tout en moi sait que je ne suis pas en danger. Au contraire : j'ai la sensation étrange, mais puissante d'être enfin chez moi, peu importe ce que cela signifie. Mon corps respire une évidence. Mon esprit, lui, court encore, fuit, oscille, subjugué, incapable de suivre la cadence. L'être murmure, peste, puis rit doucement. Il m'installe dans un siège étrange, recouvert de mousse douce et vivante. Le siège m'enveloppe comme une coquille apaisante, un cocon qui s'ouvre et se referme sur moi avec une bienveillance quasi maternelle.

— Ne t'en fais pas. Tu es un vrai miracle. C'est incroyable que tu aies tenu jusqu'ici.

Une liane descend du plafond et se fixe délicatement à mon front. Aucune douleur. Aucun effroi. Seulement une évidence : j'en ai besoin. Un puissant courant m'envahit, me traverse. Je sens mes cellules se gorger d'énergie, comme si ce corps, encore neuf, trouvait enfin son souffle. Je me laisse aller, portée par la voix de mon nouvel ami. Cette fois, il abandonne complètement le langage galactique pour parler ma langue d'avant, mon ancrage terrestre. Comme s'il savait que j'en avais besoin pour ne pas perdre pied.

— Je suis celui que tu appelles Gabriel, sur Terre. Je vais t'aider. Tu fais désormais partie des nôtres. Je ne sais pas si tu réalises ce qui vient de se passer, mais ils ont réussi à te ramener à la vie. Ton âme a grandi dans un de nos corps. C'est... tout simplement inouï. Nous en reparlerons. Mais dis-moi... sais-tu où tu étais ?

Je ferme les yeux. Je ne dors pas, mais mon esprit s'évade. Non. Je ne sais pas. J'essaie de récupérer des souvenirs, mais je n'ai que des fragments, des impressions. Rien de concret. Je pense à ce que j'ai vécu. Je devrais être triste. Inquiète. Effrayée. Mais je n'y parviens pas. Une paix profonde m'habite.

Peut-être... oui, peut-être un pincement au cœur quand je repense à ce moment où j'étais une étoile. Une âme rentrant au bercail, se fondant dans le tout. Ce sentiment-là, je sais qu’il n’existe que quand on quitte toute forme physique. Mais je sais aussi qu’un jour, je le retrouverai. En attendant… je dois vivre.

Un bruit, comme un sas qui s’ouvre. Une voix s’élève. Grave. Rocailleuse.

— ’da baccdyam. (Mon enfant.)

Je la reconnais. Mon magicien. Mon sage.

J’ouvre les yeux. Un être aussi grand que Gabriel se tient devant moi. Sa peau diaphane brille de reflets violets, ses yeux sont des miroirs où s’accroche l’infini. Je ne le reconnais pas physiquement… mais au fond de moi, je sais.

— André, enfin Métatron ?

Il sourit. Hoche la tête. Son visage se fend d’un large sourire, lumineux, presque juvénile. Je le trouve beau. Enfin, si lumineux. Ils auraient pu se montrer à moi ainsi, sur Terre, et je n’aurais pas eu peur. Mon esprit file aussitôt vers Mickaël.

Métatron capte mes pensées avant même que je les formule. Sa voix résonne en moi : Mickaël a été prévenu. Mais il est en mission, aux confins de l’univers. Il reviendra bientôt. Je ressens alors émaner de lui un terrible soulagement comme s’il se faisait du souci pour son ami. Mickaël, il me tarde de le voir, quelque chose en moi ressent un manque brutal de sa présence. C'est étrange.

Je ferme les yeux de nouveau. Leur présence me berce. Leur certitude de qui je suis m'ancre. Les deux m'exhortent à me reposer. Mon corps se recharge toujours, nourri par le flux des machines et de la lumière. Alors, docile, je me rends. Je m'abandonne à ce quelque chose qui n'est pas encore bien défini, au seuil d'une vie nouvelle.

Chapitre 15

Il fallait que je sois alien pour enfin rencontrer mon âme sœur

Un temps plus tard, j'ouvre les yeux. Je n'ai pas dormi, je n'étais pas éveillée juste, j'étais là. Entendant de très loin, les voix de Métatron et Gabriel. Je me sens cependant plus alerte et plus consciente même si tout n'est pas encore assimilé correctement. Il me semble que je suis sirusienne alors que j'étais humaine. C'est complètement dingue. Ma déduction me semble correcte. Je vais avoir besoin de temps pour me faire à cette idée… concept… nouvelle incarnation. Je caresse la peau de mes bras avec une curiosité mêlée d'émerveillement. Mes mains attirent aussitôt mon regard : 6 doigts légèrement palmés au commencement. Ce ne sont plus de petites mains humaines, un peu boudinées, comme celle que j'avais il y a peu. Non. Celles-ci sont longues, fines, élégantes, d'un bleu translucide. Des mains de pianiste. Mes cheveux, eux, coulent entre mes doigts comme de la soie liquide. Je lève les yeux. J'ai l'impression de regarder une étrangère qui est moi. C'est perturbant.

Gabriel et Métatron m'observent depuis la grande table de travail, entourés d'ouvrages et de sortes de parchemins, high tech puisqu'ils semblent tous briller d'une lumière inhérente à leurs textes.

— Tu te sens bien ? demande Gabriel.

— Oui.

C'est la seule réponse qui jaillit. Oui, je me sens bien. Un peu étrange quand même, mais bien. Du moins, j'ai l'impression d'être en bonne santé. Je réalise pleinement ce qu'il se passe et en même temps pas du tout. Comme si j'étais dans un rêve. Pour vérifier, je pince ma peau. Aussitôt, elle se durcit comme de l'acier, m'empêchant de me faire mal. Ce n'est clairement pas un rêve.

— Je suis vraiment… comme vous ?

— Oui, il semblerait, répond Métatron. Mais si tu le veux bien, viens t'allonger ici. Nous allons scanner ton corps.

Je m'avance, mais Gabriel me retient d'une pensée et m'indique une tunique posée sur ma droite. Je prends conscience que je suis encore drapée dans cette sorte de couverture ou cape. Au vu de ce que j'ai vu de mon corps, il ne devrait pas pourtant y avoir de pudeur. Mais en fait il y en a quand je comprends que j'allais apparaître nue devant eux. Il y en a. Je saisis le tissu et pars derrière une cloison d'une matière étrange. Sur Terre, j'aurais dit du bois... mais ce n'en est pas. La structure se modifie. Ajourée d'abord, elle devient opaque dès que je me glisse derrière.

Je revêts une sorte de toge blanche aux manches évasées, puis je reviens m'allonger sur la table que Métatron m'a montrée. Les deux Sirusiens m'entourent, silencieux, hochant la tête à tour de rôle tandis que des faisceaux lumineux parcourent mon corps.

— Fantastique... murmure Gabriel.

— Si seulement ils avaient pu nous laisser leur technologie, répond Métatron. La cabine ne donne toujours rien? Tu retrouves ses coordonnées?

— Non. C'est comme si elle était arrivée ici par magie. Et nous savons tous deux que la magie n'existe pas. Mais comment ont-ils fait? Et comment sont-ils encore vivants?

— Je ne crois pas qu'ils le soient vivants. J'interromps leur conversation. Je n'ai vu aucune silhouette, juste des voix et du bruit. J'ai vraiment eu l'impression d'être seule.

Ils échangent un regard. Moi, je ne sais plus quoi penser. Je vois ce qui m'arrive, je le vis, mais je n'arrive pas à être totalement présente. Un brouillard émotionnel m'envahit. J'ai l'impression de comprendre… sans réussir à savourer. J'ai déjà le souffle court, épuisée.

Impossible de dire depuis combien de temps ils m'observent ainsi, respectueux, sans jamais me toucher ni me mettre mal à l'aise. Ici, il n'y a ni heures ni dates. Ils me posent une infinité de questions, et je raconte. Mon périple. Ce que j'ai vu, ce que j'ai ressenti. Ma mort sur Terre ? J'en garde peu de souvenirs, si ce n'est ce couteau qui s'avance vers moi. Rien que d'en parler, une sourde angoisse me saisit, et mon nouveau corps réagit mal, comme s'il n'était pas conçu pour contenir ce genre d'émotion. Tout est allé si vite. Je n'ai rien vu venir.

Les deux Sirusiens sont suspendus à mes lèvres, ou plutôt à mes pensées. Sur Terre, je pouvais déjà me faire entendre ainsi, mais ici, c'est décuplé : mes pensées sont ouvertes en permanence. Ils n'ont pas besoin de télévision, ils vivent tout en direct.

En revivant la scène de la grotte, où mon âme a pris corps, je me rends compte qu'un détail m'a échappé : il y avait un message sur un vieil ordinateur. Aveuglée par mon besoin de lumière, je n'ai pas vu cette possibilité. Et elle est sans doute perdue à jamais. Métatron me rassure, ils vont trouver l'endroit et ce message me parviendra au bon moment et puis ils m'annoncent que mon analyse est terminée.

— À présent, nous allons prendre soin de toi, et te faire visiter ta nouvelle vie. Mais pour l'instant, il vaut mieux que tu restes discrète, tant que le Conseil des Sages n'aura pas donné son aval. Continue-t-il.

— Pas d'inquiétude, ajoute Gabriel en percevant ma peur d'être rejetée. Ici, les pensées circulent vite, mais certains courants sont inviolables. Quelques-uns des sages ont assisté à ton examen. Tu n'as rien à craindre même s'il y a beaucoup de curiosité, un cœur généreux n'est jamais rejeté. Et tu es un véritable miracle.

Je hoche la tête, m'asseyant sur la grande table. Mes cheveux, longs et blonds, presque blancs, encadrent mon visage. Je ne peux m'empêcher d'adorer leur façon de parler : leurs mots sont chantants, doux, presque mélodiques. Ils passent du galactique au français continuellement.

La lumière baisse dans la pièce. Une myriade de lucioles apparaît alors, dansant dans l'air. On pourrait croire qu'elles sont vivantes... mais ce sont en réalité de minuscules robots qui illuminent doucement cet antre. Je comprends alors que la demeure de mon hôte est une bibliothèque millénaire. Un labyrinthe d'ouvrages où n'importe quel esprit non averti pourrait se perdre.

Métatron rit de bon cœur.

— Non, je n'ai jamais perdu personne ici, rétorque Gabriel en riant à son tour.

Je souris malgré moi, il va falloir que je veille à mes pensées. Une vague de nostalgie m'envahit.

— Je vais rester comme ça pour toujours ? Je ne serai plus jamais... moi. Anaïs, l'humaine ?

Métatron secoue la tête.

— Nous ne pouvons rien affirmer à 100 %, vu ce que tu viens de vivre. Mais tu es bien là, en plus, nous n'avons pas accès à cette technologie. Puis, ton corps humain repose sous terre. Et selon le temps terrien... cela fait déjà une bonne cinquantaine d'années. Il ne reste rien de toi, là-bas.

— Cinquante ans ?! Mais je suis morte il y a quelques heures... quelques jours à peine !

— Non, répond Métatron avec gravité. Tu devrais être bien plus petite d'ailleurs, mais ils ont accompli l'exploit : après avoir échoué à te renvoyer en tant qu'humaine, ils ont réussi à faire entrer ton âme dans l'un des nôtres, en incubation. Et il a fallu du temps pour que tu atteignes cette taille adulte. Tout ce que tu as vécu était dans le fichier de ton collier.

— Cependant... cela n'explique pas ce « petit quelque chose » de plus que nous avons observé, ajouta Gabriel.

Je les regarde, perplexe. Que se passe-t-il encore ?

— Exact. Ton cerveau présente des zones étranges. Inconnues. Peut-être pourrions-nous prélever un échantillon...

— Heu...

Je me lève d'un bond. La peur m'envahit, une peur viscérale, et aussitôt je comprends : ce corps n'est pas conçu pour ce genre d'émotion. Mon esprit et lui ne réagissent pas de concert. C'est comme si j'étais deux au lieu d'une. J'ai un vertige que je réprime et je m'oblige à me calmer.

— Tu n'en souffriras pas, m'assure Gabriel.

— Peut-on... peut-on faire ça plus tard ? Là, je ne peux pas. Je... j'ai besoin de... en fait, je ne sais pas. Je me sens bizarre.

— Désolé, Anaïs. Tu as raison, répond Métatron. Et puis, il y a d'autres priorités. Nous devons trouver le lieu où tu as été créée et te présenter au Conseil.

Je hoche la tête, mais mon esprit revient aussitôt à cette question : ce « truc en plus » dans mon cerveau. Je les questionne de nouveau.

J'apprends que mon cerveau présente des zones hybrides, à la fois humaines et sirusiennes. C'est ce qui me rend différente. J'ai des besoins que les Sirusiens n'ont pas, ou très peu, selon les clans. Mes émotions négatives, comme l'angoisse ou la peur, n'existent pas chez eux. Je vais devoir faire l'objet d'une surveillance plus étroite durant quelque temps pour voir comment ce corps et mon esprit peuvent s'entendre.

Ils m'expliquent : un Sirusien ressent peu d'émotions sombres. L'enfance, ici, ne connaît pas de traumatismes. La guerre est rare, les accidents presque inexistants. Rien n'arrive qui puisse laisser des cicatrices, encore moins des psychotraumas. Et puis, leur philosophie est limpide : rien n'arrive par hasard, et chaque épreuve, bonne ou mauvaise, nourrit l'évolution de chaque être. Les Sirusiens sont en somme des moines tibétains éternellement sereins, souriants, inébranlables. Enfin de ce que je crois comprendre… Mon être entier se débat. Est-ce mon nouveau corps qui rejette ma peur, ou moi qui refuse sa sérénité ? Je n'en sais rien. Mais, il y a en effet en moi, une certaine dualité que je ne peux ignorer.

J'écoute encore, perdue dans mes pensées, jusqu'à ce qu'une voix derrière moi prononce mon prénom.

— Anaïs…

Cette voix me bouleverse. Je l'ai déjà entendue, mais jamais ainsi. Elle me transperce le cœur comme une flèche, une flèche douce, lumineuse.

Je me retourne. Un autre Sirusien vient d'entrer. Sa peau a la même teinte que la mienne. Il est légèrement plus grand que Métatron et Gabriel.

— Ana…

Mon prénom meurt sur ses lèvres. Nous restons figés. Incapable de bouger. En moi, c'est une explosion. C'est Mickaël. Je le reconnais. Non : je le ressens. Il fait partie de moi. Il l'a toujours été. Un lien invisible se tisse, immédiat, indestructible. Je sais, à cet instant, que je l'aime. Et que je l'ai toujours aimé. Il est mon double.

Mickaël

Quand Métatron m'a contacté, j'ai cru à une hallucination. Mais non : je l'ai vu dans les images qu'il m'a envoyées. Je l'ai sentie. Anaïs. Devant ses yeux. Vivante.

Une force inconnue m'a aussitôt traversé. Comme si une partie de moi, morte depuis son départ, se rallumait brusquement. Je n'ai pas hésité une seconde. J'ai fini de décapiter le reptilien que j'avais entre les mains et j'ai bondi dans le premier vaisseau venu. Je me suis arrimé à un transporteur équipé d'une cabine de téléportation et j'ai continué mon périple jusqu'à elle.

Mes congénères m'ont parlé, mais je les ai réduits au silence d'un regard. Rien n'importait plus. Rien.

Anaïs est là. Ce petit bout d'humaine, revenue. Mais cette fois… dans un corps semblable au mien. Son image, transmise par Métatron, m'obsède. Mon cœur bat à un rythme fou. Moi, le chef guerrier de Sirius, j'éprouve une chaleur inconnue, voire de la fébrilité.

Quatre cabines de téléportation plus tard, j'arrive enfin au chef-lieu de l'armée, sur Sirius. Je prends une paire d'ailes et file à toute vitesse, alors que nos deux lunes s'élèvent dans le ciel : l'une immense, teintant le monde d'une lueur rosée, l'autre plus petite, diffusant une clarté bleutée.

Arrivé devant la porte de Gabriel, je n'attends pas. J'entre sans frapper. De toute façon, lui et Métatron m'ont senti venir. Mon énergie me précède et là elle est presque incontrôlable et c'est bien la première fois... En fait, non depuis qu'elle est partie, je suis incontrôlable.

Quand j'entre dans la pièce, Anaïs est là. Debout. Sirusienne dans toute sa splendeur, sa peau reflétant exactement la mienne. Je prononce son nom une première fois. Un frisson me traverse tandis que je la vois se figer, avant qu'elle ne se retourne. Quand j'essaie de l'appeler une seconde fois, ses yeux captent les miens, et tout autour de nous disparaît.

Il y a une règle immuable chez les Sirusiens : une âme ne peut aimer amoureusement qu'une seule autre âme, et nous pouvons l'attendre toute notre vie. Et, elle, elle est mienne. Elle ne peut encore tout percevoir de cela, je le vois à ce « O » formé par sa bouche. Mais elle le ressent.

Un lien de lumière jaillit de nos poitrines et s'ancre à jamais. Ce lien nous enveloppe, incandescent, et je comprends enfin ce que c'est d'aimer. Réellement.

J'ai trouvé l'autre moitié de mon âme. Je prends sa main, et nous restons ainsi, les yeux dans les yeux. Peut-être quelques secondes, peut-être des années. Le temps n'a plus d'importance.

Elle se penche vers moi, je la réceptionne dans mes bras. Elle est faite pour y être. Je l'ai toujours su. Mais cette fois, c'est certain : une humaine devenue sirusienne vient de bouleverser ma vie.

Pour la première fois, je ressens l'instinct de veiller sur quelqu'un d'autre que ma famille. C'est viscéral. Et je sais qu'elle veillera aussi sur moi. Il n'y a rien à dire. Mes sentiments, les siens, tout s'entrelace.

Pourtant, je sens en elle une légère réticence. Certaines de ses émotions demeurent humaines. Et cette connexion, qui exige un lâcher-prise absolu, lui fait peur. Mais je sais qu'avec le temps, elle l'acceptera. Son corps, lui, a déjà dit oui. Son esprit doit encore désapprendre les mauvaises habitudes : croire qu'elle ne mérite pas, ou qu'elle est inférieure aux autres. Si elle est là, contre moi, c'est que tout est enfin à sa place.

Quand je relève la tête, Gabriel sourit et m'informe que Métatron est parti voir le Conseil des Sages.

— Et s'ils refusent ? demande-t-elle, la voix étouffée contre ma poitrine.

— Ils ne le feront pas. Pas avec toi. Pas avec l'âme sœur de notre plus grand guerrier.

Elle relève la tête vers Gabriel, qui sourit de plus belle. Et je ne peux m'empêcher de faire de même. C'est étrange. Je ne souris jamais. Peut-être vais-je finir avec des crampes.

— Sa mère et ses sœurs vont être aux anges, ajoute Gabriel.

Anaïs sourit à son tour. Mais soudain, ses yeux s'assombrissent. Son corps se relâche. Je capte ses pensées : des souvenirs de la Terre affluent, trop violemment. Elle est sur sa terrasse, son chaton sur les genoux. Ses deux identités, humaine et galactique, s'entrechoquent avec brutalité. Elle panique. Une panique humaine, un sentiment qui n'existe pas ici.

Ses yeux se révulsent.

Je l'appelle, encore et encore, tandis que son corps perd de sa substance dans mes bras. Son esprit s'efface. Je la perds.

Alors je fais la seule chose possible. Tout en la serrant fort contre moi, j'active mes ailes et convoque Raphaëlle. Le trajet me semble durer une éternité. Pour la première fois de ma vie, je ressens de l'inquiétude.

Arrivé chez la meilleure des guérisseuses même si elle me tape sur les nerfs régulièrement. Je la laisse s'activer autour d'Anaïs. Son visage est fermé, grave. Ses yeux brillent de larmes. Des larmes. Ici, c'est inédit.

Je caresse le front de ma moitié et y dépose un baiser.

Il est presque impossible de tuer un Sirusien, surtout un guerrier. Mais lorsqu'ils trouvent leur âme sœur, leurs vies sont liées.

Si l'un s'éteint, l'autre le suit. Si je ne suis pas mort au pied de cette montagne humaine c'est que parce que quelque part une autre histoire était écrite. En sera-t-il de même aujourd'hui.

Chapitre 16

Acceptation

— Ah enfin !

J'ouvre les yeux. Autour de moi, une lumière puissante, presque aveuglante. Je ne repose sur rien. Je flotte dans un tunnel de rayons lumineux vert.

— Contente que tu sois de nouveau parmi nous.

La voix vient d'un être étrange, moitié lionne, moitié aigle. Je tente un mouvement de recul instinctif, mais je flotte, alors cela ne me sert à rien. Il me faut un peu de temps pour comprendre qui je suis et ce que je fais ici. Mais tout me revient tranquillement au fur et à mesure que je sors de ma torpeur : mon ancienne vie, ma mort, ma renaissance, mon arrivée sur une autre planète, Mickaël, l'amour fulgurant… puis le néant.

Je reste suspendue, en apesanteur, mais tous mes souvenirs me font quelque peu vaciller.

— Attends, Anaïs. Donne-toi encore un instant. Voilà deux lunaisons que je fais tout mon possible pour que tu restes avec nous. Dis-moi, comment te sens-tu ? Mais d'abord, réponds à toi-même. Interroge ton corps. Tes émotions. Acceptes-tu ce corps qui t'a vue renaître ? A-t-il compris qu'il était... différent ? Que tu portes une conscience partiellement humaine ?

Je ferme les yeux. Je sens la vie circuler dans chacune de mes cellules. Ici, pas de respiration, mais un système d'irrigation interne qui gère tout. Très vite, mes pensées dérivent. Je sens Mickaël. Mon esprit l'appelle malgré moi. Il me répond comme une onde douce. Il arrive.

Mais en me connectant à lui, je capte trop de canaux télépathiques. Des voix, des pensées, des impressions m'envahissent. Ils savent immédiatement qui je suis. Je reçois des salutations, il y a du soulagement, mais aussi des doutes. Avant que je ne perde pied, la voix de l'être féminin me ramène.

— Concentre-toi sur toi. Coupe le reste. Canalise ton propre flux. Ancre-toi à ton corps, à ma voix, à la pièce dans laquelle tu te trouves. Voilà.

Je frotte mes paumes l'une contre l'autre. Je me focalise sur cette sensation. Cette peau qui n'est ni chaude ni froide, ni humide ni sèche. Puis, réflexe, j'inspire… et panique. Pas de cage thoracique qui se soulève. Pas de souffle. J'ouvre les yeux.

— Je sais, c'est déroutant. Imagine que l'énergie circule dans chaque vaisseau de tes cellules. Respire ainsi. Chez les Sirusiens, c'est le système d'irrigation nerveux qui fait circuler la vie.

Je hoche la tête. Referme les yeux. J'essaie encore. J'imagine une circulation lumineuse, des milliards de voies engorgées. Je demande à mon énergie de les libérer. Mon âme comprend et prend le relais. Mon corps s'unit enfin à elle. Une danse cellulaire débute. Une force nouvelle émerge en moi. Intense. Vivante. Pas encore complète, mais suffisante.

Je rouvre les yeux. Je souris. Et j'espère ne plus avoir trop de réflexes inconscients de respiration.

— Enfin ! Ta peau a retrouvé sa couleur normale. Bienvenue dans ta nouvelle enveloppe, Anaïs. Je suis si heureuse de te revoir.

Les faisceaux lumineux se dissipent. Je me retrouve debout. La femme m'enlace, sa tête contre mon plexus, bien plus petite que moi.

— Tu ne me reconnais pas, BFF ???

Tout s'éclaire dans mon esprit.

— Raphaëlle ???

Bien sûr que c'est elle !! Nous éclatons de rire. Nous tournoyons, moi sur mes pieds, elle dans les airs.

Je prends conscience de l'endroit où je suis : une pièce d'une blancheur éclatante, avec une baie vitrée ronde donnant sur une forêt dense et rougeoyante.

« *Tu es sur Orion,* » m'envoie-t-elle, « *chez moi. Bienvenue.* »

Puis elle reprend à voix haute :

— Ton malaise a failli t'enlever la vie une fois de plus, mais je suis la meilleure. Tu as ton chef guerrier et ta cheffe guérisseuse. Elle me fait un clin d'œil. Tu as beaucoup lutté, entre la toi d'avant et la toi de maintenant. Mais je suis heureuse de te voir vivante. Je sais que tu as déjà raconté ton histoire aux deux vieux schnocks de Sirusiens, mais peux-tu le refaire avec moi ? Et, ne leur dis pas que je les ai appelés comme ça, mais ils peuvent être d'un ennui quand ils s'y mettent ces deux-là.

Nous nous installons sur une banquette crème devant l'immense baie vitrée. Raphaëlle se sert une boisson orange vif, presque fluo. Par réflexe, j'aurais voulu accepter un verre avant de me rappeler que je n'ai plus besoin de manger ni de boire. Enfin, me rappeler ou assimiler. Le corps sait, mais l'esprit reste en pleine découverte. Tant de choses à réapprendre. Déjà, accepter que ma meilleure amie ressemble à une lionne ailée et moi à une géante bleue. C'est irréaliste.

Je lisse la toge gris pâle que je porte, souris à Raphaëlle et commence à lui raconter mon périple, lui envoyant en images ce que j'ai vécu.

— C'est tellement incroyable. Je croyais t'avoir perdue à jamais. Je crois que je n'ai jamais été aussi triste. Et quand je pense à notre Mickaël… Mais en fait, je l'ai toujours su. Il ne pouvait pas dégager son regard de l'humaine que tu étais. Mais je crois que personne n'était prêt pour ça. Quand je pense que son âme sœur est humaine. Je n'ai pas fini de lui rappeler !!

Je hausse les épaules et lui souris.

— Je ne suis peut-être toujours pas prête pour ça. Mais, je suis là maintenant. Enfin, je crois. J'ai l'impression de rêver. Sauf que le rêve est un peu trop réaliste, long et détaillé.

Raphaëlle me sourit, m'assure que bientôt tout semblera normal.

Je sens Mickaël arriver avant même que la porte coulissante ne s'ouvre. En réalité, je le sens avec moi depuis mon réveil, comme si un lien invisible nous unissait à chaque seconde de notre existence. C'est tellement beau, mais ma part humaine ne peut empêcher une pointe d'inquiétude. Cette évidence me trouble. Ce lien, si fort, me donne l'impression de ne pas avoir le choix, d'obéir à quelque chose que je ne peux nommer. Et en même temps... c'est une telle évidence.

Il entre. Je le trouve majestueux. Froid d'allure, mais profondément mien. Sans m'en rendre compte, je suis déjà debout. Il m'enlace. Je le serre. Je me sens entière. Nous ne parlons pas. Nos corps s'interrogent, se répondent. Il me sonde. Ma part humaine résiste encore un peu à cette évidence. Il rit et m'embrasse sur le front.

— Tout va bien. Ce n'est rien. Ça passera quand tu lâcheras prise et que tu me laisseras complètement toucher ton âme et ton cœur. Pour moi, c'est déjà fait. Je ne l'avais pas vu avant, mais quand tu étais humaine c'était déjà là. Tout s'explique maintenant. Si je m'en étais aperçu avant, j'aurais su que tu n'étais pas vraiment morte.

Il secoue la tête, poursuit :

— Le guerrier que je suis, choisi pour guider notre clan, notre peuple et dont tout le monde exécute les ordres, s'est vu attribuer par l'univers la seule âme capable de lui tenir tête.

— C'est bien pour ça que vous êtes parfaits l'un pour l'autre ! Vous vous complétez à merveille, s'extasie Raphaëlle. En plus, toi avec une ancienne humaine…

Je souris.

— Tu veux dire que personne ne conteste jamais tes décisions ?

— Jamais. Ils savent que je ne leur ferai aucun tort ni ne les mènerai à un danger inconscient. Et puis, je suis connecté à mon peuple, ce qui me permet de prendre des décisions justes. Toi aussi, bientôt, tu comprendras… et tu m'accompagneras sur ce chemin.

— Enfin pas toujours… surtout ces derniers temps…

Raphaëlle et Mickaël se regardent d'un air entendu. J'essaie de capter ce qu'il se passe entre eux en vain et quand je demande, chacun me rassure d'un rien. Je hausse les épaules.

— J'ai tant de choses à apprendre…

— Oui. Et si tu le permets, il faudrait que je te fasse faire quelques tests. Pas de panique, papa Ours. Si elle est sur ses pieds, c'est que tout va bien. Mais pour la laisser avec toi en sécurité, car c'est aussi mon amie, je dois m'assurer qu'elle est prête pour son retour chez elle, avec toi. Tranche, Raphaëlle.

C'est ainsi que je me retrouve à marcher, courir, répondre à des questions. J'apprends à ouvrir mes pensées, à établir un canal avec tout un monde ou une seule personne. Sur Terre, il y avait les smartphones. Ici, c'est le cerveau qui sert de téléphone. Envie de se connecter à quelqu'un, à un groupe, à un lieu ? Il suffit d'y penser avec assez d'âme et de cœur, et tout devient possible. Cela me fascine. Bon, je me loupe un certain nombre de fois... Je sens que mes prochaines semaines ? Mois ? Lunaisons ? Je ne sais pas comment dire le temps ici, seront intenses.

Quand nous sortons, j'aperçois, Orion, une nouvelle planète, avec plein d'êtres comme Raphaëlle, volant dans tous les sens. Je ne saurais dire de quoi sont faites les habitations. Cela me fait penser à des alvéoles d'abeilles : rondes, jaunes, oranges, beiges, complètement intégrées aux arbres et à une végétation d'une luxuriance décadente que je n'ai jamais vue. Mais nous, Sirusiens, devons-nous protéger de leur soleil : il brûle fort, trop fort. Même si notre peau est une armure, certaines atmosphères peuvent l'affaiblir. D'ailleurs, si j'avais encore des poumons au lieu de cette « usine interne » de vaisseaux, je serais déjà morte. Ici, pas d'oxygène : un autre gaz, respirable uniquement pour les habitants de cette planète.

Mickaël me dépose sur le pas de la maison de Raphaëlle, perchée très haut. Avant d'entrer, nous enlevons nos combinaisons, qui nous ont protégés du soleil. Puis un rideau de branches vibrantes, d'un violet intense, s'écarte et nous pénétrons dans une immense pièce aux couleurs criardes. Je crois que je n'ai jamais vu autant de teintes réunies en un seul endroit. Je ne sais même pas comment interpréter ce que je vois. Des tasses traînent partout, remplies de restes de cette boisson orange fluo. Il y a aussi ce qui ressemble à des restes de nourriture, et honnêtement, je ne veux pas savoir d'où ça vient. Sur un côté, une sorte de machine... pour faire du sport ? Ou un instrument de torture ?
Mickaël se marre. C'est le seul canal que j'ai laissé ouvert, et il capte mes découvertes. Lui aussi semble surpris par l'énormité du capharnaüm.

— Alors je vous signale que cela fait longtemps que je passe mes journées et mes nuits à garder en vie une certaine Sirusienne ici présente. Je n'ai pas eu le temps de tout ranger.
Nous nous excusons. Enfin, moi. Mon guerrier, lui, non.

— Bon, ok... j'avoue, ce n'est jamais tellement différent en fait. Mais c'est ce qui fait mon charme !!

Nous passons un peu de temps ici, histoire de tester encore quelques trucs, puis retour à ce qui serait, sur Terre, un hôpital.

Encore une fois, je suis passée au crible avant d'obtenir le feu vert de ma guérisseuse préférée.

— Allez. Il est temps de t'emmener chez nous.

À ces mots, « chez nous », prononcés par Mickaël, une grande partie de mon être s'électrise. L'impatience m'envahit. Raphaëlle m'enlace une dernière fois, puis nous disparaissons dans un tube de lumière, semblable, en beaucoup plus grand, à celui que j'avais emprunté pour atterrir chez Gabriel. Nous sommes téléportés… et quand mes yeux s'ouvrent en grand, je réalise où je suis.

Un vaisseau spatial. Genre vraiment.

Mickaël est amusé par ma réaction. Avec une autre personne, il aurait été blasé, mais avec moi… mon étonnement, ma joie de découvrir le font littéralement fondre. Et si une Sirusienne pouvait rougir, je crois que je le ferais quand je sens, en plus de son amour, le désir qu'il a pour moi. Mais ce n'est pas un désir bestial, sauvage, comme l'humain peut avoir : cette envie de satisfaire en se connectant, en fusionnant même. Là, c'est d'une puissance inégalée, accompagnée d'une paix et d'une compréhension totales. Ce qui va arriver, c'est une complète et totale fusion de deux êtres faits l'un pour l'autre.

Même le désir, dans mon corps, est différent. Il est plus fort, mais je ne ressens pas l'envie de presser mes jambes l'une contre l'autre. Plutôt une douce chaleur, présente à l'intérieur de mon tronc, qui ne demande qu'à grandir. Je suis curieuse, car après avoir examiné ce nouveau corps, je ne vois pas comment deux Sirusiens s'adonnent à ce genre de plaisir.

« *Patience, je te montrerai bientôt.* »

Sa voix résonne dans mes pensées, alors qu'il me regarde intensément. J'aurais pu me sentir gênée qu'il ait entendu, mais non. La sensation de ce qui peut arriver est tellement naturelle que j'aime qu'il ait accès à mes pensées, du moins en ce moment.

Je le suis dans ce qui ressemble à une cabine de commande. Debout, il pose ses mains sur une console et nous prenons de la vitesse, tandis que je vois défiler le cosmos et l'univers qui nous entoure.

Il enclenche le pilote automatique. Connectée à ses pensées, je comprends tout plus vite et mon esprit s'imprègne instantanément de ses nouvelles connaissances.

Subjuguée par le scintillement de toutes ces étoiles que nous survolons à une vitesse plus grande que celle de la lumière, je sens ses bras m'enlacer. Ses pensées m'envahissent davantage : pleines d'amour, de respect, de promesses.

Nous restons ainsi pour le reste du trajet. Pour la première fois depuis bien longtemps, mon nouveau corps, mon âme et mon cerveau, avec ce « petit quelque chose en plus », sont en paix. Je laisse le courant de mes vaisseaux cardiaques battre au même rythme que le sien. La connexion est si familière, si pleine de douceur, que je sais que je pourrais passer ma vie entière là, simplement à être avec lui.

— Nous y voilà. Regarde. Ton nouveau monde est ici.

Devant moi, deux planètes côte à côte : l'une rouge, l'autre bleue. Elles semblent danser ensemble, comme la lune danse avec la Terre. Nous nous dirigeons vers la rouge. Mais une fois la stratosphère franchie, alors que nous ralentissons, je découvre un monde fait d'eau, de montagnes, de cratères immenses, habité de myriades de lumières et de bâtiments dont les sommets semblent toucher les étoiles.

Nous atterrissons sur un côté de l'un de ces immenses bâtiments.

À l'intérieur, c'est une véritable ruche. Mais au lieu d'y voir seulement des Sirusiens, je découvre une multitude d'êtres : de toutes tailles, de toutes couleurs, de toutes formes.

Mickaël me tient fermement, sinon je trébucherais partout, tellement je suis assaillie par ce que je vois. Il me presse davantage contre lui. Il a peur que je me laisse trop envahir, qu'on ne me laisse pas le temps de respirer. Nous traversons salle et couloir et puis il se penche, son iris ouvre une porte sur le côté d'un couloir, un peu plus loin de la foule qui s'agite en contrebas. Nous nous retrouvons seuls devant une cabine de télétransportation.

Un nouveau voyage. Jusqu'à une place plus calme.

Sans n'y être jamais venue, je sais. Nous sommes chez lui. Enfin... chez moi. Chez nous.

Chapitre 17

Pourquoi toi ?

Au contraire du capharnaüm régnant chez Raphaëlle, chez Mickaël tout est épuré. Et toute son habitation donne sur l'extérieur. Il n'y a pas de fenêtre ni de vitre pour couper l'intérieur du dehors. Juste des sortes de lianes.

— Il ne fait ni trop chaud, ni trop froid, explique-t-il. Le temps est toujours médian. Pas de tempêtes, seulement quelques brises. Le temps est aussi calme que nous pouvons paraître l'être.

Le mot « Médian », pas choisi au hasard, me fait sourire. Si on m'avait dit qu'un jour je vivrais ça… C'est insensé !

— Même moi, reprend-il, je t'aurais prise pour une folle. Mais une folle que j'aimais déjà sans le savoir.

C'est troublant de le voir lire en moi tout le temps. Je souris, en m'imprégnant de l'endroit : des fauteuils, une immense bibliothèque, de la nature, une grande table avec ce qui ressemble à des armes. Puis, nous prenons un escalier en colimaçon qui mène à une vaste terrasse extérieure, où repose un lit gigantesque.

— Ce n'est pas vraiment un lit, précise Mickaël. Plutôt un coin de repos. Tu n'as plus besoin de dormir, mais certains aiment rêver. Moi, je préfère l'action, mais parfois cela aide de visualiser la bataille avant de la vivre.

J'acquiesce, les yeux perdus au loin. À perte de vue : forêts, végétation luxuriante, et partout des sortes de pyramides, de toutes tailles. Si Orion est une planète d'alvéoles, ici tout est triangulaire.

Je repense au lieu que nous venons de traverser avant d'arriver ici. Une pyramide immense, teinte sable clair, baignant dans une atmosphère douce avec tous ces êtres de toutes sortes qui y circulaient : certains me ressemblaient, d'autres évoquaient Raphaëlle, d'autres encore des animaux étranges, certains rampaient, d'autres volaient, certains étaient l'archétype des aliens, tête d'épingle grands yeux, mais petits en taille, comme des enfants terriens d'à peine 8 ans. Il y avait même un groupe comme des bébés Yoda, mais avec des cornes de cerf à la peau couleur de bronze rosé. Pas étonnant que je n'aie pas réussi à marcher droit. Cela me fait penser au hall du film « Men in Black », que j'avais vu adolescente.

— Des amateurs, rétorque Mickaël en souriant. Sur Terre, vos films ne sont pas très loin parfois de la vérité, mais jamais vraiment proches. Certaines idées vous ont été soufflées... Stargate, V... et d'autres. Mais ça ne m'intéresse pas vraiment. Il faudra que tu en parles avec d'autres. Je suis contre le fait que les humains aient des informations véritables sur nous.

Il se place derrière moi et reprend :

— Nous étions dans la Coupole. C'est un peu notre Maison-Blanche à nous... Pour une comparaison humaine. Le siège du siège. Là où se prennent toutes les grandes décisions. On peut y croiser les peuples membres de l'Alliance. Mais il existe une autre coupole, sur une autre planète, pour les réunions plus vastes. Et le conseil des sages.

La luminosité descend peu à peu. Comme lors de mon premier jour ici, le changement est rapide. Les forêts, les arbres, toute la végétation autour de nous s'illuminent de couleurs phosphorescentes. Les feuillages scintillent de rose, de bleu, de jaune. Tout semble s'embraser doucement. Il n'y a pas de routes, pas de chemins, seulement des repères lumineux dans le ciel. Inutiles pour les Sirusiens aguerris, mais nécessaires aux visiteurs et aux jeunes apprentis du vol, m'apprend Mickaël par la pensée.

— Viens.

Il me prend et nous redescendons jusqu'à ce que je m'arrête devant ce que je nomme dans mon esprit une « borne de recharge ». Cela le fait rire.

— C'est un peu ça, en effet. Mais ici, nous l'appelons « Ethérion ».

Il s'avance et s'installe dans une sorte de grand fauteuil, à son contact de la lumière s'active, une sorte de toile d'araignée énergétique l'enveloppe. Sa peau devient plus lumineuse.

— Que fais-tu ?

Il ouvre ses yeux brillants, couleur Saphir.

— Je me recharge. C'est notre nourriture, notre sommeil. Chaque Ethérion est relié au cœur de la planète. Dans un cycle parfait, elle nous maintient en vie, et quand nous partons, notre corps vient la nourrir à son tour, enfin à mon corps.

Je hoche la tête. Ce n'est pas une découverte totale : l'Ethérion m'est familier.

— Gabriel t'a branchée à ton arrivée, confirme Mickaël. Mais tu n'étais pas prête. Là, laisse-moi te guider. Lâche prise.

Par réflexe, j'essaie d'inspirer profondément… avant de paniquer. Mickaël saisit mes mains, caresse mes bras, et me ramène. Il me montre comment ne penser qu'à la circulation intérieure. J'imagine une lumière parcourir mon corps.

Mais je coupe soudain notre lien. J'ai besoin d'être seule dans ma tête. Il le remarque aussitôt. Rien ne lui échappe. Pourtant, il ne dit rien, bien que son visage trahisse un léger agacement. Il respecte. Il sait que j'ai besoin de temps.

Je l'observe, passe ma main sur son visage. Il n'est pas humain. Il est unique, presque féroce. Dois-je le trouver beau ? Oui. Même si je ne suis plus humaine, non plus… Mon regard sur la beauté a déjà changé. Humaine, Sirusienne : où est la frontière ?

Je l'aime avec chaque cellule de mon corps. Mon côté humain réclame le contact. Mon côté sirusien se sent déjà en osmose avec lui. Alors, dans un élan, tandis qu'une toile lumineuse m'entoure à mon tour, je pose ma tête sur sa poitrine. Un courant doux me traverse. Apaisant. Je sens une légère tension électrique qui m'effraie un instant. Je vacille. Ses bras se referment sur moi.

— Non, lâche prise, il ne peut rien t'arriver, souffle Mickaël. Dis-toi que c'est comme le meilleur petit-déjeuner après une nuit de folie à danser. Ton corps est épuisé, il a besoin de sucre.

Imagine que ce sucre soit donné par ces filaments lumineux, nourrissant chacune de tes cellules. Et que ce courant que tu ressens est ton ami.

Je me concentre. Je me stabilise. J'ouvre les yeux. Et je vois l'amour dans les siens. Tellement fort, tellement beau. Il me déstabilise. Pourquoi pourrait-il m'aimer ainsi ? Je ne suis que moi. Comment devenir tout pour un autre que soi ? Une partie de mon être résiste à cette attraction.

— Pourquoi c'est si fort ? Pourquoi toi ? Pourquoi j'ai l'impression qu'il ne peut y avoir que toi ?

Il caresse mon visage. Une trace lumineuse suit son geste. Un bonheur immense m'envahit suivi de légers frissons tout aussi agréables.

— Parce que c'est moi. Et, nous sommes ce que vous appelez « âmes sœurs » ou « âmes jumelles » sur Terre. Deux moitiés d'une même essence. Chez nous, l'amour est unique. Ce n'est qu'avec notre âme jumelle que nous nous élevons. Un seul amour. Sur Terre, cela arrive parfois, mais réunir deux âmes jumelles est presque impossible : le mental et l'ego dressent trop d'épreuves entre les deux êtres et c'est souvent trop de montagnes russes pour les deux amoureux.

— Mais... heu... du coup... Alors... Tu n'as jamais eu personne d'autre ? Jamais. Juste moi, car tu m'as vu et pop.

Il rit doucement, pose un doigt sur mes lèvres.

— C'est différent. Ici, on ne « saute » pas sur tout ce qui bouge. L'amour est reconnaissance. On ne peut l'éprouver qu'avec une seule âme, celle faite pour nous.

Les filaments qui nous enveloppent se retirent.

— Viens, remontons.

Il m'entraîne vers l'immense lit qui n'en est pas un. Des milliards d'étoiles brillent dans le ciel, teintées de bleu et de rose. La luminescence des plantes explose autour de nous. Alors que nous nous allongeons, je rouvre notre canal : mon corps en a besoin, comme une évidence.

« *Tu me dois des explications.* »

Je plonge mon regard dans le sien, c'est si limpide...

« *Ok. Chez nous, on n'aime qu'une fois. Si l'autre n'est pas incarné, on vit seul. Mais dès qu'on se reconnaît... c'est une évidence. Je ressentais déjà quelque chose pour toi, même sur Terre. Mais je n'ai pas pu le voir, à cause de mes penchants pas très positifs pour ton ancienne race. Ça n'a pas changé, d'ailleurs... Mais je n'ai jamais passé autant de nuits à regarder dormir une Terrienne. Quelque part, tu me fascinais déjà. Mais je n'imaginais pas ça.* »

À son tour, son regard plonge dans le mien. Trop intense. Je sens le même désir que dans le vaisseau. Mon corps réclame le sien. Mais il me manque vraiment un certain nombre d'informations à ce niveau-là.

« *Et… le… heu… sexe ? Mais… il n'y a rien ?* »

Il rit fort en me serrant contre lui. Aucune moquerie. Mes questions sont celles d'une enfant, mais elles sont normales au vu de mes origines.

« *Non, il n'y a rien, en effet. Enfin, rien d'humain. Mais ce ne sera pas moins fort. Même si je n'ai jamais expérimenté cette connexion. On nous l'enseigne dès l'enfance. Quand viendra le moment… patience, ma douce. Je sais déjà que ce sera inoubliable.* »

Je souris, blottie contre sa poitrine. Mais une tension subsiste qui m'empêche de pouvoir me laisser aller complètement.

« *Pourquoi moi ? Pourquoi suis-je ici ? Comment mes aïeux ont-ils fait ?* »

Il relève mon menton et dépose un baiser lent, souple, qui me court-circuite littéralement le cerveau.

— Je sens que tu avais besoin de ça. Voilà, c'est mieux. Laisse-toi le temps. Ton nouveau corps, ta nouvelle forme... Normalement, le baiser humain n'existe pas ici. Mais en fait, c'est agréable. Et parce que c'est toi, tu en auras autant que tu veux.

Je souris, amusée : pour une fois, il semble vulnérable, moins sûr de lui. Je replonge ma tête contre sa poitrine. Nos corps brillent doucement. Nous restons ainsi, en silence. Mes yeux se ferment.

— Ne coupe pas la connexion, murmure-t-il. Tu n'es peut-être pas totalement sirusienne, mais ici on ne juge pas. Dès l'enfance, nous apprenons à accueillir les émotions, chez nous comme chez les autres, sans jugement. Beaucoup d'émotions humaines ne nous sont pas connues, c'est vrai. Alors je vais apprendre. Mais j'aimerais que toi aussi tu apprennes à garder ton canal ouvert. Car plus que deux êtres, nos âmes n'en forment qu'une. Et quand tu fermes... tu ne l'as pas reconnu, mais il y a eu comme un pincement.

Je réfléchis, et oui : quand j'ai coupé, une partie de moi s'est sentie soulagée... mais l'autre s'est retrouvée démunie, seule, comme une pierre abandonnée. Mickaël m'explique que chez eux, la connexion est naturelle. Ce n'est qu'à l'âge de mille ans terriens qu'ils peuvent, s'ils le veulent, garder leurs pensées pour eux. Mais en pratique, personne ne le fait : les pensées ne sont entendues que lorsqu'elles sont adressées. Sinon, il n'y a pas de curiosité malsaine.

— Je crois que je...

— Oui, tu as besoin de temps. Et c'est normal. Nous irons étape par étape. D'abord, apprends à habiter ton corps, à comprendre ce qu'il peut faire ou pas. Apprends à respirer comme tu dois le faire par ton corps, apprends à te recharger, à prendre soin de toi et ensuite le reste arrivera. Quand la lune brillera de nouveau, nous partirons en balade. En attendant, repose-toi... mon amour.

Il murmure ce dernier mot avec gravité. Amour. Un mot terrien, mais qui prend soudain une ampleur cosmique.

Je l'embrasse encore, et encore. Et je m'abandonne. Un Sirusien ne dort pas vraiment, mais dès qu'il ferme les yeux, il peut rêver. De tout. De rien. Moi, je rêve d'un endroit lumineux, apaisant. Un lac. Une douce clarté.

« Je t'y amènerai. Nous avons survolé cet endroit la première fois, quand tu as fait ton malaise chez Gabriel. Et c'est aussi beau en vrai. Et si j'ai mon mot à dire, s'il te plait, ne me refais plus jamais ça. »

Je rouvre les yeux. Je me perds dans les siens, puis détourne doucement mon visage. Le ciel s'étale devant nous, infini. À gauche, une lune bleue irradie. Plus loin, des milliards d'étoiles s'enchevêtrent. Une voie lactée aux nuances de rose et de bleu embrase l'horizon. Des traînées lumineuses, comme des étoiles filantes, zèbrent le ciel.

— C'est merveilleux.

Il sourit, et murmure tendrement.

— Bienvenue chez toi, Anaïs. Tout va bien se passer. Je te promets que tout ira bien.

Chapitre 18

Eh bien… Là c'est sûr, je n'ai plus envie de redevenir humaine.

— Cette fois-ci, je te promets que cette journée est pour nous.

Enfin ! Je pousse un cri de joie qui résonne dans l'air. Mickaël, à mes côtés, rit de bon cœur. C'est notre première véritable journée ensemble depuis que j'ai remis un pied sur Sirius. Une lunaison entière, comme ils disent ici, que je me fais trimballer de conseil en conseil, à croire que je suis un si spécimen rare qu'il fallait m'examiner sous toutes les coutures avant de me déclarer « honnête citoyenne sirusienne ». Bon, ok je suis LE spécimen rare… Mais n'empêche je n'ai pas eu, une minute pour souffler et juste profiter un peu de ce nouvel héritage génétique.

J'ai même hérité d'un nom galactique : « [illegible] » Ce qui signifie : La ressuscitée. Oui, oui. (Ne dites rien… la blague avec mon ancêtre a déjà été faite cent fois, alors merci de vous abstenir.) Mais, pour tout le monde ici, je reste donc Anaïs. Et ça me va très bien.

Le lendemain de mon arrivée, après que Mickaël et moi étions restés enlacés sous la voûte des étoiles, nous avons été convoqués par le Conseil des Sages. D'abord ceux de Sirius. Ici, le mot « sage » prend une ampleur que même Gandalf ou Dumbledore n'atteindraient pas. Leur regard transperce, leur bonté enveloppe, et leur sagesse semble infinie. À plus d'un égard, j'en suis restée bouche bée. Puis, il a fallu passer devant le Conseil Galactique : vingt-huit représentants de planètes différentes. Chacun voulait entendre mon histoire, chacun voulait juger si j'étais vraiment digne de leur alliance et confirmer mon existence réelle. Une humaine qui se réincarne en Galactique, c'est une première. Certains craignaient que mon cerveau ne cache une technique d'espionnage reptilienne. Résultat : une nouvelle série de tests, d'examens, d'analyses. Ce qui, évidemment, a mis mon guerrier dans une colère mémorable. Et c'est ainsi que j'ai pu finir cette partie plus vite. Quand il grogne, ça ne rigole pas.

Mickaël est ma moitié, mon double… mais c'est aussi un sacré caractériel. À mes yeux, je suis avec la version douce du guerrier. Pour l'avoir vu diriger ses équipes, il est respecté, certes, mais il inspire aussi une peur sourde : 99 % de ses soldats tremblent à l'idée de le contrarier. Et je soupçonne que les derniers scientifiques qui m'ont examinée font encore des cauchemars. Avec eux, Mickaël a montré le visage qu'il réserve à son armée : intransigeant, tranchant, implacable. Ici, il gère « sa Pyramide », le quartier général des armées, et un jour il siègera parmi les sages, pour l'instant, c'est encore son père. Et très clairement, il a encore quelques années de sagesse à acquérir. Mais je sais aussi pourquoi, il est le seul sirusien qui pouvait être mien. À bien des égards, il a quand même quelque chose d'humain, des failles et je l'aime encore plus pour cela.

Je le sens qui me regarde, l'air amusé. Mon canal reste ouvert presque en permanence, mais je n'ai pas encore l'habitude de filtrer correctement tout ce qui me passe par la tête. Et lui, évidemment, s'y engouffre.

— Je croyais que tu ne lisais pas les pensées qui ne te concernaient pas.

— L'expression de ton visage était trop tentante, réplique-t-il, mais je m'attendais à autre chose que de me voir en tyran. Et pour ton information, je ne manque pas de sagesse et je n'ai pas de faille !

Je secoue la tête toujours le sourire aux lèvres.

— Tu as vu comment tu as crié sur ton escouade l'autre jour ?

Il ne répond rien. Mais dans son esprit, je capte distinctement un : Ils n'avaient qu'à obéir. Cet alien ne doute jamais. La seule chose qui l'ébranle, c'est moi. Et, j'avoue... j'aime avoir ce pouvoir-là sur lui.

Il déploie ses ailes avec ce mécanisme splendide, qui m'émerveille sans cesse, et me tend la main. Aujourd'hui, il veut m'offrir un véritable voyage sur sa planète. Pas une course contre le temps d'un rendez-vous officiel, pas une présentation devant des sages ou des proches. Juste nous. Enfin.

— Tu sais, sans moi, ils t'auraient accueillie quand même, murmure-t-il.

— Mickaël... arrête !

— Désolée. Que veux-tu ? Ton cerveau me fascine. Ce « truc » humain en plus est extraordinaire. Tu es en permanence en train de penser à mille choses à la fois et de tout remettre en question. C'est un feu d'artifice mental ! Tu ne peux pas savoir à quel point c'est... divertissant.

— Vraiment parfois tu n'en loupes pas une. Je te déteste quand tu fais ça ! Tu crois qu'un jour j'arriverai à me calmer ?

— Oui, si tu laisses davantage de place à ta nouvelle identité. Mais ne va pas trop vite. Ce flot… je l'aime bien. Il est unique.

Je lève les yeux au ciel et, dans un réflexe très terrien, je lui donne une petite tape. Pour rire. Bien sûr, personne n'a vu ça, et heureusement. Ici, la violence n'existe pas. Les seuls à l'approcher sont les guerriers, et uniquement pour défendre leur planète. Mais frapper quelqu'un même « pour plaisanter » ? Impensable. Et encore plus, si je m'amuse à frapper celui qui est le commandant en chef. Les Sirusiens ne connaissent le contact physique que dans le cercle familial proche, et jusqu'à l'adolescence. Après, il n'y a pas de gestes, pas de câlins : ils n'en ont pas besoin. Ils savent qu'ils sont aimés, et cela leur suffit. Et c'est vrai, en permanence, une sorte d'amour inconditionnel flotte dans l'air. Alors, imaginez-moi, une ancienne Française qui a fait la bise à tout-va, qui touchait le bras des gens en riant… Ici, c'est un non catégorique. J'ai fait quelques vagues depuis mon arrivée, mais ils m'ont tous pardonné aussi vite.

Cependant, cette paix qui règne me bouleverse. Elle est aussi déconcertante que fabuleuse.

— Tu vas t'y faire, souffle Mickaël. Et maintenant, viens là. On part.

Je me place devant lui, mon dos collé à sa poitrine. Un harnais d'énergie s'active aussitôt autour de moi, nous nous élançons. Nous survolons les pyramides voisines, franchissant leurs sommets qui ressemblent à des montagnes de cristal. Le paysage de Sirius est vallonné, vibrant, changeant : ça monte, ça descend, chaque horizon révèle une nouvelle colline, une nouvelle crête, un nouvel éclat de végétation luminescente. Je n'ai encore jamais vu de véritable ligne d'horizon ici. Toujours, quelque chose surgit pour me couper le souffle.

Nous dépassons la Coupole, puis le centre des guerriers : une immense pyramide d'un bleu profond. Plus loin, les montagnes s'élèvent toujours plus, et les pyramides se font plus rares.

Alors, sous mes yeux, un miracle. Une mer calme. Non, un lac. L'eau y est rose, presque violette par endroits, reflétant la lueur de la lune qui monte dans le ciel, toujours plus proche de sa sœur jumelle. On raconte qu'à chaque chevauchement, une fête embrase le ciel et que le spectacle est indescriptible.

« *Nous étions venus par ici lors de notre dernier passage* », m'envoie Mickaël, en désignant une pointe rocheuse sur la droite. « *Gabriel vit là-bas, à l'écart du centre. Il aime sa tranquillité. Mais cette fois, je t'emmène plus loin encore.* »

Nous survolons l'eau paisible. Par instants, des éclats cristallins surgissent sous la surface, rendant la surface pailletée de mille couleurs. Mickaël m'explique : le fond est tapissé de pierres précieuses, semblables à des améthystes, qui diffusent leur lumière jusque dans l'air.

Nous descendons enfin, dans un renfoncement secret. Autour de nous, les parois de pierre noire scintillent de gemmes multicolores. Certaines renvoient la clarté des lunes, créant un kaléidoscope mouvant qui se reflète sur l'eau derrière nous. Sous nos pieds, un tapis de mousse souple, presque vivant. Devant nous, le lac. Derrière, la montagne. Et tout autour, un silence sacré.

Les gemmes captent la lumière lunaire, l'amplifient, la rejettent dans le lac. Je reste figée, sans voix, sans pensée. Ce tableau est trop beau pour être contenu. Si je devais le peindre, aucun pinceau, aucune couleur ne saurait lui rendre justice. Sans parler de mon incompétence dans ce domaine.

Je ne sais combien de temps je reste immobile à contempler ce miracle. Lorsque je me retourne, Mickaël est assis, nonchalamment, sur une couverture soyeuse. Il m'attend. Son regard me transperce. Mon cœur s'emballe, mes jambes se figent. À cet instant, la question de savoir si un Sirusien est « beau » ou non n'a plus aucun sens. Lui est mon évidence. Mon autre. Mon désir incarné.

— Et je t'aime aussi, souffle-t-il, comme pour répondre à mon tumulte intérieur.

Il se lève. Sa chemise, d'un blanc irisé aux reflets bleutés, glisse de ses épaules, révélant un torse puissant, parsemé de constellations bleu nuit. Ses chaussures indestructibles disparaissent à leur tour, puis son pantalon fluide. Il resplendit. Sa peau capte la lumière des pierres et des lunes, il semble étinceler comme un astre.

Je ne bouge plus. Mon corps tout entier s'embrase littéralement alors qu'il s'approche. Quand ma main caresse sa peau, des sillons de lumière se dessinent sous mes doigts, irradiant dans chaque direction. Plus j'explore, plus l'éclat s'intensifie. Et son plaisir devient le mien. Ce qu'il ressent, je le ressens. Son souffle interne, son frisson, son abandon, sa passion : tout est mien. Et c'est... vertigineux.

Il saisit ma toge, de la même matière que son vêtement, et la fait glisser au-dessus de ma tête. Mes chaussures s'envolent sur la mousse. Ses yeux m'embrassent, et à travers lui je me vois : la plus belle des femmes, enfin des Sirusiennes. Mon ego jubile, ma déesse intérieure chante.

Il glisse une main sur mon épaule, puis dans mon dos. Partout où il passe, des milliers d'étoiles éclatent dans ma vision intérieure. Mon corps devient constellation. Vibration ultime.

Nous nous allongeons, nos bouches, nos mains se cherchant, se trouvant, dans une danse inconnue, mais familière. Nous n'avons pas d'organes sexuels, mais notre système nerveux est une rivière de lumière. Chaque fibre de notre être devient point de plaisir. Chaque cellule, un réceptacle. Nos corps entiers, un seul cœur battant.

Et puis, allongés côte à côte, nos ventres se rapprochent… et se soudent. Non pas chair contre chair, mais énergie contre énergie. Deux flux fusionnent, et je comprends : nous ne faisons plus qu'un.

Alors, tout explose. Mon corps se contracte, chaque fibre me pousse à m'ancrer davantage à lui. Le plaisir est si vaste que je perds toute notion de temps, d'espace, de sol, de ciel. Nous mourons d'amour, et renaissons en une béatitude absolue.

Quand nous redescendons enfin, ivres, épuisés et lumineux, les baisers continuent, les caresses aussi. Je me niche dans ses bras, incapable de parler. Une seule certitude s'impose : jamais plus je ne veux redevenir humaine.

La petite mort orgasmique des Terriens... À côté de ça ! C'est une ombre bien pâle. Ici, c'est l'univers tout entier qui jouit à travers moi.

« *Je suis heureux que ta vie sirusienne te comble enfin. Et je suis d'accord... ce que nous venons de vivre dépasse tout. Je crois que je vais encore moins pouvoir me passer de toi.* »

Je l'embrasse, taquine :

— Tu ne pouvais déjà plus te passer de moi !

— C'est vrai... mais là, encore moins. Pas étonnant que le divorce n'existe pas chez nous.

Je m'arrête net, j'ai une question qui me paraît soudain ridicule. J'allais lui demander comment on fait des bébés... alors que je n'en veux toujours pas.

Il sourit, devinant mon trouble :

— Chaque chose en son temps. Mais quand deux âmes jumelles s'unissent en se branchant à l'Ethérion, un cocon de lumière se forme. À l'intérieur, l'enfant grandit, et nous pouvons le voir, lui parler, l'accompagner... jusqu'au moment où il est prêt à naître dans nos bras.

En même temps que ses paroles, des images affluent dans mon esprit. Je les vois : des couples enlacés dans la lueur de l'Ethérion, les cocons translucides vibrant doucement, les petites vies grandissant dans une sérénité absolue. Ici, les femmes ne connaissent ni douleurs ni fardeaux de grossesse. Tout est transparence, douceur, beauté. Cette planète est vraiment magique.

Je me blottis contre son cœur. Les lunes se sont couchées, laissant place à une nature phosphorescente. La mousse sous notre couverture ressemble à un champ de fées illuminées. Le clapotis discret du lac rythme notre silence.

Nous restons ainsi, bercés par l'instant. Puis Mickaël, avec ce ton à la fois moqueur et tendre, glisse :

— Si j'avais su que faire l'amour apaiserait autant ton cerveau, j'aurais commencé bien plus tôt...

Je ris et m'apprête à lui donner une chiquenaude, mais il m'attrape la main avant et embrasse chacun de mes doigts un par un. Mon corps s'embrase de nouveau contre le sien. Et ce ne sera pas la dernière fois de cette nuit étoilée que je perdrai toute notion du temps et de l'espace.

Chapitre 19

Une pluie d'étoiles filantes et de champignons

Je suis assise dans les bras de Mickaël. Tout autour de nous, des groupes rient, se taquinent, s'élancent dans des défis de bravoure. Le ciel s'embrase d'une lueur jaune luminescente. Aujourd'hui est une sorte de feu de la Saint-Jean version sirusienne : une fête d'ouverture de la période d'été, une ode à la nature. Ce soir, les deux lunes fusionneront en une seule, symbole des unions d'âmes si chères aux cœurs des Sirusiens.

La température ne changera que de deux ou trois degrés à peine. Rien pour moi. Mais ici, mes compatriotes semblent y attacher une grande importance. Je verrai bien, lorsque je l'aurai vécu. En attendant, mon impatience bat la chamade : je veux voir ce spectacle annoncé comme merveilleux.

Cela fait désormais cinq ans que je suis devenue sirusienne. Une broutille à l'échelle de l'univers, mais déjà 4005 ans au compteur, en âge terrestre. Autrement dit, une vieille bique plutôt bien conservée. Pendant ce temps, cinquante ans de plus ont filé sur Terre sans moi. Une part de moi ne peut s'empêcher de songer à mon ancienne planète.

Même si, je suis aujourd'hui pleinement intégrée. Une vraie Sirusienne à part entière, qui a trouvé sa place dans la société. Je parle le galactique couramment, à voix haute ou par télépathie, sans même y penser. Pourtant, dans l'intimité, nous utilisons souvent le français. Avec Raphaëlle, Métatron ou Gabriel, c'est aussi cette langue qui revient. Ils le font pour moi, car une part de moi restera à jamais cette Anaïs-là, la Terrienne. Sinon, avec les autres membres de la famille, les mots disparaissent : tout est télépathie. Parfois, les voix-pensées fusent dans tous les sens, mais à l'extérieur, le calme reste parfait. Je pense que je ne m'y habituerai jamais vraiment.

Ici, je suis toujours celle qui parle. Certains me rebaptiseraient bien « Celle qui parle trop » ou même « Celle qui fait des gaffes ». Je ne les compte plus. Je suis trop. Trop vivante, trop émotive, trop dans tout... mais comme les Sirusiens ne jugent pas, ça passe. Au lieu des critiques, je reçois surtout des regards compatissants. Très franchement, ce « trop » qui pourrait déranger ici, si le jugement était admis, paraîtrait normal sur Terre. Peut-être qu'un jour, je deviendrai enfin cette version calme, « coquillettes et papillons ». Mais pour l'instant, toujours pas. Et je ne suis pas sûr d'en avoir envie.

Et puis, qui l'aurait cru ? Je suis devenue une guerrière, enfin en théorie. Ma peau de toute façon portait déjà la marque de cette vocation et avec ce qui s'est passé dans ma vie, c'est une évidence. Une fois que mon cher et tendre a été certain que je maîtrisais mon nouveau corps d'étoiles, j'ai été initiée.

Les débuts furent catastrophiques. Les Sirusiens apprennent avec patience, altruisme, intuition... et une pointe de sauvagerie pour les guerriers. Patience, altruisme et intuition, avouons-le, ne sont pas vraiment des réflexes innés dans un cerveau humain et spécialement dans le mien. Quand eux se battent les yeux fermés, moi... je trébuche. Je n'ai pas encore totalement lâché prise, alors je rame. Mais malgré tout, j'ai assez progressé pour mettre à terre un reptilien. Oui, j'y crois.

J'ai aussi appris à déployer mes ailes. Le dispositif se fixe dans le dos et rejoint un centre nerveux. Une fois branché, il suffit de penser pour décider où aller, à quelle vitesse, dans quelle direction. Mes premiers essais furent si catastrophiques que Mickaël, en « grand chef » inflexible, m'avait interdit d'y retoucher. Tant pis pour lui. Je suis, paraît-il, la seule de toute la planète à oser le contredire. Alors, avec Raphaëlle, nous avons fini par emprunter un dispositif en cachette. Et loin de toute civilisation, j'ai réessayé. Je crois qu'à ce moment-là, Mickaël a sérieusement envisagé qu'un Sirusien pouvait sombrer dans la folie. Mais aujourd'hui, je maîtrise cette technologie. Et comment dire... voler est merveilleux. Une liberté pure. À chaque vol, je suis ébahie comme au premier jour.

En ce moment, j'apprends aussi à piloter des vaisseaux spatiaux, oui, oui. Même si je trouve la téléportation de cabine en cabine plus simple et plus rapide. Je dois impérativement acquérir cette maîtrise, surtout si je veux, un jour, retourner sur Terre. Observer à nouveau mes anciens semblables m'attire de plus en plus. Il est bien trop tard pour cela, mais qu'est-ce que j'aurais aimé aller terroriser mon ancienne belle-famille...

Et surtout... les plaisirs humains me manquent ! En particulier, manger, déguster des saveurs. Si je me concentre, je sens encore le chocolat sur mon palais. Il paraît que cela vient de mon fameux petit « truc en plus ». Donc, je veux retourner sur Terre pour le chocolat.

La route est encore longue avant que je puisse maîtriser tout, mais je suis prête à tout, rien que pour ressentir à nouveau la chaleur d'un soleil terrestre sur ma peau. Même si ce sera à travers une armure translucide, comme une seconde peau qui réfléchit les UV, le soleil peut nous brûler. Chaque planète et fait pour ses habitants.

J'espère bientôt commencer les entraînements d'incarnation humaine. Je crois que je suis la seule à m'en réjouir. On dit que c'est comme se retrouver enfermé dans une boîte trop chaude, trop humide, trop étroite. Inconfortable. Presque étouffant. Mais l'idée de pouvoir de nouveau marcher sur Terre, même à travers un corps limité, me donne une étrange impatience.

Ici, je suis heureuse. Je ne suis plus seule. J'ai compris que ma place est ici, avec lui. Je suis son pilier autant qu'il est le mien. Ensemble, nous formons un équilibre. Et cette fusion de nos corps... je n'ai toujours pas les mots. Son énergie infinie mêlée à mon côté plus sauvage, humain, peut-être, crée des étincelles. Littéralement.

La seule ombre au tableau fut la parole d'un sage, un jour, impatient de voir ce que donneraient nos enfants, et si ce

« quelque chose en plus que j'ai » devait être transmis ou dissous. (Dissous dans le sens, lobotomie du cerveau...) Cette phrase aurait pu me blesser ou me faire peur. Mais je n'ai jamais eu la fibre maternelle et même ici, cela ne me dit rien. J'ai tellement d'autres choses à découvrir que cela. Cette préoccupation me glisse dessus. Je cache mes émotions à ce sujet à Mickaël. Lui, je le sais, serait fier de devenir père. Il rêve de former son enfant à devenir le plus grand des guerriers... à moins que l'âme choisisse un autre clan : celui des créatifs, des bâtisseurs, des guérisseurs, des érudits. Chaque clan se distingue par une nuance subtile dans sa couleur que le corps prend au fil des années de vie.

— Tu es bien pensive... Aurais-tu peur d'essayer l'un de nos jeux ?

Je souris. Enfin, il a perdu l'habitude d'écouter chacune de mes pensées.

— Moi, peur ? Je te rappelle que j'ai battu tous tes apprentis à la dernière course de vol !

Il rit, m'embrasse, puis se reprend aussitôt. Ce geste naturel pour nous... choque encore parfois certains. Pour les Sirusien·ne·s, le contact physique est sacré, intime, mais le baiser sur la bouche n'a aucun sens.

— C'est vrai, concède-t-il. Alors où t'amène cette jolie tête ? Tu cogites dès que tu te poses. Je vais demander à Gabriel de t'enseigner l'art de la méditation.

— Tu ne veux pas me l'apprendre, toi ?

— Je n'en ai pas besoin. Je n'ai pas appris à méditer. Je n'ai pas besoin de ça pour ne penser à rien.

Je lève les yeux au ciel. Monsieur, « je sais tout » dans toute sa splendeur. Il est agaçant... et séduisant à la fois. Même si parfois, j'arrive à le faire vaciller, à nuancer ses certitudes. C'est rare, mais jouissif.

En silence, je repense à mon parcours. Mickaël n'a pas été mon seul soutien. Métatron m'a ouvert à l'histoire de mon peuple. Raphaëlle m'a initiée à l'art de guérir. Gabriel m'a aidée à dépasser mes traumatismes. Et peut-être qu'en effet... un peu de méditation ne me ferait pas de mal.

D'autres ont aussi pris place dans mon cœur : les parents de Mickaël, sa sœur. Elles m'ont guidée dans ma nouvelle vie de femme sirusienne. Ici, pas de règles, mais des cycles : alternance de force et de douceur. Les femmes occupent une place immense, bien plus respectée que sur Terre. Le Conseil des Sages est d'ailleurs majoritairement féminin. Je croyais que son père en faisait partie, mais c'est en réalité sa mère, souvent absente, car ambassadrice de paix sur d'autres planètes. Lui ne fait que seconder, comme une âme sœur, se doit de le faire.

Un jour, peut-être, je devrai prendre cette place, devenir la grande guerrière pour seconder le mien. J'en ris intérieurement. Mickaël me répond d'une pensée : « *Tu pourrais déjà l'être. Mais il en est hors de question.* » Et il m'attire à lui.

C'est alors que sa sœur arrive, essoufflée, les yeux brillants.

« *Viens, vite ! Tu ne peux pas manquer ça !* »

Elle m'attrape la main et m'entraîne. Nous gravissons une colline. Elle désigne l'horizon d'un geste fébrile.

Je lève les yeux. Et mon souffle se suspend. Une pluie d'étoiles filantes éclate dans le ciel : bleues, roses, rouges, elles lacèrent la voûte céleste comme des gerbes de lumière liquide. Les deux lunes, rapprochées depuis des jours, se confondent enfin en une seule. Énorme. Majestueuse.

Tout s'embrase. Le ciel jaune devient un théâtre incandescent de bleu et de violet. Les arbres phosphorescents reflètent l'éclat de la lune fusionnée. L'air lui-même semble vibrer d'or et de cristal. Je suis emportée. En transe. Mes yeux, ma peau, mon être tout entier captent ce spectacle qui dépasse l'imaginable.

Les enfants rient en tentant de « cueillir » les étoiles filantes. De jeunes guerriers déploient leurs ailes pour rivaliser avec les lumières, s'élançant dans une course effrénée contre les météores. Et moi... je comprends que Mickaël avait raison, rien sur Terre ne peut rivaliser avec ça. Même les aurores boréales paraissent ternes, à côté de ce miracle cosmique.

Je ne saurais dire combien de temps le spectacle dure. Les deux lunes recommencent à se séparer : la bleue glisse lentement à droite, tandis que la rose s'efface vers sa sœur opposée. D'ici quelques jours, elles retrouveront leur distance habituelle, jusqu'au prochain solstice où elles rejoueront leur ballet. Ici, le solstice a lieu tous les dix ans.

Je m'attends, en reculant d'un pas, à heurter le torse de Mickaël. Mais... rien. Mon cœur se serre. Je tourne la tête à droite, à gauche : il a disparu. Là où son aura m'enveloppe toujours, il ne reste qu'un vide assourdissant. Et soudain je comprends : notre canal est coupé. C'est la première fois qu'il le fait. Un vertige me prend, mon corps tolère mal cette angoisse. Je ferme les yeux, force ma respiration intérieure, apaise la panique.

Quand je les rouvre, mon regard tombe sur un groupe de jeunes guerriers avec qui je m'entraîne parfois. Je les rejoins. L'un d'eux me dit que Mickaël a été appelé d'urgence au bâtiment des guerriers. Une étrange sensation m'envahit. Ici, rien ne va jamais de travers. Alors pourquoi ce sentiment soudain de menace ?

Je fonce, chez nous. Je saisis un appareil de vol et le fixe sur mes omoplates. Aussitôt, mes ailes artificielles se déploient, et je m'arrache du sol. L'air me fouette, mais je vais plus vite que jamais. Mon cœur bat la chamade.

Le siège des guerriers s'élève devant moi, massif, imprenable. Mais en ce jour de solstice, tout semble déserté. Je traverse des couloirs silencieux, vides comme jamais je ne les ai vus. Les murs résonnent de mon pas précipité. L'atmosphère pèse, irrespirable malgré l'absence d'air terrestre.

J'arrive devant le bureau de Mickaël, qui donne sur un lac doré. Vide. Glacial. J'essaie de l'atteindre par la pensée, encore et encore. Silence. La rage monte. Je fulmine : il ose me fermer son esprit ? Moi ? Grand chef ou pas, il va m'entendre !

Je continue à avancer. Mes pas m'amènent vers l'amphithéâtre, immense salle des rassemblements. Soudain, un bruit sourd résonne à ma gauche. Je me fige, tends l'oreille. D'un geste, j'appuie sur un capteur. La porte coulisse dans un souffle métallique.

À l'intérieur : Mickaël. Métatron. Gabriel. Et d'autres figures du conseil. Tous fixent un écran suspendu au centre de la pièce.

Le silence est épais, grave. Ils communiquent par un canal auquel je n'ai pas accès. Je m'approche, je me glisse entre deux silhouettes, le souffle court. Et là…

Mon sang se glace.

Sur l'écran : la Terre. Mon ancienne planète. Elle brûle littéralement. Des océans de flammes avalent des villes entières. Des nuages en forme de champignons s'élèvent, monstrueux, écrasant tout. Des continents entiers s'embrasent.

Un cri m'échappe, déchirant. Mon corps chancelle, il ne comprend pas cette détresse. Je tremble. Tous les regards se tournent vers moi.

Mickaël s'avance, ouvre enfin notre canal. Ses yeux brillent de tristesse. Il secoue doucement la tête. Je comprends qu'il a voulu me protéger, me distraire, me cacher la vérité, gagner du temps. Mais les images sont là. Implacables. Mon ancienne planète se meurt.

— Depuis combien de temps ?… Que se passe-t-il ?… Cette lumière… Ce champignon… Une guerre ?

Ma voix se brise. Personne ne répond.

Une nouvelle explosion éclate à l'écran. Une ville entière effacée en un souffle. Je sens mon cœur se rompre, mes entrailles hurler.

Je vacille. Mickaël me rattrape de justesse, pose son front contre le mien. Sa pensée m'enveloppe, douce et tranchante.

« *Calme-toi. Ce sont leurs choix. Nous ne pouvons rien faire.* »

Je le repousse violemment. Non. Pas ça. Pas cette fatalité glacée. Mon âme brûle. Mon corps tout entier se cabre. Je fuis. Je cours. Je m'élance, mes ailes fendent l'air. Je m'arrache à ces regards désolés, à cet écran d'horreur.

Je veux fuir la douleur, fuir cette vision. Mais la Terre est là, imprimée dans mes yeux. Mon monde. Mon berceau est en flamme. Ma planète se meurt.

Chapitre 20

Frappe-moi

Mickaël ne met pas longtemps à me retrouver. Depuis que je suis ici, je reste toujours dans ce qu'il appelle mon « périmètre de sécurité ». Contrairement aux jeunes Sirusiens avides d'exploration, je ne vais jamais bien loin, surtout si je ne suis pas accompagnée. Malgré l'impression de bien-être qui m'habite désormais, il ressent encore en moi une angoisse sourde, vestige de ma mort humaine. Et je ne saurais le contredire, du moins, pour cela. Être seule dans un endroit inconnu reste une source de stress surtout si je ne sais pas comment m'en sortir. Et puis, sirusienne ou humaine, je n'ai jamais vraiment eu le goût de l'aventure. Enfin, sauf dans mes tentatives de suicide. Mais cela appartient réellement à l'ancienne Anaïs.

Mickaël

Elle est là, au bord du lac, en contrebas de mon bureau. Sa silhouette est baignée d'une lueur dorée, telle une créature mystique échappée d'un rêve. Elle est debout, crispée.

Je pensais avoir le temps de la préparer à ce qu'elle a vu. J'espérais que les années passées ici lui auraient fait oublier son ancienne vie. Mais je me trompe. Dans son être, j'ai senti un déchirement. Peut-être dois-je me rendre à l'évidence : elle ne sera jamais la Sirusienne que j'espère. En même temps... si elle l'était, elle n'aurait pas été faite pour moi.

Son regard tombe au sol. Elle s'agenouille, recroquevillée sur elle-même, le regard noyé dans l'eau. Elle a fermé l'accès à ses pensées. Et je sais pourquoi : pour me punir. Humaine... toujours.

Sa peau, d'ordinaire brillante, s'est ternie. Presque blanche, laiteuse. Mauvais signe. Cela signifie que son corps souffre. Quand je m'approche et relève doucement son menton, je découvre des larmes. Des larmes ! Ici, c'est rare. C'est même une perte d'énergie précieuse, puisque nos fluides nourrissent nos systèmes. Sa colère me transperce, son regard me brûle. Jamais aucun de mes semblables n'oserait poser sur moi ce regard assassin. Nous ne ressentons pas de telles émotions. Nous acceptons que certaines décisions soient prises pour un bien supérieur. Mais elle… elle me défie.

Je voudrais lire en elle, tout lui enlever, porter ses fardeaux à sa place. Mais je n'ai jamais été aussi désemparé. Je ne sais pas comment gérer ça. Elle ne devrait pas réagir ainsi. Et pourtant…

Je desserre ses mains, m'assieds sur le sol. Elle se blottit contre moi, malgré tout. Et alors seulement, mon cœur reprend son rythme normal. J'ignorais même qu'il s'était emballé.

— Ouvre-toi à moi, Anaïs. Je ne peux pas t'aider là où tu t'es réfugiée.

Elle plonge ses yeux dans les miens, hoche la tête. Le canal s'ouvre. Et aussitôt, je suis englouti par sa tristesse. Une émotion que j'ai apprise jadis en prenant forme humaine, mais que je n'avais jamais ressentie ici, sur ma planète.

Je la laisse m'envahir. Je donnerais tout pour revoir son sourire. Puis viennent la peur, la colère. Elle brûle pour sa Terre. Elle me projette des images : le goût du vin, les plats épicés, les rires, les pleurs, même Vénus, son chat…

Je voudrais lui dire que tout cela est fini. Qu'elle n'est plus terrienne, qu'elle ne doit rien à cette planète qui l'a trahie. Mais je sais que mes mots ne suffiront pas. L'humain a besoin d'un peu de chaos, même quand tout va bien. Peut-être surtout quand tout va bien.

J'ai pensé un instant à demander à Métatron de lui ôter ce « petit truc en plus dans son cerveau », ce chaos, ce feu qui la rend si intense. Mais il m'a prévenu : lui enlever, ce serait la transformer entièrement. Elle n'en veut pas. Et moi non plus. Parce que ce qu'elle est… c'est parfait pour moi.

Mais voilà qu'une autre émotion monte en elle. Plus sombre. Le désir de vengeance. Elle veut retourner sur Terre, mettre fin à la guerre. À elle seule. Une partie de moi ne doute pas qu'elle en serait capable.

Son esprit s'emballe. Elle appelle Raphaëlle, Métatron, Gabriel. Elle a besoin de soutien, qu'on l'entende. Tous la laissent faire. Raphaëlle, surtout, se range presque de son côté. Foutue lionne ailée, sans aucune retenue ! Elle enverrait vraiment sa BFF se jeter dans une mort certaine.

Métatron, lui, se sent coupable. Responsable… Mais il sait qu'il ne peut intervenir et qu'il doit laisser ce qu'il considère comme ses enfants se débrouiller. Gabriel, silence radio. Il n'émet rien, reste là, simple présence. Sur Terre, il pourrait devenir le meilleur des psychologues.

Anaïs perçoit mon ambivalence et se détache de moi. Les humains… à la fois des enfants, et une aberration. Si l'humanité disparaît, je ne me battrais que pour empêcher les reptiliens de prendre la planète. Quant aux Terriens… on créerait une autre espèce bien plus évoluée.

— Comment peux-tu penser ça ?! Ne me dis pas que je ne suis plus de là-bas ! La Terre est ma maison. Elle le sera toujours. Elle me manque ! Tu crois que je m'entraîne comme une folle pour quoi ? Pour être envoyée là-bas ! Sinon, je ne le ferais pas. Et je t'interdis de penser à remplacer les miens.

Elle coupe brutalement notre canal, une fois de plus. Ses yeux flambent, ses poings se crispent. Inutile de dire à voix haute que je ne suis pas d'accord quand elle dit que ces idiots sont les siens. Il faut qu'elle se calme.

— Viens… dis-je en ouvrant les bras. Viens.

Normalement, ça marche. Elle se jette toujours dans mes bras. Mais pas aujourd'hui.

— Non ! J'ai besoin de ressentir. De laisser sortir. Si j'avais encore du sang, il bouillirait ! J'ai envie de casser quelque chose, de frapper ! Même si tu ne les aimes pas, les humains sont incroyables. Et je te rappelle que j'en suis issue. Tu m'as aimée là-bas aussi !

Elle tremble. Ses poings s'ouvrent, se ferment. Heureusement, son corps de guerrière encaisse : sa colère devient moteur, pas poison. Mais la panique, la peur... Là, c'est un vrai problème.

Alors, j'ai une idée. Elle a besoin de se défouler. Et je suis le seul qui puisse la contenir et l'autoriser à se défouler ainsi.

— Bats-toi contre moi. Frappe-moi.

Anaïs

— Pardon ?

Je le fixe, abasourdie. Il a complètement perdu la tête. Se battre hors entraînement ou hors danger, ici, c'est pire qu'un péché capital.

— Tu as besoin de te libérer de tes émotions. Et je te rappelle que je suis le plus grand guerrier de ma planète. C'est moi qui décide ! Allez, viens.

— Non. Je peux pas. Je t'aime trop... Je ne peux pas te frapper toi. Cela n'a aucun sens ! On ne peut pas...

Il disparaît, revient avec deux lances d'entraînement. Il me lance la mienne que je rattrape in extrémis.

— Je sais. Mais certaines règles, avec toi, ne tiendront jamais. Alors, viens. Défoule-toi.

— Et si je te fais mal ?

— Mon amour… pour ton humanité, j'ai terrassé votre Diable. Crois-tu vraiment seulement que tu arriveras à me toucher ?

Je tremble encore. La rage monte. Et il ose, il me pousse doucement avec sa lance tout en me défiant avec son regard arrogant.

— Arrête ça… ou je vais…

— Tu vas quoi, mon amour ? Essaie déjà de m'effleurer. Tu ne peux rien contre moi. Allez, laisse sortir cette rage.

Cette fois, je vois rouge. J'éteins tout. Je bondis. Je hurle. J'attaque. Il pare mes coups avec une aisance insupportable. Mais il ne s'attendait pas à une telle force. Mes frappes claquent, résonnent dans l'air, et pour la première fois je vois son regard changer. Il est fier de moi. Il me voit enfin comme la guerrière que je suis en train de devenir, je la ressens aussi. Moi aussi, un jour je terrasserais le diable.

Le combat dure. Longtemps. Trop longtemps. Jusqu'à ce que je m'effondre, vidée. À bout de souffle. Les bras tremblants.

Il me rattrape, me serre. Ses ailes se déploient. Nous rentrons. De retour à la maison, nos bouches se cherchent, nos peaux se répondent, et avec les étoiles pour témoins il me fait tout oublier.

— Merci… soufflé-je, alanguie sur notre lit.

Il m'embrasse. Je rouvre notre canal. Mes émotions sont toujours là, mais plus stables. La part sirusienne reprend doucement le dessus. Les images que j'ai vues me hantent encore, mais moins violemment. Je comprends que, de là où je suis maintenant, je ne peux rien pour l'humanité. Même quand j'étais sur Terre, il ne se passait jamais longtemps sans guerre, sans attentat, sans tuerie pour nourrir l'égo ou le pouvoir de quelques-uns. Je ne suis plus de ce monde-là.

Mickaël se lève, se rhabille, me tend ma toge. En bas, du bruit, nous avons de la visite. J'ai à peine le temps de m'habiller que Raphaëlle surgit, suivie de près par Métatron. Ils échangent un regard. Mickaël fulmine. Il s'est passé quelque chose,

Raphaëlle s'approche, prend ma main, son regard est fuyant.

— S'il te plaît, dis-moi.

Je capte aussitôt le message de Mickaël : « *Elle est trop fragile.* »

Je le foudroie du regard. Il lève les mains, se contient. J'aimerais qu'il arrête de vouloir me protéger comme ça. Il doute de ma force émotionnelle. Mais je vais lui montrer qu'il se trompe.

— Contrairement à ce que tu crois, je ne suis pas en sucre. Et j'ai besoin de savoir. Et je suis assez forte !

— Elle a raison, tranche Métatron. Raphaëlle va rester avec elle pour tout lui raconter. Toi, Mickaël, viens. Le conseil s'est réuni. Nous avons besoin de toi.

Je les regarde, perdue. Je sens que Mickaël reçoit déjà des informations qu'il me cache, une nouvelle fois.

Il me serre dans ses bras, m'embrasse le front. Puis, il m'ordonne de me brancher à l'Etherion. Je voudrais le rembarrer... lui dire que ses accès d'autorité me gonflent. Mais il a raison, j'ai trop vidé mon corps. Je le sens, j'ai besoin d'être nourri.

Alors que les deux guerriers déploient leurs ailes vers le bâtiment des sages, je descends avec mon amie. Et pendant que la Source me recharge, que la vitalité revient peu à peu en moi... je bombarde Raphaëlle de questions.

— J'étais sur Orion, en train de récolter des informations, quand Métatron m'a demandé de venir. Je savais que c'était pour toi. Je suis désolée, Anaïs... vraiment désolée.

La voix de Raphaëlle tremble légèrement, même si elle tente de garder sa dignité. Elle aime les humains.

— Des reptiliens ont infiltré et influencé certains dirigeants humains. Tout est allé vite, bien trop vite. D'abord une guerre numérique, invisible. Puis la propagande, l'intimidation, des menaces voilées... et certains pays ont commencé à créer de nouvelles armes. Un dirigeant a été empoisonné. Un autre a répliqué, par le jeu cruel des alliances. Et puis... tout s'est enchaîné : une guerre nucléaire a éclaté, tuant des milliards d'êtres humains. Ensuite une guerre chimique, et enfin un virus dévastateur... La planète est ravagée. On ne sait même pas s'il reste des survivants. Même les plantes, même les animaux... c'est une extermination.

Je reste d'abord sans voix, intégrant l'impensable.

— Mais... Pourquoi ? À quoi ça leur sert ?

— Ils veulent les ressources de ton ancienne planète et surtout qu'elle ne rejoigne jamais l'alliance. Certains d'entre eux mangent leurs propres enfants, dit Raphaëlle d'une voix sombre. Je suis désolée. Moi aussi, je l'aimais, cette planète. Même ses habitants ! Il y a autre chose aussi... Ils savent pour toi, Anaïs. Ils veulent la technologie qui a permis ta résurrection. Cela fait longtemps qu'ils convoitent ce savoir, et malgré les explications du conseil de l'alliance, ils ne veulent rien entendre. Ils ont même demandé ta tête. Bien sûr... tu te doutes de notre réponse.

Ses mots s'abattent sur moi comme des météorites, creusant des cratères dans mon âme.

— Alors… tout ça… c'est à cause de moi, n'est-ce pas ? Je dois y aller ! Je dois voir de mes propres yeux ! Il faut qu'on les aide !

Je me lève brusquement, le cœur battant à m'en briser la poitrine. Mais Raphaëlle me retient par le bras.

— Non. Tu n'es qu'un prétexte. Cela faisait longtemps qu'ils attendaient une excuse pour précipiter cette fin. Nous aurions dû continuer à intervenir, mais nos sages ont choisi de respecter le traité. C'est ainsi.

Elle baisse la tête, puis reprend avec gravité :

— Nous suivrons ce qui sera décidé. Métatron se battra pour toi, pour ta cause. Et Mickaël… il ressent tout ce que tu ressens. Vos deux cœurs battent à l'unisson. Il ne pourra jamais prendre une décision qui risquerait de t'anéantir.

Je ferme les yeux. Je consulte les canaux télépathiques, les uns après les autres. Rien. Le vide. Pas une image, pas un écho. Je suffoque.

J'ai besoin de voir les images, même si ça fait mal. Je veux affronter la vérité de mes propres yeux. Parce que je ne peux pas croire à l'extinction de mon ancienne race. Pas comme ça. Pas bêtement. Pas parce qu'ils ont été manipulés par une poignée de serpents avides de chaos.

Chapitre 21

Un monde dévasté

Le vaisseau glisse dans l'atmosphère, indétectable pour l'œil humain. Il se fond dans le ciel comme un miroir vivant, un reflet furtif. Et pourtant, même si nous volions visibles, personne n'y verrait rien. Plus personne ne regarde le ciel depuis soixante-cinq ans sur Terre.

Quand la guerre a éclaté et que tout a été ravagé, l'humanité survivante s'est enterrée dans d'immenses bunkers : en Antarctique, en Australie, dans les Andes chiliennes. Quelques poches ont persisté : l'Islande, le Groenland, le Canada, la Scandinavie… Un bunker au Kansas. Un village souterrain en Suisse. Quelques stations en Sibérie.

Le monde s'est effondré : l'hiver nucléaire a duré plus de vingt ans, glaçant la Terre de dix degrés de moins. Puis les saisons se sont déchaînées : des étés enragés, des chaleurs folles, des cultures impossibles. Alors les humains ont planté sous terre. Des cavités creusées dans les entrailles d'une planète qu'ils ont failli tuer. Mais qui, obstinée, survit. La Terre est éternelle. L'humain, non. Simple constat dont ils prennent conscience, je l'espère.

La radioactivité a empoisonné les corps, rongé les chairs. Thyroïdes en flammes, fièvres aveuglantes. L'air sent le désespoir. Puis un virus ancien, échappé d'un vieux laboratoire, a réduit au silence deux nouvelles colonies. J'ai tout suivi, tout regardé. Et chaque jour, mon cœur se fend un peu plus. Même si, je n'étais pas sur Terre, j'ai tout ressenti.

Depuis Sirius, nous avons voyagé jusqu'à une cité des airs, une véritable forteresse orbitale autour de la planète bleue. Autour d'elle, flottent encore des débris, certains déjà brûlés. Ironie du sort : au début de l'apocalypse, l'homme le plus riche du monde avait voulu détruire ses concurrents en lançant une pluie de bombes sur leurs satellites. Il a mal visé, le tir lui est retombé dessus. Le karma existe peut-être après tout. Mais son geste a tout déclenché : la guerre numérique a commencé puis le chaos total.

Soixante-cinq ans plus tard, la nature règne à nouveau. Arbres titanesques, feuillages iridescents, fleurs phosphorescentes, faune mutante. Mais c'est une nature vengeresse, sauvage, dangereuse. Comme si la Terre a décidé de se défendre, en faisant pousser des plantes toxiques, carnivores, impossibles à approcher. Les animaux ont muté, repris le pouvoir. Le chasseur est devenu chassé.

Malgré cela, j'ai tellement hâte de reposer les pieds sur Terre. J'ai tout fait pour pousser cette mission. L'alliance galactique a attendu trop longtemps, tétanisée par la peur d'une guerre ouverte avec les reptiliens. Si ça n'avait tenu qu'à moi, nous serions intervenus dès la fin du conflit. Nous avons la technologie pour tout rétablir, pour purifier, pour soigner. Mais il a fallu patienter. Accepter l'inacceptable et voir le nombre de morts grandir, toujours plus.

Alors j'ai redoublé d'efforts. Je suis devenue une véritable guerrière. J'ai tout appris, tout absorbé, tout intégré. Je vis désormais avec mon canal télépathique ouvert en permanence, même si j'ai appris à garder certains secrets bien enfouis. Avec Mickaël, nous dansons ensemble, entre tango sensuel et musique électronique effrénée. Nous nous complétons. Lui et moi, nous avons la même énergie, la même soif de nous dépenser. Et j'ai fini par devenir... badass, vraiment. Il reste peu de choses qui m'effraient. On murmure même mon nom pour une future place au conseil des sages.

Ma seule limite : le canal général des Sirusiens. Trop de voix, trop de flux, comme des acouphènes stellaires. J'ai appris à m'en protéger, à créer des groupes mentaux, des cercles réduits. Mais parler à voix haute reste mon moyen de communication préféré. Et toujours en français. C'est peut-être de la nostalgie, mais je refuse de dire adieu à cette part de moi.

Depuis la cité orbitale, les équipes se déploient, s'équipent. Nous reprenons place dans des vaisseaux plus petits. Mickaël me sourit et me laisse tenir la barre. Pour ce retour sur Terre, c'est moi qui nous y conduis. Évidemment, j'ai choisi la France. Chacun a son secteur; le mien sera la Gironde, la Charente-Maritime. Mes racines.

Nous atterrissons près de la centrale nucléaire de Blaye. Mon ancienne demeure n'était pas loin. J'ai convaincu Mickaël de m'y emmener, une fois notre mission terminée. Je dois voir.

Devant nous, du béton fissuré, englouti sous la végétation. Nous sautons, nos ailes déployées, nos armures translucides vibrantes d'énergie. Je sens la pulsation du sol contaminé. Nous commençons la purification.

Jour après jour, entre deux allers-retours à la station orbitale, nous décontaminons, nous retenons la vie, nous rendons la vie humaine possible enfin on l'espère. Il ne reste presque rien là où nous passons... seulement une faune cauchemardesque, née des ruines.

Cette faune n'a plus rien de commun avec celle que j'avais connue. Dans l'estuaire, les poissons ont perdu leurs couleurs : translucides, on distingue leurs organes qui luisent faiblement dans l'obscurité. Les silures, déjà immenses autrefois, sont devenus monstrueux, cuirassés, leurs mâchoires élargies capables d'avaler un humain entier sans difficulté. Dans les marécages, des anguilles luminescentes ondulent la nuit, pareilles à des serpents de lumière dans une eau encore chargée de toxines.

Sur les terres, les sangliers dominent. Leur peau s'est épaissie, hérissée parfois d'excroissances osseuses qui les protègent comme une armure naturelle. Les chevreuils, plus maigres, ont survécu en développant de grands yeux adaptés à l'obscurité permanente des sous-bois. Les renards ont changé de pelage : argenté, presque métallique, capables de se fondre dans le décor.

Dans le ciel, les corneilles ont muté : certaines portent un troisième œil au milieu du front, d'autres n'ont plus de plumes, leur peau nue, les rendant encore plus inquiétantes. Les chauves-souris sont devenues gigantesques ; leur vol, lourd et oppressant, couvre parfois tout un village en quelques battements d'ailes.

Quant aux insectes, ils règnent. Plus grands, plus résistants, certains se déplacent en colonies souterraines, d'autres bâtissent des nids qui transforment les ruines humaines en un amas organique. Le simple frisson d'une toile phosphorescente suffit à rappeler que chaque fissure peut abriter un prédateur.

Et puis, il y a les anciens animaux domestiques. Les chiens se sont regroupés en meutes, redevenus des prédateurs organisés. Plus massifs, leurs crocs se sont hypertrophiés. Les chats sont devenus des chasseurs nocturnes redoutables, leurs yeux brillants comme des signaux d'alerte. Les vaches, abandonnées depuis des décennies, ont dégénéré en bêtes sauvages, faméliques, aux cornes difformes.

Tout est encore vivant ici, mais rien n'a gardé sa forme d'origine. Cent ans et quelques après, la nature a repris sa place, mais elle n'a plus rien de familier. Elle est redevenue une ennemie autant qu'un miracle.

******

Une fois notre mission enfin terminée, on vole jusqu'à l'endroit où j'ai été tuée. Je redoute ce moment. Mickaël et Raphaëlle me suivent. Mais, il ne reste rien, bien sûr. Quelques ruines éparses grignotées par l'océan. Rien de moi. Mon cœur s'alourdit. Mickaël pose son front contre le mien. Tout explose à l'intérieur de moi, il comprend en même temps que moi, et une larme m'échappe. Je n'ai jamais vraiment fait mon deuil. Et pourtant, c'est une étape nécessaire si je veux vraiment vivre ma nouvelle vie, qui n'est plus si nouvelle d'ailleurs.

Je dois laisser l'ancienne Anaïs disparaître à jamais. Je ne suis plus elle, même si ses souvenirs me traversent encore. Mais eux aussi s'effacent peu à peu, remplacés par cette nouvelle existence.

Je m'élève et me pose sur la plage, celle qui m'a tant de fois offert son espace pour profiter, pleurer, réfléchir. L'océan, lui aussi, est méconnaissable. Son bleu a disparu. Il oscille entre vert opaque, brun rouillé ou noir pétrole, selon les zones. À la surface flottent des nappes de méduses fluorescentes. L'équipe dédiée à sa purification lui rendra un jour ses couleurs d'antan, mais il faudra des générations avant que les plaisirs de la plage redeviennent possibles. J'aimerais voir quelles créatures hantent ses profondeurs. Même si je n'ose les imaginer.

Mickaël et Raphaëlle me proposent alors un rituel. Dire adieu, une bonne fois pour toutes. J'accepte. Un feu rougeoyant crépite. J'y laisse l'Anaïs humaine s'effacer : son rire, ses peurs, ses failles… mais aussi son humanité, sa résilience. Mes deux proches, chacun à mes côtés, ne disent pas un mot. Mais leurs mains serrent la mienne. Le vent se lève soudain. Même avec nos interventions, il faudra du temps avant que le climat ne s'apaise. Ici, c'est le chaos : un instant, il fait beau ; l'instant d'après, c'est l'enfer.

— Vous croyez qu'ils vont s'en sortir ? Je veux dire… les humains. Est-ce qu'un jour, il y aura de nouveau un enfant courant ici, riant avec ses amis dans les vagues ?

Pas de réponse. Un silence lourd et étrange. Je lâche leurs mains et me tourne vers eux.

« *Quoi ? Qu'est-ce que vous me cachez encore ? Toi et ton air coupable, Raphaëlle ! Et toi, Mickaël, ne me mens pas, je vois bien ton regard !* »

Il secoue la tête comme pour me signifier rien, mais je m'avance. Je sais qu'il me ment. Alors je reprends à voix haute, le ton ferme :

— Ah non, pas ça ! Je connais ce regard, celui qui croit me protéger. C'est ridicule ! Je te rappelle que certains me considèrent comme ton égale maintenant. Alors, crache le morceau, mon cœur ! Qu'est-ce que tu me caches ?

Il me fixe, et dans ses yeux… de l'appréhension. Oui. De la peur.

— Pas maintenant. Je te dirai tout… quand nous serons rentrés.

Je me tourne vers Raphaëlle.

—BFF? Dis-moi ?

Elle se tourne vers Mickaël.

— Je veux juste te protéger, dit-il. Je reconnais ta force comme égale à la mienne, mais je n'aimerais jamais te faire du mal gratuitement. Et n'en veux pas à Raphaëlle : elle ne fait qu'exécuter les ordres que je lui ai donnés. Pour une fois, elle m'écoute !

— Crache le morceau, Micka. De toute façon, rien ne peut être pire que ça !

J'embrasse l'horizon de mon bras.

— On remonte d'abord, et je te dis tout.

Je fixe Raphaëlle qui s'envole déjà, son canal télépathique soigneusement fermé.

J'abandonne à mon tour pour l'instant, mais je sais qu'une fois à bord je les cuisinerais.

Autour de nous, d'autres galactiques, prennent aussi le chemin du retour. Pour celui qui sait voir, il y a une multitude de présences lumineuses, toutes convergeant vers le vaisseau-mère. Cela m'inquiète. Le travail de purification est loin d'être terminé, et pourtant tous rentrent.

Dans le calme de la station orbitale, Métatron nous rejoint. Son visage est grave, et je crains le pire. Nous nous installons dans une salle de repos, aux murs noir et bleuté constellés d'éclats scintillants. Une large fenêtre donne sur la planète Terre.

Mickaël se place derrière moi, comme pour me soutenir. Métatron, en face, m'envoie des images. Ce que je vois me laisse sans voix : les dernières colonies humaines s'entretuent.

« *Tu connais nos lois. L'humanité possède son libre arbitre. Nous avons pu intervenir parce que les reptiliens sont allés trop loin, rendant cette planète inhabitable, même pour eux. Ils nous l'ont donc laissée. Mais nos règles sont claires : nous pouvons aider, pas interférer. Pour l'instant, l'humanité a choisi le chaos. Elle s'entretue pour des miettes.* »

« *Je suis désolé, ajoute Mickaël dans le canal, après Métatron. Je voulais que tu fasses ton deuil en paix.* »

Je m'appuie contre lui, mais les images continuent de défiler. Des actes de barbarie impensables, jusqu'à des sacrifices d'enfants.

« *Le Conseil a décidé. Nous les laissons à leur sort. Soit ils se reprendront, soit ils s'éteindront.* »

— Non. Ce n'est pas possible. Il faut leur montrer un autre chemin !

— Ils ne valent plus le risque, répond Métatron. Regarde autour de toi : les peuples galactiques, les vois-tu prêts à prendre ce fardeau ?

Raphaëlle assène le coup final :

« *Sur Orion, nous sommes d'accord avec le Conseil.* »

J'ai besoin de temps. Je quitte la pièce, le cœur en flammes. Je veux rentrer chez moi. Mais avant de sortir, je me retourne une dernière fois :

— Vous allez les regarder mourir ? Comme vous m'avez laissée tomber, moi ?

C'est mesquin, cruel, mais je ne peux pas faire autrement. Qu'ils soient humains ou Taplakoi, ou n'importe quelle autre espèce en évolution, je ne peux concevoir qu'on laisse une race entière disparaître.

Nous rentrons en silence. J'ai fermé tous mes canaux, murée dans mon propre vide. Je dois digérer. Et trouver une solution. Seule, s'il le faut.

L'aube bleutée s'étend quand nous arrivons. J'ouvre mes ailes, vole sans but, jusqu'à me retrouver devant la porte de Gabriel. J'ai besoin de lui, de ses conseils, mais il est absent. J'entre quand même dans son antre. Des plantes terrestres irradiantes couvrent ses tables de travail.

Je marche sans savoir où aller, jusqu'à me poster devant la vieille cabine de téléportation. Celle qui m'avait permis d'arriver ici. On dit qu'elle ne fonctionne plus depuis mon dernier passage.

J'y entre. Je m'assois, les genoux contre ma poitrine. Je pense à ma naissance dans ce corps. Je pense à la Terre. Une larme s'échappe, tombe sur le sol.

La cabine se met à trembler. Une lumière aveuglante jaillit.

Et je disparais.

Chapitre 22

Merci mes ancêtres.

Mes capacités s'activent d'elles-mêmes et je me réceptionne avec une précision presque irréelle, comme si mon corps avait deviné la gravité de ce lieu avant même que ma conscience ne l'admette. La téléportation m'a secouée, mais je me stabilise vite. Je ne me pose pas de questions, je reconnais tout de suite l'endroit qui m'a vue naître une seconde fois, non pas humaine, mais sirusienne.

Pourtant, tout est différent. Là où j'avais ressenti jadis la chaleur d'une renaissance, il n'y a plus que froideur minérale. Les parois semblent avoir perdu leur mémoire lumineuse, rongées par le temps, avalées par une ombre poisseuse. Les roches pleurent des filets d'eau sombre.

Derrière moi, la cabine tremble, émet une plainte métallique, puis rend son dernier souffle. Je me retourne juste à temps pour la voir s'effondrer sur elle-même. Des étincelles jaillissent, s'éteignent. Elle est morte. Définitivement. Cette fois, je ne pourrai plus l'utiliser pour rentrer. Le chemin du retour m'est coupé.

Je n'ai donc pas le choix, je me retourne et avance. Le couloir se rétrécit peu à peu, m'obligeant à plier mes longues jambes, à ramper, à me frotter contre les pierres qui accrochent mon armure. Chaque pas est un combat. Le silence est lourd, seulement brisé par les craquements de la roche. Et puis une lueur s'invite. Elle caresse les parois, donnant à l'endroit un aspect à la fois apaisant et inquiétant.

Je lève les yeux. Dans le plafond effondré, un trou minuscule s'ouvre, pas assez large pour mes épaules, mais suffisant pour que j'y aperçoive un éclat de lune et quelques étoiles. Mon cœur se serre. Je suis sur Terre.

La nostalgie me frappe de plein fouet. J'aurais presque aimé avoir encore des poumons, juste pour sentir l'air vicié, toxique, brûler ma gorge et me rappeler la fragilité de ma première vie. Bon, ok plutôt pour avoir la possibilité de respirer un air sain, mais je ne sais pas si, dans la partie du monde dans laquelle je me trouve, si c'est possible. De toute façon, je n'ai aucune possibilité de respirer maintenant, rien ne peut m'affecter de côté-là.

Si ma mémoire est bonne, il y a un autre tunnel très étroit pour moi qui mène à l'extérieur. J'ai une échappatoire. Je m'assois sur la grande pierre au centre de la salle, précisément là où j'ai fait circuler pour la première fois mon système intérieur de vaisseaux. Là, où j'ai grandi, mué, devenu celle que je suis maintenant. Elle est intacte, comme si elle avait résisté à l'érosion, gardienne immuable d'un passé oublié. J'ai l'impression qu'ici, assise, je tiens enfin debout dans ma tête, comme si cette pierre m'ancre un instant à quelque chose de plus grand que moi.

Je repense à cette impression que j'avais loupé la réception d'un message avant de me télétransporter. Mais depuis mon dernier passage, la grotte a vieilli. Les équipements du laboratoire sont devenus des fantômes, des carcasses prêtes à se dissoudre dans la poussière.

Je me lève, cherche, fouille. Mes mains glissent sur des surfaces froides et tranchantes. Je manque de trébucher plus d'une fois. Si je tombe mal, je ne ressortirai jamais d'ici seule. La pierre est trop fragile, fissurée de partout. À chaque geste, des pluies de poussière s'abattent sur moi, comme des avertissements. Un mouvement brusque, et un vieux microscope se détache, chute lourdement, entraînant d'autres objets. Le bruit résonne, assourdissant. Je me fige, prête à fuir. Mais au lieu de l'effondrement redouté, un miracle, ou un hasard chaotique, se produit.

Un grésillement.

Un écran s'allume dans une alcôve.

Je reste figée. L'écran vacille, projette des lueurs bleutées, presque douloureuses pour mes yeux accoutumés à l'obscurité. Des fichiers apparaissent, disparaissent, clignotent. La machine semble vouloir rendre l'âme d'une seconde à l'autre.

Je m'approche. Mes doigts effleurent le moniteur, froid et rugueux. Deux mots surgissent, limpides, presque insolents dans leur simplicité. Je le lis à voix haute :

« Réincarnation humaine ».

Un frisson me traverse.

J'essaie de toucher l'écran. Il n'est pas tactile. Je cherche une souris, un clavier, n'importe quoi. Rien. Juste cette antique relique qui menace à tout moment de s'éteindre.

Je me laisse tomber contre le mur, face à la machine, mes pieds repliés sous moi. Mon esprit s'emballe. Mes pensées tournent, se cognent entre elles. Je sens que je suis au seuil de quelque chose d'essentiel. Un secret. Une vérité.

Je pense à la Terre. À l'humanité qui s'éteint, encore et encore, par orgueil, par peur, par ignorance. Pourquoi ne comprennent-ils pas ? Pourquoi toujours se déchirer ? Pourquoi préférer brûler plutôt que tendre une main ?

Je ferme les yeux. Je me touche le front, comme si je pouvais gratter cette rage incrustée dans mon âme. Est-ce ma part humaine qui refuse de lâcher ? Est-ce ma part reptilienne ? Ou simplement cette étincelle guerrière qui m'anime depuis toujours ? Ce petit truc en plus, cette faille, cette force qui fait que je ne lâcherai jamais.

La Terre est encore magnifique, malgré ses plaies. L'air redeviendra pur. L'eau nourricière. Il suffirait de si peu. Mais toujours, les hommes choisissent le chaos.

Mickaël me manque. Terriblement. Mais je ne rouvre pas notre canal. Je suis encore trop en colère. Lui et moi, nous avons toujours ce gouffre : il refuse de voir que les humains et les sirusiens ne sont pas si différents. Les humains sont juste plus jeunes, maladroits. Et puis... on n'abandonne pas un peuple qui souffre, surtout quand ce peuple existe à cause des erreurs des siens.

Je donne un coup de pied rageur dans un caillou. Il ricoche, frappe le mur, puis mon berceau. Le son se propage dans la grotte comme un tambour. Et soudain, la grande pierre centrale gronde. Un déclic retentit. Un tiroir secret s'ouvre.

Mon cœur bondit.

À côté, un faisceau lumineux s'active sur le mur. Je retiens ma respiration. Une vidéo commence. Et je les vois. D'abord, Jésus. Mon aïeul. Son visage est comme les reproductions que Métatron m'a montrées. Il est cependant beaucoup plus vieux, mais habité d'une lumière que rien ne peut ternir. À ses côtés, Marie-Madeleine. Ils ont vieilli ensemble, on voit que leur amour est intact. Et je ne peux m'empêcher de me demander : est-ce que Mickaël et moi, on ressemble à ça quand on se regarde ? Ils sont beaux. Beaux d'une beauté qui n'a rien à voir avec la chair, mais tout avec la lumière.

Marie prend la parole, sa voix douce, mais ferme :

— Es-tu sûr que tout ça ne tombera pas entre de mauvaises mains ?

Jésus baisse la tête, un sourire mélancolique effleurant ses lèvres.

— Non. Seule notre descendance peut accéder à cette grotte. Sinon, tout ce pour quoi nous nous sommes battus disparaîtra.

J'ai l'impression d'entendre Métatron lui-même quand Jésus répond à sa compagne. Sa voix, grave, douce, vibre d'une fatigue millénaire. Ses yeux brillent d'une flamme qui n'a pas cédé malgré les siècles. Il se redresse légèrement, comme pour soulager ses os usés, puis commence à raconter.

L'image est floue, tremblante. À ses côtés, Marie-Madeleine pose sa main sur la sienne. Ils parlent à deux voix, s'interrompant, se complétant, comme un seul être en deux corps.

— Nous avons traversé les âges... dit-il lentement. Mille cinq ans et plus dans une enveloppe humaine. Cela paraît long, mais pour nous, pour notre lignée, ce n'est qu'un souffle. Pourtant, dans ces corps fragiles, chaque année est une bataille.

Marie reprend, ses yeux sombres reflétant une détermination tranquille :

— Nous avons connu les guerres, les bûchers, les tortures. Nous avons vu les reptiliens manipuler, détruire, corrompre. Et pourtant, nous avons tenu. Cachés, travaillant toujours à notre but.

Je retiens mon souffle. Leurs mots me traversent. Ce n'est plus une simple vidéo : c'est une mémoire vivante qui s'offre à moi.

Ils parlent du Moyen Âge, de l'ombre de l'Église, des inquisitions. Ils évoquent les reptiliens qui, tapis dans l'ombre, soufflaient la peur dans le cœur des puissants. Je sens leur douleur, leur lassitude, mais aussi leur incroyable résilience.

Puis Jésus mentionne un sommet galactique. Ses yeux se voilent. Un jour, pour maintenir la paix, certains ont voulu nous sacrifier. L'alliance... presque d'accord pour nous effacer. Je parle d'eux, de moi et de tous ceux au milieu qui sont morts ou vivent encore. Mais la vie est sacrée, même pour eux. Ce respect nous a sauvés.

Je frémis. Le contraste me déchire. À cette époque, la vie était précieuse aux yeux des galactiques. Aujourd'hui, ils laissent l'humanité entière s'éteindre sans lever le petit doigt. Une colère sourde bouillonne sous ma peau translucide.

La vidéo se poursuit. Jésus parle d'une découverte :

— Nous avons trouvé, loin d'ici, dans un système voisin, une matière unique. Elle permet de capter une âme et de l'amener à renaître dans le corps choisi.

Mes yeux s'agrandissent et mon cœur s'accélère. Si c'est vrai... alors tout est possible. Marie poursuit, ses yeux rivés sur la caméra :

— Nous ne voulions pas garder ce secret si longtemps au départ. Nous voulions et voulons le transmettre, mais pas à n'importe qui et surtout pas après ce dernier sommet. Nous espérions que nos descendants viendraient plus tôt. Qu'une rencontre aurait été possible. Un passage de flambeau. Une compréhension.

Elle s'interrompt, échange un regard avec Jésus. Ce regard contient mille vies, mille épreuves, mille renaissances. Leur amour est une vérité brute.

Puis elle ajoute :

— Nous avons laissé des carnets, des disques. Les clés de ce savoir. Mais prenez garde...

Jésus la rejoint d'une voix ferme :

— Ne laissez jamais les Reptiliens mettre la main dessus. Si un seul serpent s'en empare, tout est perdu. La lumière deviendra mort et destruction.

Il se lève alors. Son corps est marqué, voûté, mais dans sa démarche, je sens encore la force d'un jeune homme. Sa main serre celle de Marie. Elle sourit. La vidéo vacille une dernière fois et s'éteint.

Silence.

Je reste figée, le cœur battant trop fort. Mes pensées s'entrechoquent. Une armée d'étoiles pourrait naître de cette vérité. L'humanité sauvée, renaissante. Mes doigts tremblants ouvrent le tiroir révélé par la pierre. À l'intérieur, des M-Disc scellés, des carnets épais, remplis d'écritures serrées, de symboles anciens. Je les ramasse un à un. Mes mains caressent les couvertures usées comme si elles touchaient des reliques sacrées.

Je tente de sortir par le passage humain. Étroit, étouffant. Je rampe. Mes épaules frottent, se coincent. Mais bientôt, un mur de pierres m'arrête : un éboulis bloque toute sortie. Je m'assieds, haletante, le front contre la roche. Avec appréhension et encore un peu de colère, je réouvre enfin notre canal.

La réaction est immédiate. Mickaël.

Son soulagement me submerge. Ses pensées jaillissent : il m'a crue morte. Morte une seconde fois. Il s'était préparé à me suivre, à abandonner tout pour me rejoindre dans les confins. Je prends toute la mesure de notre lien et une part de moi culpabilise. Je ressens sa peur, sa colère, son amour brut. Ses ailes se déploient quelque part, prêtes à traverser l'univers pour me retrouver.

Je commence à raconter. Je projette mes images : la vidéo, Jésus, Marie-Madeleine, leurs visages, leurs mots. J'entends Gabriel et Métatron se brancher à leur tour, leur excitation monter. Même Raphaëlle peste, incapable de cacher son empressement. Une armée entière est déjà en route pour venir me chercher.

Je donne mes repères : par le trou au plafond, l'alignement des étoiles, la position de la lune. Tout converge. Je suis en Turquie, dans une grotte oubliée.

J'attends patiemment que l'on vienne me libérer tout en continuant de révéler ce que j'ai vu. Puis, la grotte s'illumine soudain. Les murs vibrent. On me dit de me mettre à l'abri, de me cacher dans le couloir menant à la cabine effondrée. Je m'exécute et je me plaque contre la roche. Un fracas. Puis un autre. La lumière explose, un souffle traverse la grotte. Je ferme les yeux. Quand je les rouvre, il est là.

Mickaël.

Ses bras m'encerclent, me soulèvent comme si j'étais faite de plumes. Ses yeux sont durs, glacés. Sa peur s'est muée en colère. Mais bientôt, son regard se fissure. Son soulagement prend toute la place. Il m'embrasse le front avant de me serrer encore plus fort.

— Plus jamais ça, souffle-t-il. Plus jamais. Peu importe ce que tu viens de découvrir.

Je serre mes découvertes contre moi, incapable de répondre.

Mon cœur bat à l'unisson avec le sien.

Chapitre 23

Une expérience de renaissance

Les visages sont graves. C'est la cinquième fois que ça rate. Et cette fois-ci, c'est pire que tout : un bébé et sa mère sont morts. Sans parler du jeune Sirusien, plein d'espoir, qui y a laissé sa vie. Le laboratoire tombe dans un silence pesant. Je suis figée, incapable de croire que cela recommence.

Gabriel est le premier à bouger. Il se lève d'un geste sec, traverse la pièce, se penche sur les écrans. Il cherche, il fouille, il cherche la faille. Quelque chose qu'il n'arrive pas à saisir, que nous n'arrivons pas à saisir.

— Il faut que je revoie mes notes. Je vous laisse, dit-il simplement.

Il sort sans attendre de réaction.

Quand je suis revenue sur Sirius après ma petite aventure laborantine sur Terre, nous nous sommes réunis : Mickaël, Raphaëlle, Métatron, Gabriel et moi. Puis, nous avons affronté le Conseil des Conseils, ce cercle ultime composé d'un Sirusien, d'un Pléiadien, d'un Orionnais et d'un Acturien. Ils ont été clairs : si cette technologie fuite, si des rumeurs atteignent les reptiliens, une guerre totale éclaterait. Ils veulent déjà ma tête et je me sens quelque part responsable de ce qui est arrivé sur Terre. Nous n'avons donc pas le droit à l'erreur. Alors ils nous ont donné un emplacement sécurisé, un accord officiel... si on peut dire ça comme ça et une limite stricte : aucune perte.

Mais là, devant nous, un jeune Sirusien gît sans vie. Comment allons-nous justifier ça ? Métatron se penche sur lui, les traits tirés. Raphaëlle tente une dernière fois de raviver la lueur de vie avec ses dons de guérisseuse, mais rien ne répond. Même elle, toujours si lumineuse, baisse la tête.

J'envoie voler les notes et les tablettes qui étaient posées devant moi. J'ai beau relire, revoir les séquences, tout a été appliqué à la lettre : les directives laissées par nos ancêtres, les schémas, les mesures, tout. Sans compter l'expédition secrète que nous avons menée pour récupérer le minéral rare permettant la captation de l'âme...

Tout cela pour ça. Métatron recouvre le corps du Sirusien. La porte du sas s'ouvre : Mickaël arrive. Il a senti mon effondrement à travers notre canal, et ce que je lis en lui, je ne suis pas prête à l'entendre.

— Ne pense pas à tout arrêter, dis-je avant qu'il n'ouvre la bouche. Nous allons y arriver.

Il me répond à travers notre canal, cette perte ne passera pas.

« Combien de morts faudra-t-il encore pour que tu comprennes ? Cette expérience est allée trop loin. Là, c'est fini. »

Je secoue la tête.

— Non ! Il faut sauver la Terre ! Il nous manque quelque chose. Gabriel va trouver.

Il ne me répond pas. Il ne s'approche même pas de moi et ça, c'est un fait exceptionnel. Il coupe ce qu'il peut percevoir de mes émotions, un geste qu'il ne fait jamais. Et en face de moi ne se tient plus mon autre moitié. C'est le chef des armées qui me regarde.

Métatron pose une main lourde sur mon épaule.

— Je vais voir les Sages. Je vais demander s'il est possible d'obtenir un dernier essai. Mais ce sera le dernier. Après, il faudra se résigner.

Il sort, ailes déployées, la tristesse bien trop visible sur son visage. Raphaëlle m'enlace brièvement. Même elle, si joyeuse d'habitude, semble à deux doigts d'abandonner. Quelques secondes plus tard, elle quitte la pièce, je la vois passer toutes ailes déployées devant la grande ouverture de notre laboratoire.

Je reste seule avec Mickaël. Mes idées tournent à toute vitesse. Comme chaque jour, j'ai regardé la Terre. Les images. Les guerres. Les derniers survivants qui se déchirent encore entre eux. Je ne peux pas les laisser tomber. Je n'y arriverai pas. Quelque chose en moi, dans ma mémoire, dans mes os, ma culpabilité peut-être, refuse d'abandonner cette planète.

Et je le sens : nous sommes proches du but. Il nous manque un point, une compréhension, un détail crucial. J'ai presque l'impression de l'avoir sur le bout de la langue. Je repense à l'essai. L'âme était là. Puis elle a été rejetée. Comme si... la place était déjà prise.

Mickaël captant tout me répond :

— L'univers avait choisi une autre âme...

Il ferme les yeux et continue comme si voir ce corps était au-delà de ses limites.

— Si la coquille n'est pas vide, tu ne peux pas forcer l'âme d'un autre. Ce bébé avait déjà son âme. Il n'y a pas trois, mais quatre personnes qui sont mortes ici. Il y a des lois dans l'univers. Des contrats. Nous sommes tous des poussières d'étoiles. Il parait que certaines âmes humaines, après une longue évolution, peuvent s'incarner ailleurs. Mais à mon avis, c'est une légende.

Je serre le poing. Et soudain, ça clique. L'annonce faite à Marie. L'annonce faite à la mère de Marie-Madeleine. Gabriel qui prépare le terrain avant l'incarnation, il leur avait annoncé que leurs futures enfants ne seraient pas comme les autres. Mes pensées s'envolent à voix haute.

— Il faut une coquille vide, que l'âme choisisse avant. Dis-je, il faut agir en amont.

Je m'arrête. Quelque chose vient de s'allumer en moi. Et Mickaël, pour la première fois depuis la tragédie, relève vraiment la tête. Je continue.

— Joseph était stérile, ok. Là, ce sont mes aïeux qui sont intervenus, je le sais maintenant. Mais il manque quelque chose. On agit à l'envers, dis-je en faisant les cent pas. Je m'arrête, les yeux fixés sur un point invisible.

— Il faut créer la place. Ne pas forcer l'univers. On ne peut pas contraindre une âme. Mais on peut orienter, accompagner, ouvrir un chemin qui n'existait pas.

Je reprends, la voix plus assurée :

— On doit agir dès la conception. Pas après. Il faut intégrer l'idée dans les parents avant même qu'ils ne se rencontrent, ou au moment précis où leurs chemins se croisent. Un truc comme ça. Comme ici, on ne fait la demande qu'à un moment précis. Il y a peut-être quelque chose comme ça sur Terre. Une sorte d'appel, un murmure entendu par une future âme qui attend sa prochaine incarnation. Il ne faut pas juste être là à l'accouchement. Ça ne marchera jamais comme ça.

Je m'interromps. La vérité me frappe soudain :

— D'ailleurs... C'est peut-être pour ça que ça n'a pas fonctionné pour moi non plus. Ils étaient pressés. Ils n'ont pas suivi leur propre protocole. C'est ainsi que j'ai fini sirusienne, votre planète m'a acceptée dans un embryon qu'elle a créé pour moi.

Mickaël me regarde, légèrement perdu. Puis je sens l'étincelle. Il comprend. Mais sa réticence, son refus viscéral de réessayer, est encore trop fort. Il détourne la tête, comme s'il ne voulait rien entendre. Pour lui, un mort c'est déjà trop. Trop de risques. Trop de pertes. Il ne veut pas que l'on refasse un essai. Cependant, nos liens sont trop puissants. Les émotions que je projette, malgré moi, percent son armure. Je sens son esprit s'activer, remuer, réfléchir malgré lui.

J'envoie ensuite dans le canal du groupe mes réflexions, pour que tout le monde suive mon raisonnement. Je tourne en rond, incapable de rester en place. Et soudain, Mickaël lâche une idée qui manque de me faire tomber la mâchoire :

— On pourrait enlever des femmes et implanter un embryon modifié.

Je m'immobilise. Raphaëlle aussi. L'horreur est immédiate.

— C'est NON ! Je lui réponds à voix haute. Jamais ! Comment veux-tu qu'une âme pure s'incarne dans le corps d'une femme violée de son libre arbitre ?

Raphaëlle renchérit de retour :

« C'est de la barbarie, Mickaël ! »

Il reste figé une seconde. Puis son énergie se fissure, comme si sa propre logique venait de le trahir. Il comprend sa bêtise. Il comprend qu'il a parlé en chef de guerre, pas en être éclairé. Je le vois se reprendre, mais ses pensées restent sombres. Il a choisi de protéger la Terre et les humains, mais il est las de leurs actions, parfois, il se perd entre stratégie et valeurs.

C'est à ce moment que Gabriel revient.

— On tient quelque chose, dit-il.

Puis il regarde Mickaël, impassible.

— Pas ton idée, évidemment. Mais l'incarnation… Comment ai-je pu oublier ? Merci Anaïs. Tes pensées sont justes. Cruellement justes.

Il s'avance, les yeux rivés sur un point qui n'existe que pour lui.

— Quand ton ancêtre a disparu, j'ai cherché longtemps. Marie-Madeleine ne m'a jamais révélé la vérité. Elle a disparu à son tour. Alors j'ai cherché leurs signatures énergétiques, fouillé leurs traces, retrouvé leurs écrits. C'est là que j'ai compris ce qu'ils avaient fait.

Il marque une pause, son regard se perd un instant dans le passé.

— C'est ainsi que j'ai prévenu Marie, Joseph et la mère de Marie-Madeleine. Je leur suis apparu, dans ma lumière, pour leur annoncer qu'ils allaient accueillir un enfant des étoiles. Ils ont compris « enfant de Dieu », mais je savais que tes aïeux tentaient l'impossible.

— Avant leur naissance, les mères savaient déjà, poursuit-il. Parce que je leur avais montré. Et aucune autre âme ne pouvait les choisir.

Un frisson me parcourt.

— Alors… il suffirait de trouver des hommes et des femmes capables d'accueillir une âme, dis-je. De tourner autour d'eux. De guider la conception. D'être là avant même que l'idée ne germe…

— Et de filtrer pour éviter que l'un des nôtres arrive chez des dégénérés, ajoute Mickaël.

Nous ne répondons pas. Parce que ce n'est pas étonnant venant de lui. Et parce que, malgré sa manière abrupte de le dire, il n'a pas totalement tort. Un silence se pose. Mais un silence différent : un silence d'espoir.

Raphaëlle revient à cet instant précis. Son visage s'éclaire, ses ailes frémissent. Elle a compris elle aussi.

— Si on tente, dit-elle, ce sera le dernier essai. Vous le savez.

Je hoche la tête.

— J'ai besoin de temps, dit Gabriel. Je dois revoir mes notes. Fouiller dans ma mémoire. Tout reprendre depuis le début. Seul.

Il nous invite d'un geste ferme à sortir. Mickaël se tend, mais obtempère. Nous quittons la salle, presque à contrecœur.

Dehors, la lumière de Sirius baigne la clairière où notre laboratoire secret est dissimulé. Je réalise d'un seul coup que je suis à bout. Mon corps réclame la source. La fatigue me tombe dessus comme une chape de plomb.

Mickaël le sent instantanément. Il m'attire contre lui, me soulève sans effort et me ramène chez nous, ses ailes déployées autour de moi. Je ferme les yeux. Je n'ai jamais été aussi épuisée. Mais pour la première fois depuis des jours… un mince fil d'espoir pulse dans ma poitrine.

******

Des dizaines d'années humaines plus tard, un nouvel essai, le dernier, va peut-être enfin porter ses fruits. Le dernier depuis la catastrophe. Le dernier possible.

Tout le monde est là. Même le Conseil Ultime des Sages, dont la présence seule suffit à faire trembler l'air : un Sirusien, un Pléiadien, un Orionnais, un Arcturien. Quatre volontés, quatre puissances, quatre visions de l'univers. Je croise les doigts. J'ai peur. Car si cet essai échoue… ce n'est pas seulement l'espoir qui disparaîtra. C'est Gabriel. L'un des plus brillants esprits de l'alliance. L'un des futurs Sages de Sirius.

Cette fois-ci, nous avons fait les choses correctement, enfin lui. Gabriel s'est choisi une mère humaine. Mélinda. Une femme seule, réfugiée dans une petite communauté souterraine où elle recueille les orphelins de l'ultime guerre. Une survivante, une guérisseuse, une étoile vacillante, mais solide. La bonne nouvelle, la seule depuis soixante ans : plus aucune guerre humaine n'est en cours. Les groupes sont dispersés, murés dans leur silence. Ils cultivent, respirent, survivent tant bien que mal dans un monde redevenu sauvage, instable, mais, miracle, apaisé. Ils sont trop peu nombreux pour continuer à s'entretuer, leurs instincts de survie, les poussent à tenir ensemble.

Gabriel veille sur Mélinda depuis un an. Il lui a soufflé qui choisir comme père, ou plutôt géniteur, pour que l'enfant ne semble pas descendu du ciel sans logique humaine. Il a pris place dans son ventre quand l'âme humaine se devait prendre place, entre le troisième et le quatrième mois de grossesse.

Depuis, nous n'avons plus aucune nouvelle de lui. Un silence que nous prions, être positif. Il est normalement quelque part entre incarnation et âme volante attaché à une mère humaine.

Et aujourd'hui... C'est le jour J. L'accouchement.

Raphaëlle, déguisée en sage-femme terrestre, supervise la naissance. Elle veille sur la mère, sur le bébé, sur l'énergie de la pièce, sur tout. Mickaël est invisible dans un coin. Métatron et moi sommes derrière les écrans. Toute la station est suspendue à un souffle. L'accouchement se passe bien. Un petit garçon voit le jour. Un cri. Une lumière. Un frémissement. Gabriel. 52 cm. 3,6 kg. Une incarnation parfaite.

Il a lui-même soufflé son prénom à Mélinda, comme un secret entre leurs âmes. Dans le laboratoire, nous explosons de joie. Je suis collée à l'écran, tremblante. On a réussi. Il a réussi.

Gabriel communique déjà. Même dans ce petit corps fragile, sa conscience céleste continue de vibrer dans le canal. Il décrit le lait, les sensations, la chaleur, le tissu contre sa peau.

Pas très loin de moi, son corps d'origine, étendu dans un caisson stellaire en attente du retour de son âme en voyage. Nous avons même mis au point un protocole pour son retour dans cent ans, cent ans humains. Une vie complète, longue pour l'époque. Et pourtant, à peine un an ici.

******

Les mois passent. Gabriel grandit. Sa mère l'aime d'un amour immense, celui qui dépasse la survie, qui porte la lumière. Il marche, tombe souvent, trop souvent pour un enfant aussi éveillé, son côté galactique le distrait trop beaucoup trop. Chaque semaine, Mickaël vient. Gabriel répond, bavarde par les pensées, partage tout : ses sensations, ses rêves, sa dualité. Il vit sa vie comme une expérience scientifique pas comme une vie à vivre.

Parce que oui… il est vieux. Vieux dans un corps minuscule. Et cela commence à inquiéter Mélinda, qui ne comprend pas ses paroles étranges, ses intuitions fulgurantes. Elle a peur qu'il soit malade. Fou. Infecté. Les autres enfants se méfient. Les adultes murmurent. Le spectre du virus de la dernière guerre hante encore l'air. Tout ce qui n'est pas dans la norme inquiète. Nous craignons qu'un jour l'un d'eux, par panique, commette l'irréparable. Alors nous nous réunissons. Et nous choisissons une solution. La seule. La plus difficile pour nous.

Ce soir-là, ce n'est pas Mickaël qui vient. C'est moi. Je pénètre dans la petite pièce souterraine où dort Gabriel. Métatron apparaît à mes côtés, un rayon bleu, puis violet. Gabriel nous regarde, éveillé dans son corps d'enfant. L'âme ancienne éclaire ses yeux.

« *Tu es sûr de vouloir qu'on efface ta mémoire ?* » Je lance doucement.

« *Vous ne l'effacez pas, répond-il dans notre canal. Vous me permettez de vivre vraiment ici. Mes deux consciences s'entrechoquent, je le vois moi aussi. Si je reste ainsi, je les détruirai toutes les deux. Il faut en laisser une partir. L'autre m'attendra, quand je reviendrai. J'ai bien réfléchi. C'est la solution qui me semble la plus juste aussi.* »

Un poids m'écrase le cœur. Il poursuit :

« J'ai confiance en toi, Anaïs. Et en toi, Métatron. »

Métatron active le dispositif autour de Gabriel. Nous avons créé : un cristal-mémoire. Gabriel retrouvera tout, absolument tout, à son retour chez lui.

Je serre sa petite main dans la mienne.

« Nous serons toujours là. Promis. »

« Je sais, répond-il. Et je vais profiter de cette vie. Vous verrez. Je vais même faire des erreurs et ne plus être sage ».

Nous rions une dernière fois. La lumière du dispositif s'intensifie. Une onde blanche traverse la pièce. Un souffle. Un éclat. Puis silence.

Quand la lumière se dissipe, Gabriel nous regarde... Mais il ne nous voit plus. Son âme complètement humaine à l'ADN galactique maintenant a pris le relais. Naturelle. Innocente. Vivante.

Un sourire bienheureux s'étire sur son visage, un sourire qui n'appartient qu'à lui, Gabriel l'humain, Gabriel l'enfant du monde renouvelé.

Nous disparaissons.

Chapitre 24

Une avalanche de bébés galactiques

Il n'y a plus de guerre sur Terre. Et, le temps que les Reptiliens comprennent réellement ce qui se passait, même les cerveaux des Homo sapiens sapiens avaient trop évolué pour eux. Ironie du sort : on pourrait presque les remercier d'avoir provoqué la destruction du monde, parce que tout cela a servi un but précis. Un but que nous atteignons.

Les scientifiques de la planète bleue l'ont officiellement confirmé : une nouvelle espèce est en cours de transformation. L'Homo sapiens sapiens devient l'Homo stellaris. Un joli nom que nous leur avons glissé discrètement.

L'être humain reste humain : complexe, têtu, sentimental, imprévisible. Mais il n'est plus le prédateur affamé d'autrefois, ni cet être obsédé par la domination et la destruction. En deux cents ans terriens, cette espèce a grandi. Elle est devenue plus grande, plus forte, plus rapide, plus sage. Elle a cessé de piller la Terre comme si elle en était propriétaire. Désormais, elle vit avec elle, d'une manière que jamais je n'aurais imaginée du temps de mon existence terrienne. Et je l'espère : bientôt, elle intégrera l'Alliance galactique en bonne et due forme. Nous attendons ce moment comme on attend une naissance. Et peut-être moi encore plus que les autres.

Même sans mémoire de leur vie galactique, ceux qui s'incarnent, rapportent leur sagesse sur Terre : des intuitions fulgurantes, des idées scientifiques, des innovations technologiques qui auraient demandé quatre fois plus de temps sans leur influence. Certains Homo stellaris commencent même à développer les prémices d'un langage télépathique. C'est balbutiant, fragile, mais présent. Il faudra encore des générations avant que le cerveau modifié maîtrise réellement ces capacités... mais les fondations sont là.

Cette simple évolution a définitivement fait abandonner les Reptiliens : ils ne peuvent plus envahir les esprits humains. Enfin, presque plus : les derniers Homo sapiens sapiens restent vulnérables, mais ils sont minoritaires. Et avec chaque génération stellaris, l'immunité grandit.

L'Alliance l'a décidé : la Terre deviendra galactique. C'est sa trajectoire. Sa seule trajectoire possible. Et nous sommes prêts à la défendre cette fois-ci, bec et ongles. Et quand on voit comment elle a guéri... comment l'air est redevenu pur, comment les villes se sont transformées en forêts verticales, comment les humains vivent presque sereinement, presque, parce qu'ils restent humains, alors oui, c'est la meilleure voie.

Chaque communauté vit en harmonie avec les autres. Et chaque influence galactique a créé de nouveaux refuges partout sur Terre : pyramides vivantes, structures en alvéoles d'abeille, cités suspendues... Ce ne sont pas seulement les Sirusiens qui ont investi la planète bleue, mais toutes les espèces alliées qui s'y sont essayées. De là est née une diversité absolue, faisant désormais de la Terre peut-être la planète la plus cosmopolite de l'univers.

Un bip retentit : enfin, la voilà. Je baisse les constantes d'un des caissons. Devant moi, une Pléiadienne revient dans son corps après une deuxième vie humaine. Je place le dispositif tandis que son âme retrouve lentement sa forme galactique. Elle ouvre les yeux. Elle est d'abord désorientée, un classique, puis un immense sourire s'étire sur son visage lorsqu'elle comprend ce qu'elle vient de vivre et que toute son histoire lui est rendue.

On leur laisse le temps. Il n'est jamais simple, même pour des êtres évolués, de supporter le choc émotionnel des souvenirs humains mêlés à ce qu'ils sont vraiment. Le quotient émotionnel de certains peuples, aggravé par la biologie humaine, les submerge quelquefois. Beaucoup pleurent, parfois longuement, même s'ils retrouvent ici leur véritable famille. Car là-bas... ils viennent tout juste d'en quitter une, qu'ils ont connue du début à la fin.

Il y a en effet, plus de risques de périr sur Terre avant l'âge de 120 ans, sauf accident malencontreux, et ce sont justement ces morts-là, comme la mienne, qui rendent le retour encore plus violent. On ne ressort jamais indemne d'une double appartenance, ni d'une mort brutale. Même si, avec le temps, tout se guérit... et que beaucoup replongent une énième fois dans l'expérience, comme dans un manège, curieux de rejouer avec de nouvelles cartes.

Les premiers Stellaris envoyés, nos « bébés galactiques », ont grandi. Ils ont fondé des familles. Ils ont donné naissance à des enfants hybrides, encore plus ancrés, encore plus conscients. On n'a pas encore compris toute la mécanique cosmique derrière l'incarnation, ni derrière les transitions d'âmes, mais les résultats sont indéniables : les enfants dont l'âme est galactique sont extraordinaires, et le mélange avec l'humain est magique. La nature a choisi le meilleur des deux.

Un jour, peut-être, je comprendrai vraiment d'où viennent les âmes. Mais j'ai fini par accepter que ce mystère-là me dépasse. Je me souviens de ma propre mort : cet état de paix, cette envie de plonger dans les grands cercles lumineux, ces vortex appartenant à un ailleurs innommable... Mais j'ai aussi compris qu'en y entrant, on ne revient jamais vraiment ici. Et j'ai trop à perdre pour disparaître prématurément dans l'inconnu. Ma vie ici me comble de toutes les manières possibles.

Léena, la Pléiadienne revenue se lève. Son premier mot est simple :

— Merci.

Sa voix est rauque, mais son cœur rayonne. Sa famille arrive quelques minutes plus tard et la serre dans une étreinte qui n'a rien de différent d'une étreinte humaine. L'amour n'a jamais eu besoin d'espèces.

Je les laisse à leurs retrouvailles et je me retire. Ma journée est terminée. C'est moi la directrice du projet Stellaris. Même si je voyage moins souvent sur Terre pour effacer les mémoires, je fais encore l'aller-retour régulièrement. Notre laboratoire clandestin n'est plus : désormais, nous sommes sur un vaisseau de la taille d'une ville comme Paris, en orbite pas très loin de la Terre… mais encore trop loin pour être détectés par leur technologie.

Je me dirige vers la salle de télétransportation, un système de déplacement que j'apprécie particulièrement et qui me permet de rentrer plus vite chez nous. Mickaël m'a manqué ; cela fait quelques aubes qu'il est en mission. Maintenant qu'il a carte blanche pour mettre les Reptiliens à terre, il s'en donne à cœur joie…

Dans le couloir, une voix m'interpelle. Gabriel. Il a déjà vécu trois vies humaines.

— Ils vont arrêter le projet. Il y a eu assez de lancements, dit-il. Ils ont raison. Ta planète est sauvée. Ça va me manquer, mais nous avons réussi. Les enfants naissent avec notre conscience. Ils sauront tout. Bientôt, ils seront à notre table. Notre mission est accomplie. Et… c'est grâce à toi.

— Grâce à nous, corrigé-je. Et, je le savais. J'ai aussi donné mon accord, même si je ne pensais pas que cela serait si tôt. Je vais juste devoir patienter un peu avant de revoir ces humains.

Il fronce les sourcils.

— « Ces humains » ?

— Oui. Je crois que je peux enfin l'admettre : je ne suis plus des leurs. Même si une part de moi leur sera toujours attachée.

Il me sourit, mais une fraction de lui ne croit pas entièrement mes paroles. Je ne sais pas si j'y crois moi-même. Mais j'ai besoin de cette distance. Avant qu'il puisse ajouter quelque chose, une Sirusienne l'appelle : Urielle, son âme sœur, rencontrée en mission alors qu'ils étaient tous deux incarnés sur Terre. Quand une âme doit trouver son âme sœur, il n'est jamais question de race ou de peuple, mais seulement de deux cœurs qui vibrent ensemble sans même en comprendre la raison. Je les regarde s'enlacer. Et je ne pense qu'à une seule chose : rentrer chez moi, retrouver celui qui est mon double.

******

Quand je passe la porte, l'espace est encore vide. J'en profite pour me connecter immédiatement à l'Éthérion. Je ferme les yeux et laisse mon corps se recharger en douceur. C'est devenu l'un de mes moments préférés : cette sensation de réamorcer mon énergie, de me réaligner. Mais depuis ma conversation avec Gabriel, quelque chose cloche. Il y a un vide. Un léger creux au milieu de ma poitrine. Une absence que je n'arrive pas à nommer.

Pourtant, j'ai tout pour être heureuse. Absolument tout. Alors pourquoi cette sensation d'incomplétude revient-elle en force, précisément maintenant ? Alors que je devrais me réjouir, on a réussi.

Un mouvement délicat. Une présence à mes côtés. Deux bras qui m'enlacent, familiers. Mickaël prend place, m'embrasse et se connecte lui aussi.

— Ce que tu ressens, c'est parce que tu veux retourner sur Terre. Et que tu t'en empêches, à cause de moi.

J'ouvre les yeux. Son visage est si proche que je pourrais compter ses cils, d'un blanc éclatant. Je ne réponds pas tout de suite. Parce qu'il a raison. Parce qu'il lit en moi comme si j'étais un livre ouvert. Oui, j'en rêve. Oui, j'en crève d'envie. Et oui, je m'en suis privée pour lui.

Même si une vie humaine est courte comparée à la nôtre, je sais qu'une incarnation sans lui serait un manque immense. Mon âme le chercherait encore et encore. Même dans un corps humain. Même derrière un voile d'oubli. Et je ne sais pas si je pourrais vivre en sachant que mon âme pleure l'absence de celui qu'elle aime inconditionnellement.

Mais aujourd'hui, l'annonce de Gabriel a tout réveillé : la fin du projet, la fin de la possibilité de revivre humaine sur Terre.

— Je… oui. Mais maintenant c'est trop tard, et…

Il m'embrasse. Une fois. Puis deux. Juste assez pour m'interrompre, juste assez pour calmer la tempête dans mon crâne.

— Doucement. Arrête ton cerveau, murmure-t-il. Je te vois, tu sais. Je te vois comme toi tu me vois. Tous les jours. Tu veux y retourner, et tu n'oses pas. Et ça n'a rien à voir avec la difficulté. C'est juste moi qui te retiens.

Je reste silencieuse. Je sens mon cœur pulser contre ses mains.

— Et tu as raison : te réincarner sans moi, je ne pourrais pas l'accepter. Je deviendrais infernal, encore plus que parfois… Une vie humaine n'est rien, poursuit-il. J'ai parlé au Conseil. À Métatron. Ils ont accepté un dernier voyage.

Je cligne des yeux.

— Pour… moi ?

— Pour toi. Et… pour moi.

Je reste sans voix. Le pourfendeur du Diable, celui qui peste contre les humains un jour et les adore le lendemain, accepte de se réincarner.

— Oui, tu me fais faire absolument n'importe quoi. On va vivre une vie humaine ensemble. À la même époque. Au même moment. On ne pourra pas choisir les mêmes parents, évidemment. Mais nos âmes se retrouveront. Elles le font toujours. Et cette fois, on fera mieux que Gabriel et Urielle dans leur dernière incarnation.

Je reste bouche bée, puis je souris. Il ne changera jamais, et heureusement. Je l'aime à un point qui dépasse toutes les lois logiques établies. Cependant, mon cerveau chauffe.

— Mais… tu voulais un enfant. Plusieurs même. Une maison, une famille…

Il sourit, presque amusé.

— Oui. Je le veux. Mais pas à n'importe quel prix. Toi, tu n'es pas prête. Tu n'en veux pas pour l'instant. Et je refuse de te pousser. Je veux ta paix avant mes désirs. Et puis… il nous reste tellement de temps ensemble. Tout est possible. Une vie humaine, c'est un battement de cœur. On reviendra avant même de s'en rendre compte.

Dans notre canal, sa voix se glisse comme un souffle :

« *Tu fais partie de moi. Même "je t'aime" est trop faible. Je veux une famille, oui. Mais je te veux toi d'abord. Entière. Vivante. Libre.* »

Mes épaules se relâchent. Une émotion brute me traverse, presque douloureuse.

— Alors… on part ?

— Oui. Si tu le veux vraiment.

Je l'embrasse, ou plutôt, je lui saute dessus. Plus besoin de mots. Nos peaux parlent, nos corps se répondent.

Dès le lendemain, nous nous mettons en quête des parents idéaux. Nous choisissons la France, évidemment. Et pour laisser « l'appel de l'âme » faire son travail, et pour battre Gabriel, soyons honnêtes, nous décidons de corser un peu les choses. Je choisis le bord de mer. Il choisit les montagnes. Je choisis la chaleur du soleil. Il choisit la douceur de la lune.

Son côté « sociabilité limitée » ne changera pas vraiment, même dans un futur corps humain… et ça me fait rire. Le temps passe. Les futurs parents apparaissent. Alors, Mickaël part en premier.

Il ne voulait pas perdre ses souvenirs, et il a finalement accepté que ce soit moi qui active le dispositif. Alors me voilà, après neuf mois à le voir évoluer sur Terre après sa naissance, râler pour tout et rien, mais découvrir en douce qu'il adore déjà cette vie qu'il s'apprête à vivre. Il a beau le nier, je sais qu'il est curieux, intrigué, presque excité. Et cela m'attendrit autant que ça m'agace.

En pensée, il me supplie une dernière fois. Mais il sait. Il sait que garder ses deux consciences serait catastrophique. Je caresse sa petite tête de nourrisson, tranquillement installé dans un lit suspendu, un genre de hamac qui semble flotter dans la pénombre douce de sa chambre donnant sur un lac. Mon cœur se serre. Pour la première fois depuis des siècles humains, et des dizaines d'années sirusiens, nous allons être séparés.

« *Hey... murmure-t-il dans mon esprit. N'oublie pas. On se retrouve vite. Appuie sur le bouton, je suis prêt. Dans un clin d'œil, on sera de retour sur notre terrasse.* »

Je souffle. Mes lèvres tremblent, juste un instant. Puis j'appuie. La lumière l'enveloppe. Sa conscience galactique se dissout en douceur. Il devient humain.

Quand je rentre, Raphaëlle m'enlace. Son étreinte est brève, mais solide, comme si elle voulait empêcher mon cœur de s'émietter. Je n'ai pourtant pas le temps de m'effondrer : c'est à mon tour maintenant. Je ferme les yeux et entre dans mon caisson. Je pense à ma future mère. À la Terre. À ce nouveau départ.

Et je m'élance vers l'incarnation.

Chapitre 25

Les âmes sœurs finissent toujours pas se retrouver

Sophia (Anaïs)

Enfin seule. Je suis tellement épuisée que même respirer me semble être un effort supplémentaire. Cela fait des mois que je n'ai pas pris un vrai jour de repos. Et honnêtement... faire une nuit blanche pour mes 43 ans, ce n'était peut-être pas l'idée la plus brillante que j'aie eue. Mais bon : anniversaire + promotion = cocktail explosif. Je suis officiellement responsable du Projet de Communication Interstellaire. Autrement dit : c'est moi qui dois préparer la Terre au jour où elle entrera enfin en contact avec une civilisation extraterrestre.

Enfin... « *préparer* », c'est un mot poli pour dire : essayer de comprendre quelles planètes sont habitées, lesquelles risquent de vouloir nous bouffer, lesquelles seraient prêtes à ouvrir un dialogue, et comment éviter de faire exploser un vaisseau dans un trou noir. Rien que ça. Je reprends mon souffle. Et en même temps, même enfant, le ciel, les étoiles, la lune m'ont toujours fascinée.

Ma puce implantée dans l'avant-bras vibre. Je n'ai même pas besoin de regarder l'identité de l'appelant : mon ex. Évidemment. Il tente toujours de me récupérer, comme s'il s'était soudain rendu compte que j'étais « la femme de sa vie » depuis que j'ai dit stop. Je soupire. Une chose est sûre : je ne suis pas « la femme de sa vie ».

La vérité, c'est que je n'ai jamais réussi à m'attacher complètement à quelqu'un. Jamais. Pas vraiment. Toujours ce petit recul intérieur, comme si une partie de moi restait en retrait, incapable d'aimer pleinement. Comme si ce n'était jamais le bon. Comme si j'attendais quelqu'un qui clairement ne s'est toujours pas présenté à moi. Un sentiment étrange et pourtant familier que je n'ai jamais réussi à expliquer ou à mettre sous un tapis.

J'ai vu ma sœur tomber amoureuse comme dans les livres. J'ai vu certaines amies vivre des passions incandescentes. Moi ? Rien de comparable. J'apprécie, je ressens, je jouis... mais mon cœur n'a jamais vibré vraiment. Pas une seule fois. Et je m'ennuie vite, très vite… Au grand dam de mes ex, c'est bien pour cela que je suis souvent seule, ou simplement en compagnie de personnes qui ne veulent pas s'engager, mais juste partager nos moments de solitude dans le respect et le plaisir.

Je continue de marcher sur la plage. Le sable est encore tiède, la nuit d'été qui approche s'annonce douce. L'océan clapote d'un mouvement régulier qui apaise tout le monde et surtout moi peut-être. Mon seul anti-dépresseur depuis ma naissance. J'ai toujours aimé la mer. C'est mon endroit refuge, mon temple. Même enfant, il était impossible de me faire décoller du sable. Quand quelque chose ne va pas, on sait où me trouver : ici. Surtout les soirs de pleine lune. Souvent, j'y dors.

De loin, j'aperçois mon logement, une petite structure moderne posée sur l'eau. Comme presque toutes les habitations désormais. Le niveau de l'océan a tellement monté qu'il ne reste plus que trois options : vivre sur l'eau, sous l'eau dans les cités aquatiques, ou en haut des montagnes. Mon nouveau poste m'a permis de choisir une place sur l'océan, à deux pas d'une lande de sable. Il y a aussi le choix des souterrains, mais je refuse même d'y penser, je les appellent la civilisation taupe, certains n'ont jamais vu la couleur du ciel. Impensable.

Nouvelle vibration. Je lève les yeux au ciel. Mon assistant, cette fois. Le pauvre Tristan... il doit être au bord de la crise de nerfs, c'est la première fois que je lui laisse « la maison ».

J'accepte l'appel et son hologramme se projette devant moi.

— Sophia, je suis désolé de t'interrompre pendant tes vacances, mais on a un problème sur le vaisseau. Les tests échouent. On a refait toutes les simulations : l'équipage meurt à chaque fois, comme si une force gravitationnelle empêchait la traversée.

Je ferme les yeux. Une semaine de repos en cinq ans. Une seule. Une minuscule semaine. Justement pour avoir le temps de penser à plusieurs solutions sans être interrompue toutes les cinq minutes. Et même ça, on me la sabote. Je sens mon corps se tendre, ma pause ancrage-calme aura duré trois heures.

— J'imagine qu'on est tous convoqués ?

— Oui, et...

— Très bien. J'arrive.

— Attends ! Ils ont mandaté un expert externe... un certain Adrian Montesso. Il nous a entendus dans la cuisine, on parlait de toi, pas en mal je te jure ! Mais de l'endroit où tu es et qu'on aurait aimé y être nous aussi.

Dans leur rêve est ma première pensée. Je fronce les sourcils. Je sais que mon surnom est Le Dragon, et pour tout dire, je l'aime bien et j'en joue au maximum.

— Tristan. Abrège.

— Montesso a pris un taxi volant. Il vient vers toi. Il devrait même être… sur ta plage. Maintenant.

Je ne lui laisse pas le temps de rajouter autre chose et coupe la communication. Évidemment. Évidemment qu'on m'envoie un expert en plein moment où j'ai juste besoin de regarder l'océan et d'avoir la paix. Évidemment qu'on ne me laisse pas le temps de faire mes preuves totalement et qu'on s'imagine que j'ai besoin d'aide ! Pourtant j'ai bien précisé que j'avais juste besoin de temps, justement !

Le dernier « expert brillant » recruté par le conseil n'a pas tenu trois semaines avant de claquer la porte. Incompatibilité de caractère, a-t-il dit. Je ne suis pas étonnée. Quand quelque chose ne va pas, je le dis. Quand quelqu'un est incompétent, je le dis aussi. Et clairement, il l'a mal pris. Un susceptible.

Mon équipe le sait. Ils ne parlent jamais mal de moi, mais ils n'iraient pas non plus vanter ma patience ou mon calme légendaire. Je pense pouvoir dire que je suis malgré tout quelqu'un de juste. Après, on n'est pas censés avoir que des qualités…

Je tourne sur moi-même, cherchant du regard un inconnu parmi les promeneurs tardifs.

Et je m'arrête net.

Un homme marche vers moi, pieds nus, chaussures à la main. Brun, un peu plus grand que moi, silhouette souple, tranquille. Il porte un simple pantalon en toile et un tee-shirt, comme s'il sortait d'une autre époque ou d'une autre dimension. Il n'a rien de « technique », rien de « scientifique ». C'est presque déroutant, surtout si je le compare au dernier, très collé serré dans sa combinaison spatiale, près du corps qu'il portait chaque jour. Tenue de tous les experts normalement, et qui soit dit en passant, ne lui allait pas vraiment comme un gant…

Mais lui… Quand nos regards se croisent, mon corps se fige. Mes jambes se plantent dans le sable comme si elles refusaient d'aller plus loin. Un frisson remonte le long de ma colonne comme une vague électrique. Je ne sais pas pourquoi. Je ne sais même pas ce que je ressens.

Mais quelque chose en moi s'ouvre et s'effondre en même temps.

Mon cœur rate un battement. Étrange. Inédit. J'ai l'impression qu'une partie oubliée de moi vient d'être réveillée. Je le regarde venir vers moi, incapable de détacher mon regard de lui, il a une barbe naissante, ses yeux semblent refléter les profondeurs de l'océan. Il ne me quitte pas des yeux non plus avançant toujours plus. Un sentiment de paix m'envahit.

J'ai l'impression étrange de reconnaître cet homme comme faisant partie de mon cœur alors que je ne l'ai jamais rencontré.

Adrian (Mickaël)

Je n'arrive toujours pas à croire que j'ai eu cette mission, mais que je doive commencer par aller chercher la directrice du projet le plus important de ce siècle… sur une plage, Madame est en vacances. Sérieusement.

Le programme qui pourrait modifier l'avenir de la Terre entière est en train de frôler le crash, et elle, madame Leclerc, est en train de marcher pieds nus sur le sable, tranquille ? En revanche, on m'a prévenu c'est un dragon. Celui avant moi n'a pas tenu un mois. Une femme impossible, intraitable, qui ne lâche rien. Et au vu de ce que ses collaborateurs m'ont laissé entendre, ils ne se sont pas trop éloignés de la vérité. Mais ils lui sont loyaux, ce qui me fascine déjà plus qu'un peu. On ne suit pas un tyran. On suit un leader. Et aucune femme ne m'a jamais résisté.

Obtenir ses coordonnées a été un parcours du combattant, hors de question que j'attende jusqu'à la semaine prochaine, surtout si près du but. J'ai dû jouer de charme. Persévérer. Sourire. Mentir un peu. Séduire. Merci à la très charmante hôtesse d'accueil… dont j'ai déjà oublié le prénom.

Elle, par contre, n'a pas oublié mon torse ni la manière dont elle m'a littéralement plaqué contre le mur du couloir. Je ne suis pas difficile, je ne m'en plains pas, la vie est courte, autant en profiter, mais mon esprit était déjà ailleurs.

Je suis là parce qu'on a besoin de moi. Que cette directrice a besoin de moi et que je compte bien réussir ce projet. Et aussi parce que, soyons honnêtes, elle ne m'aurait jamais autorisé à rejoindre l'équipe autrement. Le dragon ne laisse entrer personne dans sa grotte d'après mes sources, mais encore une fois jamais une femme ne m'a résisté, dragon ou pas…

J'ai chaud. Le soleil disparaît peu à peu vers l'horizon, heureusement. Je hais la chaleur. Je ne comprends pas comment ces abrutis peuvent vivre sous un soleil pareil. J'ai grandi à la montagne, dans un coin de paradis caché, protégé par une chaîne de pics majestueux. Un lac turquoise, des nuits froides, des matins clairs. Mais depuis mes dix-huit ans, je suis partout. Je voyage. Je cherche. J'explore. À la recherche de ce qu'il y a au-delà de la lune. Littéralement.

J'ai baigné dans les étoiles dès l'enfance. Mon père était astronome. Un passionné qui me pointait du doigt les constellations en me racontant que le ciel avait des secrets. Je crois que depuis toujours, j'ai voulu les comprendre. Les toucher.

Aujourd'hui, à presque quarante-six ans, je suis considéré comme un expert mondial en astrophysique appliquée, en structures gravitationnelles et en communication extraterrestre. On sait qu'ils existent. On sait qu'ils nous observent. On sait que certains nous ont influencés. Il ne manque que l'étape logique suivante : les rencontrer vraiment et leur parler.

Et je suis persuadé que mon prototype peut enfin ouvrir cette porte. Une technologie capable de traverser les frontières vibratoires, d'éviter les zones gravitationnelles instables, d'atteindre des points de passages que personne n'a encore cartographiés. Bref. J'ai quelque chose que personne d'autre n'a. Je devrais être satisfait. Fier. Mais je suis juste… pressé.

Je marche pieds nus dans le sable, mes chaussures à la main et je préfère clairement l'herbe fraîche. L'air sent l'iode et le vent du large. Je vérifie la localisation : le signal m'indique que j'approche.

Je pense un instant à ma fille, Mayleen, qu'il faut que je rappelle. Quinze ans. Une gamine brillante, indépendante, téméraire. Je ne suis pas le père de l'année, loin, très loin de là, mais elle sait que je serai toujours là si elle a besoin de moi. Notre relation est étrange : à la fois proche et distante, comme deux comètes qui se croisent et repartent. La seule femme avec qui je suis resté deux ans, c'est sa mère, Ally. Avant, après elle... rien n'a duré. Pas parce que je n'aimais pas. Parce que ça sonnait faux. Toujours. Je ne suis pas fait pour les relations ordinaires et je m'ennuie vite. Je l'ai compris depuis longtemps.

Un bip discret me signale que je suis à quelques mètres de l'endroit indiqué.

Je relève les yeux. D'abord, un monticule de sable. Vestige d'un château d'enfant dévoré lentement par la marée.

Puis, je la vois.

Une femme brune, debout, immobile, à quelques dizaines de mètres. Elle semble... figée. Comme surprise. Comme si elle m'attendait sans savoir qu'elle m'attendait. Je m'avance.

Et là...

Quand son regard accroche le mien… quand nos yeux se rencontrent… Quelque chose explose dans ma poitrine. Pas une émotion humaine ordinaire. Non. Un choc. Un rappel. Une résonance.

Comme si toutes les cellules de mon corps se souvenaient d'elle. Comme si quelque chose s'ouvrait brutalement à l'intérieur, me tirant vers elle avec une force invisible, évidente, indiscutable.

Je ne la connais pas. Et pourtant… Je la reconnais.

Et dans ce minuscule fragment de seconde, avec le vent qui souffle et l'océan qui gronde doucement derrière nous… Je sais. Je sais que ma vie va changer. Que tout ce que j'ai été jusqu'ici, l'explorateur, le scientifique, l'homme insaisissable, vient de prendre fin.

Je ne sais pas qui elle est vraiment. Mais une chose est sûre : je viens de retrouver quelqu'un que j'avais perdu. Et je ne sais pas si je dois m'en réjouir ou avoir peur.

Chapitre 26

Une fin heureuse

Adrian (Mickaël)

110 ans. C'est l'âge que j'ai fêté il y a quelques mois. Et ce sera le dernier que je porterai. Mon cœur a bien vécu, il a tenu bon, il a aimé, il a combattu, il a ri. Il est fatigué maintenant. Je le sens. Je le sais. Et même si je voudrais rester encore un peu, je sais que mon temps est venu.

Que ma vie touche à sa fin. Je devrais avoir peur. Mais ce n'est pas la mort qui me terrifie. C'est elle. Celle qui tient ma main si fort que ses doigts tremblent. Celle qui refuse de me lâcher, comme si elle pouvait encore négocier avec le destin. Sophia. Ma femme. Mon âme. Mon évidence depuis le premier battement de cœur que j'ai ressenti en la voyant sur cette plage.

Autour d'elle, il y a ma fille et ses enfants. Mes petites lumières. Mes trésors. Ils me parlent, me touchent, m'appellent... Je vois leurs lèvres bouger, mais le son s'éloigne, comme étouffé par de la ouate. Je m'accroche aux voix, aux odeurs familières, aux mains de mes petits-enfants qui serrent les miennes comme si elles pouvaient me retenir un instant de plus.

Depuis ce jour sur la plage, nous ne nous sommes jamais quittés. Jamais. Je revois la scène. Alors c'est vrai, quand on meurt on revoit nos plus beaux moments. Comme un film projeté au ralenti dans ma tête vieillissante. Nous étions restés assis dans le sable pendant des heures, comme deux amnésiques qui se réveillaient d'un très long rêve. On s'observait, on se respirait presque, avant même de réellement se parler. Et puis les mots sont venus. Les nôtres. Naturels. Fluides. Évidents.

On a parlé de tout : de nos vies, de nos passions, de nos cicatrices, de nos foutus caractères. On a ri, on a débattu, on s'est moqué gentiment. On avait tellement de points communs que cela en devenait presque suspect. Et toutes nos différences... ajoutaient une étincelle supplémentaire. Elles rendaient tout plus vif, plus vrai, plus vivant. Le soleil s'est couché. Puis relevé. Et on n'avait pas bougé. On a dû finir par rentrer, manger, dormir un peu... mais on ne s'est plus jamais quittés. Pas un jour. Pas une nuit. Pas une seule fois.

Avec le temps, j'ai vu Sophia évoluer, grandir encore, apprendre, oser. Vieillir avec elle a été un cadeau. Même nos rides nous faisaient rire. Même nos douleurs. Même nos petites pertes de mémoire. Il y a un mois à peine, on se courait après dans le salon, enfin « courir » est un terme ambitieux pour deux personnes de plus de cent ans, une petite cuillère à la main.

J'avais osé lui voler le dernier morceau de son gâteau au chocolat. Une erreur stratégique majeure. Elle avait juré de me punir. On avait fini enlacés, à bout de souffle, morts de rire. C'est peut-être ça, le secret. Notre complicité. Pas seulement l'amour. L'amitié. La confiance absolue. La certitude que l'autre est là, qu'il sera là, toujours.

Ensemble nous avons appris à affronter nos peurs et nous avons appris à exprimer nos émotions. Elle a réparé ma relation avec Mayleen, ma fille aînée. Elle m'a aidé à devenir un meilleur père puis un grand-père plus que dévoué. J'ai adoré ça. Mes petites tornades. Mes complices. Je leur ai appris les pires bêtises de l'histoire, des bêtises, au grand désespoir de leur mère. Et j'en aurais fait mille fois plus.

Mais maintenant… je sens que tout se calme en moi. Je ne souffre pas. Je glisse. Je m'efface doucement. Sophia pose sa tête sur mon torse. Je sens ses larmes. Je sens son chagrin vibrer jusqu'au fond de mon vieil organisme. Et c'est ça, ça, exactement ça, qui me brise plus que la mort elle-même : la laisser, elle. Elle qui, depuis si longtemps, sait où sont mes chaussettes, comment calmer mes colères, comment me tirer du lit quand je traîne. Qui sait que je déteste le lait normal dans mon café, mais que j'adore celui de noisette à midi. Qui connaît chaque détail de moi comme on connait les pages d'un livre lu mille fois. Personne ne pourra la comprendre comme moi. Et personne ne pourra me remplacer pour elle. Et pourtant… je dois partir. Je respire encore. Une fois. Deux peut-être. Je ne sais plus.

J'entends une dernière fois sa voix qui se brise.

— Je t'aime tellement, mon amour… Je ne sais pas comment je vais faire sans toi…

Je rassemble le peu d'énergie qu'il me reste. Je tourne la tête. J'approche mes lèvres de son front, et je l'embrasse une dernière fois. Le dernier geste de mon existence humaine. Dans mon souffle final, je murmure :

— Je t'aime… mon dragon d'or.

Et je m'en vais.

Chapitre 27

Enfin !

Sophia (Anaïs)

Je ferme ma veste, celle qu'Adrian adorait me voir porter. Une veste un peu trop large, un peu trop vieille, mais qui garde encore sur le col une odeur qu'il aimait. Mon cœur… mon cœur pleure encore plus qu'il ne le devrait. Par moments, je me demande comment il fait pour battre. Comment il continue à tenir alors qu'une partie essentielle de moi n'est plus là.

Mais je ne manquerais cette journée pour rien au monde. Aujourd'hui, tout ce pour quoi nous avons travaillé, tout ce que nous avons défendu, construit, imaginé, va enfin se réaliser. Aujourd'hui, la Terre va signer son entrée dans l'Alliance galactique.

Adrian et moi avons travaillé jusqu'à nos derniers instants actifs. Même vieillissants, même fatigués, même un peu tordus par le temps, nous avons continué nos recherches. Nous avons poussé l'humanité à regarder plus haut, plus loin. Et les premiers contacts ont porté leurs fruits. Lucie, notre petite fille, a été l'une des toutes premières à poser le pied sur une planète extraterrestre : Orion. C'est elle qui a ouvert la voie. Elle qui a déclenché l'enthousiasme de milliers de scientifiques. Et depuis, petit à petit, les communications se sont ouvertes.

Aujourd'hui, je regarde mon reflet dans le miroir. Mes cheveux sont entièrement blancs, relevés dans un chignon relâché que je n'aurais jamais laissé passer dans ma jeunesse. Ma peau est marquée de rides profondes, traces de mes rires, de mes colères, de mes nuits trop courtes, de mes combats. Mes yeux verts si sombres autrefois tirent doucement vers le blanc. Je respire profondément.

Encore un peu de temps, mon amour. Encore un peu de temps avant de te rejoindre. Je n'ai rien dit à Mayleen, Lucie et Bastien, notre petit-fils, à quoi bon les inquiéter ? Mais je sens la vérité dans mon corps. Depuis quelques jours, mon cœur flanche, comme s'il n'attendait qu'une dernière échéance pour s'autoriser à lâcher. Comme si son absence avait fissuré quelque chose de vital en moi. Mais je veux assister à cette journée. Je le dois. Pour lui. Pour nous. Pour tout ce que nous avons rêvé ensemble.

Aujourd'hui, des êtres de l'Alliance vont nous rencontrer officiellement. Aujourd'hui, la Terre devient un peuple parmi les autres. Pas inférieur. Pas barbare. Pas une espèce perdue au fond d'un système oublié. Un partenaire. Un allié.

Je ne suis plus celle qui mène la danse, depuis longtemps. Les jeunes ont pris la relève, et c'est très bien ainsi. Mais... je suis l'invitée d'honneur. Parce que tout a commencé avec moi. Parce que j'ai tenu bon. Parce que je n'ai jamais lâché. Et ils ont même accepté de laisser un siège vide à mes côtés, avec la photo d'Adrian posée dessus. Le dragon que j'étais, n'a pas tout perdu de sa prestance. Je vois encore certains jeunes collaborateurs trembler quand ils m'aperçoivent dans un couloir, alors que je serais bien incapable de lever la voix plus de dix secondes ou de brandir ma canne plus haut que mon genou.

Dehors, un vaisseau m'attend, mon moyen de transport pour la journée. Nous nous rendons dans une plaine entourée de montagnes. Un endroit féérique, presque irréel : un lac turquoise, des fleurs sauvages à perte de vue, un air cristallin. C'était notre endroit et c'est pour cela qu'il a été choisi. Là où Adrian m'avait appris à aimer le froid des nuits d'altitude, la rudesse des tentes plantées dans la terre, le silence profond des sommets. Je ris toute seule en repensant à notre première nuit, quand je l'ai réveillé toutes les trente minutes parce qu'un bruit étrange me paniquait... bruit qui n'était autre que la branche d'un vieux pin qui tapait contre la surface du lac.

Nous arrivons, je prends place sur mon siège au centre du contingent. Mayleen et mes petits-enfants se tiennent derrière moi, droits, fiers, émus.

Trois vaisseaux se rapprochent. Lucie m'offre son bras pour me permettre de me lever. Je me redresse, le cœur tremblant. Le grand jour est arrivé. Un frisson me traverse, si puissant que j'en ai presque les larmes aux yeux. J'ai l'impression de redevenir une jeune fille, celle qui rêvait de toucher les étoiles.

Le premier vaisseau se pose, sans bruit, sans vibration. Une femme-lion descend les marches, suivie d'êtres immenses à la peau translucide et aux reflets dorés, violets, bleus. Ils avancent directement vers moi. L'un d'eux, celui dont la teinte violette rappelle les anciens sages, se penche, prend ma main ridée et y pose un baiser d'un respect infini.

— Enchanté, dit-il. Je suis Métatron.

Je reste figée. Je ne devrais pas être surprise. Je l'ai étudié. Je connais son peuple. Je sais d'où il vient. Mais son regard... Son regard contient quelque chose d'impossible à nommer. De la tendresse. De l'amour paternel. Une familiarité que je ne devrais pas ressentir… et pourtant qui me transperce de part en part. Je n'arrive même plus à parler.

La femme-lion me prend dans ses bras, avec une délicatesse surprenante. J'ai l'impression étrange de lui avoir manqué.

Les festivités commencent. Les peuples rient, échangent, dansent, partagent leur culture. Je regarde tout cela comme on regarde un rêve devenu réalité. La journée s'étire. Mes paupières s'alourdissent. À un moment, je m'endors. Quand je rouvre les yeux, je suis allongée, enveloppée dans une couverture d'un blanc presque translucide, chaude et légère comme une plume.

En face de moi, assis à même le sol, il y a un Sirusien. Un être immense. Peau légèrement bleutée. Aura majestueuse. Et ses yeux… Ses yeux émeraude. Mon cœur rate un battement. Ma gorge se serre. Un nom m'échappe, avant même que je puisse le retenir :

— Adrian… ?

Mayleen intervient immédiatement.

— Désolée, dit-elle en posant une main sur mon épaule. Ma belle-mère est fatiguée, elle a perdu mon père récemment…

L'être tourne son visage vers elle. Il sourit. Un sourire exactement comme le sien. Et il fait à Bastien, mon petit-fils, un geste que seul Adrian faisait. Leur geste. Leur code.

— Je peux lui parler, dit-il.

Tous hochent la tête perplexe. Il me porte, avec une douceur infinie, et nous marchons de quelques pas jusqu'à l'endroit où j'ai vécu les plus belles nuits de ma vie avec Adrian. Et là, dans la lumière qui décline, sa voix résonne :

— Anaïs, c'est moi.

Au son de ce nom... quelque chose s'ouvre en moi. Une porte. Un souvenir. Un amour. Une vérité. Mon cœur, mon vieux cœur fatigué, comprend que sa course est terminée. Je ferme les yeux. Un sourire béat étire mes lèvres. Et je quitte la vie de Sophia.

Mickaël

Elle est morte dans mes bras encore une fois. Je l'ai tenue jusqu'à son dernier souffle, et même après. Je l'ai sentie glisser, lentement, comme une lumière qui se replie sur elle-même. Et, depuis quelques jours déjà, je savais que son cœur approchait de ses limites. Je l'ai bien vécu il y a peu.

Quand je sens que tout est vraiment terminé, je rends son corps à notre famille. Quand je suis parti avec Sophia, Raphaëlle leur a remis un dispositif permettant d'expliquer à toute notre famille, leur origine, la vérité sur qui nous étions vraiment. Je me mets à genoux. Un à un, ils viennent m'enlacer. Même s'ils ne comprennent pas tout, même s'ils ne savent pas encore comment une âme peut prendre tant de formes... Tous sentent que je fais partie de leur histoire. Et que Sophia a été la mienne. Mais je ne peux pas rester. Parce que chez moi, dans sa véritable identité, Anaïs m'attend. Je reviendrais, nous reviendrons. Je ne veux plus perdre une seule seconde sans elle.

Gabriel m'interpelle du regard alors que je m'éloigne. Il bombe le torse, évidemment. Depuis mon retour, il fanfaronne. Il répète à qui veut l'entendre qu'il a retrouvé Urielle en quinze ans alors que nous, il nous a fallu plus de quarante ans pour tomber à nouveau l'un sur l'autre. Il va me ressortir cette histoire pendant les quatre prochains cycles lunaires au moins. Mais je m'en moque. Vraiment. Cette vie humaine m'a changé. J'ai acquis une humilité que je n'avais pas, que je ne pensais même pas possible pour quelqu'un de mon rang.

Je prends un des vaisseaux qui attend près de la plaine et je m'arrime directement au laboratoire. Le laboratoire... Notre secret le plus déterminant pour la face de l'humanité. Ce lieu où tout a commencé et où tout va se terminer. Bientôt, il sera définitivement fermé. Il deviendra une école galactique. Le premier établissement où des êtres de toutes les planètes de l'Alliance pourront apprendre ensemble. Plus besoin d'incarner des âmes dans des corps humains : la Terre a rejoint l'Alliance, la paix est devenue solide, presque évidente, et l'humanité n'a plus besoin de cette aide silencieuse.

Je traverse les couloirs presque en courant. J'arrive enfin à la salle. Une des nôtres m'aperçoit. Elle hoche la tête, comme pour dire : c'est le moment.

Anaïs se trouve là, son corps galactique intact, reposant dans le caisson. Ses souvenirs, nos souvenirs, viennent de lui être restitués. Il faut encore quelques instants avant qu'elle ouvre les yeux. Mais je me place exactement là où il faut, pour que quand elle se réveille, la première personne qu'elle voie... soit moi. Seulement moi.

Le caisson s'ouvre. Son organisme se stabilise. Sa peau retrouve son éclat. Et puis, lentement, très lentement, ses paupières battent. Un sourire, immense, lumineux, presque enfantin, éclaire son visage dès que son regard croise le mien. Nous ne parlons pas. Nos pensées le font pour nous. Tout ce que nous avons vécu en une vie entière humaine se réactive en elle. Je la vois encaisser : les plages, les disputes, les éclats de rire, les nuits dans les montagnes, le casse-tête du travail, les pleurs, le gâteau au chocolat, la vieillesse de nos corps, ma mort, la sienne, et cet amour absurde, immense, indestructible. Puis, sa première renaissance, sa vie sirusienne, sa première vie humaine. Elle récupère tout. Jusqu'au souvenir du jour où nous l'avons arrachée au train, la toute première fois, quand elle voulait en finir, son premier cri dans une poubelle. Elle récupère tout ce qu'elle a manqué. Je vois son cerveau recommencer à travailler, ses pensées s'éparpiller, j'adore ça. Bientôt elle s'exprime, par pour me dire qu'elle m'aime. Je n'ai aucune raison d'en douter non. Elle a déjà des exigences, elle a vu le futur projet qui nous attend.

— Je veux être la professeure qui apprendra aux humains à manier nos armes. J'en ai largement la force, j'ai été dragon sur Terre. Je suis sûre que pour cette histoire de diable je peux te remplacer maintenant.

Je ris. Elle a raison. Elle pourrait. Elle pourrait tout. Même si jamais je ne la laisserai faire ça seule. Faut pas pousser non plus. Je suis peut-être plus calme, mais il est hors de question qu'elle prenne des risques sans moi.

Une chose est sûre : nous allons enfin vivre une vie ensemble, dans nos véritables corps. Pas dans des corps humains fragiles, limités, mortels. Non. Une vie entière sirusienne. Consciente. Puissante. Libre. Et exactement comme nous l'avons toujours rêvé, je perçois, dans notre canal, que nous envisageons le même avenir.

Un avenir heureux, amoureux et enfin prêt à s'agrandir pour donner naissance à notre future lignée. Un avenir sous les étoiles, sur une planète à deux lunes, dans un univers en paix.

FIN

Remerciements

Il m'a fallu deux ans pour écrire ce livre. Très honnêtement, je ne saurais dire comment cette histoire est née exactement. Elle a frappé à ma porte, comme une évidence, comme quelque chose que je ne pouvais pas laisser de côté.

Merci aux amies qui m'ont soutenue tout au long de ce chemin, aux bêta-lectrices, et merci tout particulièrement à Caro et à ma tante Martine.

Merci à toutes les âmes croisées durant ces presque quarante-trois années de vie, au moment où j'écris ces lignes. À celles qui m'ont guidée sans toujours se nommer, et à celles qui m'ont rappelé, parfois dans la douleur, que l'incarnation est une expérience totale : exigeante, bouleversante, transformatrice. Chaque rencontre, lumineuse ou difficile, a laissé une empreinte dans ces pages. Rien n'a été vain. Tout a toujours un sens, même lorsque nous ne le voyons pas encore.

Merci enfin à vous, lectrices et lecteurs, qui ouvrirez ce livre. Si ces mots résonnent en vous, s'ils réveillent quelque chose de familier ou d'oublié, alors l'âme de ce récit aura trouvé son chemin.

www.ingramcontent.com/pod-product-compliance
Lightning Source LLC
LaVergne TN
LVHW030916080826
845145LV00013B/2921

* 9 7 8 2 9 5 8 3 3 7 5 6 8 *